诗人散文丛书

霍俊明◎著

诗人生活

花山文艺出版社

河北·石家庄

图书在版编目（CIP）数据

诗人生活/霍俊明著. 一石家庄:花山文艺出版社，2020.1
（"诗人散文"丛书）
ISBN 978-7-5511-4963-1

Ⅰ.①诗… Ⅱ.①霍… Ⅲ.①散文集－中国－当代 Ⅳ.①I267

中国版本图书馆CIP数据核字(2019)第201652号

策　　划：曹征平　郝建国

丛 书 名："诗人散文"丛书

主　　编：霍俊明　商　震

书　　名：诗人生活
Shiren Shenghuo

著　　者：霍俊明

责任编辑：郝建国　师　佳
责任校对：李　伟
装帧设计：王爱芹
美术编辑：胡彤亮
出版发行：花山文艺出版社（邮政编码：050061）
　　　　　（河北省石家庄市友谊北大街330号）
销售热线：0311-88643221/29/31/32/26
传　　真：0311-88643235
印　　刷：石家庄众旺彩印有限公司
经　　销：新华书店
开　　本：880mm×1230mm　1/32
印　　张：8.875
字　　数：170千字
版　　次：2020年1月第1版
　　　　　2020年1月第1次印刷
书　　号：ISBN 978-7-5511-4963-1
定　　价：58.00元

总　序

◎ 霍俊明

　　已经记不得是在北京还是石家庄，也忘了谈了几次，反正建国兄和我第一次提起要策划出版"诗人散文"系列图书的时候，我就没有半点儿犹豫——这事值得做。而擅长写作散文的商震兄对此更是没有异议，在石家庄的一个宾馆里，他一边吸着烟一边谈论着编选的细节。

　　"诗人散文"是一种处于隐蔽状态的写作，也是一直被忽视的写作传统。

　　美国桂冠诗人、1987年诺贝尔文学奖获得者约瑟夫·布罗茨基有一篇广为人知的文章《诗人与散文》，我第一次读到的时候印象最深的是如下这句话："谁也不知道诗人转写散文给诗歌带来了多大的损失；不过有一点却是可以肯定的，也即散文因此大受裨益。"此文其他的内容就不多说了，很值得诗人们深入读读。

收入此次"诗人散文"第一季的本来是八个人，可惜朵渔的那一本因为一些原因最终未能出版，殊为遗憾，再次向朵渔兄表达歉意。其间，我也曾向一些诗人约稿，但因为一些主客观原因，最终与大家见面的是翟永明、王家新、大解、商震、张执浩、雷平阳和我。

在我看来，"诗人散文"是一个特殊而充满了可能性的文体，并非等同于"诗人的散文""诗人写的散文"，或者说并不是"诗人"那里次于"诗歌"的二等属性的文体——因为从常理看来一个诗人的第一要义自然是写诗，然后才是其他的。这样，"散文"就成了等而下之的"诗歌"的下脚料和衍生品。

那么，真实的情况是这样的吗？

肯定不是。

与此同时，诗人写作散文也不是为了展示具备写作"跨文体"的能力。

我们还有必要把"诗人散文"和一般作家写的散文区别开来。这样说只是为了强调"诗人散文"的特殊性，而并非意味着这是没有问题的特殊飞地。

在我们的文学胃口被不断败坏，沮丧的阅读经验一再上演时，是否存在着散文的"新因子"？看看时下的某些散文吧——琐碎的世故、温情的自欺、文化的贩卖、历史的解说词、道德化的仿品、思想的余唾、专断的民粹、低级的励志、作料过期的心灵鸡汤……由此，我所指认的"诗人散文"正是为了强化散文同样应该具备写作难度和精神难度。

诗人的散文必须是和他的诗具有同等的重要性，而不是非此即彼的相互替代，两者都具有诗学的合法性和独立品质。至于诗人为什么要写作散文，其最终动因在于他能够在散文的表达中找到不属于或不同于诗歌的东西。这一点至关重要。这也正是我们今天着意强调"诗人散文"作为一种不同于一般意义上的散文的特质和必要性。

诗人身份和散文写作两者之间是双向往返和彼此借重的关系。这也是对散文惯有界限、分野的重新思考。"诗人散文"在内质和边界上都更为自由也更为开放，自然也更能凸显一个诗人精神肖像的多样性。

应该注意到很多的"诗人散文"具有"反散文"的特征，而"反散文"无疑是另一种"返回散文"的有效途径。这正是"诗人散文"的活力和有效性所在，比如"不可被散文消解的诗性""一个词在上下文中的特殊重力"，比如"专注的思考"、对"不言而喻的东西的省略"以及对"兴奋心情下潜存的危险"的警惕和自省。

我们还看到一个趋势，在一部分诗人那里，诗歌渐渐写不动了，反而散文甚至小说写得越来越起劲儿。那么，这说明了什么？说明他已经不再是一个诗人了吗？说明散文真的是一种"老年文体"吗？对此，我更想听听大家的看法。

我期待着花山文艺出版社能够将"诗人散文"这一出版计划继续实施下去，让更多的"诗人散文"与读者朋友们见面。

2019年秋于八里庄鲁院

目　录
CONTENTS

诗 人 散 文
SHIREN SANWEN

第一辑

人形兔与野兔的相遇

古人讲："小大由之，有所不行。"而我则认为："宽窄由之，身体力行。"无论是洞明、和谐处世还是格外留意人心渊薮和艰难世事，我觉得都应该矢志不渝、身体力行、尽己所长。这样，即使是最窄之处也能最终迸涌出光芒，而往往在此过程中你要能够经受无比冷彻、痛苦的严峻时刻。葡萄牙诗人费尔南多·佩索阿说过"我们活过的一刹那，前后皆是黑暗"，这让我想到的是冰雪和孤独中曼德尔施塔姆的诗句："前面是痛苦／后面也是痛苦／上帝啊／请陪我坐一会儿／请和我说会儿话。"而我却从来不是这样的一个悲观者和虚无者，这可能也是作为白羊座的人比较乐观、旷达、勤奋和倔强的原因所在。

人生如飘蓬，纳兰性德说"飘蓬只逐惊飙转"，而多年来我耳畔时常回响的则是杜甫的怅怀之音——"飘蓬逾三年，回首肝肺热"（《铁堂峡》）。我们往往把人生比喻为一条河流，无论是狭窄处、宽阔处，还是水流平缓处和湍急旋涡处都暗含了人生的每一次转机和转捩。我们很容易在事后说出一大堆头头是道的道理甚至真理，但是对于当事人来说最为重要的恰恰是在过程中的反复淬炼。无论是遇到生老病死以及忧悲恼、怨憎会、爱别离、欲不得这八苦，还是迎来无比幸福欢欣的时刻，人们都应该持有一份平常之心，尽人力而听天命——事来如待猛虎，事后静观落花。

2019年夏天，在由北京开往天水（古称秦州）的高铁上，我一直回想着公元759年天下大旱之际辞官不久的杜甫流寓时所作的《秦州杂诗》——"何时一茅屋，送老白云边"，凝视着杜甫一生漂泊不定的流徙行迹图——从秦州经同谷往剑阁入成都，人生暮年又流落夔州、公安、越州以及潭州、衡州……杜甫在人生极窄之处迸发出来的正是人性的光辉、伟大汉语的光辉以及忧国忧民的诗史的光辉。

2007年秋天我第一次离开北京前往蜀地，当我站在黄昏时人流如织的宽窄巷子，几乎没有人会想起，在1948年的一次城市勘测中，测绘人员在度量之后，便将其中宽一点儿的巷子称之为"宽巷子"，窄一点儿的那条自然就成了"窄巷子"。后来回想，那时三十三岁的我已经难得地进入了人生的平缓期，而此前的十几年间我一直处于人生的低谷，比较起来看，童年期的几次死亡经历和成长期的贫困、饥饿感以及劳累无比的乡间农活已然算不得什么苦难了。

1994年7月高考结束之后前途未卜之时，无所事事的我开始在家乡小镇（沙流河）上最大的冰棍（冰糕）厂打工。外面酷热难耐，操作间却无比潮湿、寒冷，更让人难以忍受的还有巨大水池里刺鼻的某些化工气味。这与我想象中的炎热夏天一边吃着冰棍一边工作的美妙情形简直大相径庭。当我和附近村庄一些年龄三四十岁的人一起干活时，我感觉到某种不自在。印象最深的一个工人是二十出头的邻村姑娘，因为工作间的地上到处都是水，她一直穿着红色的雨靴。他们都已经成了小镇上的职业工人，而我却对未来心存幻想，觉得自己只是这里的一个过客而已。冰棍厂有一个巨大的冷藏库，冰棍做好后我们要一次次抱着大箱子进入白蒙蒙的寒冷内部。那个极其沉重的大门必须留一个缝隙以便出入，反之，如果门关上了，冰库里的人是出不来的，那将是极其寒气逼人的"人成为冰棍"的悲摧故事。那一个月的打工生活，现在想来并不是严格意义上后来进城务工者那样更为唏嘘感叹的不堪命运，但是已经足以在多年后的今天仍然让我不寒而栗——小镇上那个冰棍厂也不知道后来什么时候消失了。如果高考落榜，那么这个冰棍厂很可能成为我命定的一部分，我的命运如何走下去又走到什么程度都不敢想象。

我也是多年来一直试图改变自我命运的人，尤其是对有着乡村背景的群体来说更是如此。我仍然会在梦中和回忆中无数次地回到多年前的村庄夏日，那时十几岁的我和哥哥以及父母正在用镰刀收割着小麦，烈日当头、汗流浃背。我一边草草地割着麦子，一边直起腰来看看什么时候才能割完这让人近乎绝望的十几亩麦田。我不停地皱着眉头嘟囔着，还不时发出叹息。那时还年轻的母亲就笑着对我说："知道农村的活儿有多苦了吧，将来就看你自己有没有出息了，没出息，就在地里干一辈子！"

当2000年夏天我以研究生考试第一的成绩站在河北师范大学陈超教授面前的时候，我已经历了那么多意想不到的挫折。心性太高、恃才傲物、愤世嫉俗，眼里不揉沙子的年轻人如此不谙世事，又如何不四处碰壁呢？多年后陈超先生谈到了我们最初的那次见面，以及我研究生毕业前的另一次谈话——"现在，当我面对霍俊明的诗歌批评要说点儿什么话时，我想起了我们之间的两次谈话。记得八年前，当霍俊明以绝对高分通过硕士入学考试站到我面前时，我在教研室和他认真地谈过一次话。内容大概是他说这一生立志要搞诗歌研究和写诗，而我则说，先不必急于定什么'志业'，学习一段再看。因为与其他文学批评工作不同，研究诗歌的人，除去刻苦的知识积累和良好的理论训练外，他还一定要真正热爱诗歌，且要有足够的感受力和穿透力的天赋，包括一点儿'怪癖'，才可能把这件事做到位，做到底。多年来，我所招收的一直是更宽泛的'当代文学研究方向'研究生，就是考虑到专事诗学之人才的可遇不可求性质。但马上霍俊明有些委屈地对我正色道：'我相信，我很适合干这个。'当时真把我逗乐了。俊明是言必信，行必果的人，三年就读期间，他勤读苦练，发表了十余篇诗学论文及一些诗歌作品，成为同届学生中的翘楚。毕业后，俊明考博，同时考中两所高校，在郑重征求我意见时，这次谈话则是我力主他跟随诗学家吴思敬教授学习，而放弃了另一所更著名的高校。其实，当时俊明也是做如是想的，不过他可能还需要我这个老师加朋友的最后的鼓励和'教唆'。当我们同时亮出掌心的底牌时，不禁相视朗笑，浮一大白。"（《霍俊明和他的诗歌批评》，《南方文坛》2009年第5期）

拨转时光的指针，如此真实不虚的正是经由人生极窄之处迸涌出来的热泪和光芒。

小时候的我最喜欢的就是下雨天。那时乡村的院子太安静了——安静和喧嚣实际上是可怕的孪生兄弟，哪个时间长了都会让你承受不了。雨顺着房檐流下来在地上溅起一溜儿的水花儿，那时雨多且大，有时候会看到青蛙或蟾蜍在雨水中几乎静止不动。在一场暴雨即将到来之际，那么多密密麻麻的芝麻粒大小的蚂蚁正忙着赶往它们的洞穴或藏身之所。多年后再想想，当我蹲下身俯视蚂蚁的时候，未尝没有更为庞大的什么事物正在俯身看着同样不值一提的我。你并没有比任何动物和植物更具有一种优先权和豁免权。唯一不同的是人安慰自我的方式更为多样，这时候诗歌就具有了充足的证明自身合理性的理由了。

1994年夏天我考上唐山师范专科学校（即后来的唐山师范学院），家里几乎一贫如洗又欠着外债。父亲和母亲低声下气地四处为我凑学费，父亲一夜之间嘴巴里外都是火泡，而当时很多亲戚却袖手旁观，我那时也渐渐领略了人情冷暖。该年9月1号，我表兄（一个孤儿，1976年唐山大地震中他母亲危急时刻打开窗户将他扔到窗外，而母亲却不幸遇难）送我去唐山，这是我平生第一次乘公交车离开乡村去城市。毕业的时候我凭着优异的成绩获得了学校"优秀毕业生"的称号（整个年级一百六十八人，优秀毕业生的名额总共才八个，教导主任对我的评价是"只专不红"），在此前，每年的优秀毕业生是可以直接保送到河北师范大学的，可惜那年却没有保送这回事儿了。

毕业后我被分配回原籍，等待着县教育局往下分拨。那时还是所谓的分配制，个人没有任何的主动权和选择权。记得毕业前夕，我还曾幻想着能够留在唐山市区，还到唐山市皮影剧团、唐山劳动日报社以及唐山戏剧研究室的大门溜达、窥探过数次。尽管那时年轻懵懂，但已经知道这一切都是徒劳的。毕业那年夏天，我先是到白官屯的一个乡镇初级中学担任了两个月的语文教师，后来又转到高中做教师。我的语文课受学生欢迎的程度就不自夸了，但是我的教学方法和理念与当时整个学校教育体制几乎格格不入，一年之后那个校长还想把我调到另外学校去，甚至让我自谋出路——那时的学校完全由校长一个人把持着生杀大权。1996年大学毕业后在乡下中学工作的近四年时间里我没有写过一首诗，那时的生存压力和工作压力都太大了，我又对整个学校的人际关系以及社会完全没有认知。

我那时还兼管学校的考务工作以及图书馆，经常坐着颠簸的公交车甚至三轮车往返于县城教育局和学校。当我用特大号的钥匙打开学校图书馆大门的时候，整座图书馆多年来无人问津，到处都是尘土，呛得人咳嗽不止。我用了整整一星期的时间，一盆水一盆水地清洗。我那时确实也读了很多书——因为大学时没有学过英语，所以我开始天天背英语单词并阅读英文书籍，那时也确实受了很多苦以及旁人冷眼。

1999年春天，我二十四岁（现在想想多年轻啊），儿子已经出生几个月了。在一个黄昏，我隔着办公室的毛玻璃看着窗外的那棵近百年的绒花树（合欢树）正在开放着一层一层的红色花朵，我突然想到了自己的命运。我当时只有一个念头——自己的一生不能只是耗费在这里，我要走出去。那时我决定以专科毕业生同等学力的身份报考硕士研究生。那年我参加了专升本的考试并成绩突出，当时河北师范大学中文系有停薪留职、脱产学习的名额。一天上班后，我找到了校长，说出我想脱产学习并考研究生的想法，我至今清楚地记得他说的话——"那么多本科生都考不上，你一个专科生要是能考上，你自己相信吗？"

1999年8月底，冲破重重阻碍的我终于坐上了从唐山开往石家庄的绿皮火车，那时的车速极慢，每一站都停靠很长时间——尤其是在德州车站停靠的时间更长，而车厢内更是人挤人——有的人甚至趴到座椅下面躺着，到处都是腋臭和臭脚丫子味。

那时河北师范大学文学院正准备东西校区合并，我最初是住在东校区，随大三的学生一起上课，当时的主课是当代文学史、古典文学和外国文学。第一天开始上当代文学史课之前，在教室我和另一个同学打赌上课的是男老师还是女老师，我认为应该是女老师。结果上课铃声一响，一个穿着白裤子红色T恤的高大健硕的中年男人噌噌噌几步就登上了讲台。他头发较长，先是低着头，然后抬起头微笑着用极富磁性和穿透力的男中音自我介绍："我是陈超，这学期的当代文学史由我给大家上。"接下来竟然是学生回应的骤雨般的掌声，甚至很多人尤其是女生都在欢呼尖叫。

从那一刻，我知道了陈超，知道了他是受学生（尤其是女生）最爱戴的老师（几乎没有"之一"），也领略了他在课堂上作为"男神"的风采。从那时我开始有意识地找来陈超的一些著作学习，当然那时候很多内容都读不太懂，越是读不懂就越是想亲近陈超。从第一堂课开始，我就决定了，一定要考陈超的研究生，别无选择。如果说我在河北乡下中学想考研离开是因为我对命运和现实不甘的话，遇到陈超之后可以说是他让我深深地迷恋上了诗歌，也是他改变了我后来的人生走向。从那时起我开始疯狂地学习英语，准备研究生考试，那一年石家庄的雪下得特别频繁，几乎是一场雪接着一场雪。我几乎成了当时整个河北师大每天早上最早起床抢占教室座位的人，那时我们没有专属的教室，甚至经常被赶着从一个教室到另一个教室。在极其寒冷的冬天，我的命运一切未为可知。

当时对我的情况有专门的规定，要回原籍所在地报考研究生。我在1999年冬天回到了冀东平原的村子，准备即将开始的考试。冰天雪地中迈进院子的时候我感觉一切都很陌生了。一进屋，我儿子正坐在炕上吃东西——他刚刚学会摇摇晃晃地走路（因为走路不稳磕碰了一下，导致脸颊还有伤疤未好），还流着鼻涕，小手漆黑。他已经有几个月没看到我了，还不会说话，看着我愣了两三秒的时间，好像是认出了我是他爸爸，赶忙把他手里攥着的黑乎乎的东西往我嘴巴递过来。当时的情形你能形容吗？更多是对家人的羞愧，百无一用是书生啊！

第三天一大早，妈妈抱着我儿子出来送我——当时妻子在上班，路上结着厚厚的冰，光可鉴人。我回头看着风雪中的母亲和儿子，是一种完全说不出滋味的感觉，确实有些悲壮。而我已经没有退路了，如果考不上，正好应了那位校长和同事们的话，我如何再回原单位上班……

在那一刻，我不知道自己的命运何去何从。因为路面冰雪太滑，我从村子北面开始穿越积雪覆盖的麦地深一脚浅一脚地走，要去沙流河镇上坐公交车。走着走着，突然从西边跑过来一只草黄色的野兔，蹦蹦跳跳地转眼就不见了踪影。我是1975年春天出生的，属相是兔子，在看到那只真实的兔子闪过的一刻，我只是想这可能是一个重要的人生时刻的暗示。后来我才读到了米沃什的那首名诗《偶遇》：

黎明时我们驾着马车穿过冰封的原野
一只红色的翅膀自黑暗中升起

突然一只野兔从道路上跑过
我们中的一个用手指着它

已经很久了，今天他们已不在人世
那只野兔，那个做手势的人

哦，我的爱人，它们在哪里，它们将去哪里
那挥动的手，一连串动作，砂石的沙沙声
我询问，不是由于悲伤，而是感到惶惑

（张曙光　译）

多年后我对这只兔子仍然难以释怀，写了一首诗《人形
兔与一只野兔的相遇》作为个人往事的特殊怀念——

多年后回想起来
那时经历的一切都仿佛是预先安排
不可见的手
同样不可见的旋开黄昏的按钮

走出家门的时候
已是大雪封路
母亲说百年都未一遇

冷亮的乡村雪路
闪光碎片和空旷的白瓷杯盏

我穿过厚雪积满的麦田
一只野兔的草色身影
在眼前一闪
多年后
我仍然感激那只野兔
在冬天的旷野我与它偶然相遇
它就像我的前世或来生
我出生在1975年
一只化身人形的兔

那时我还未来得及多想
它蹦跳的身影已经不见
杨树上随风抖落的积雪
恍惚是时间的睫毛微闪

多年之后的一个春节，乡下再一次大雪封路。

在黑色弥漫的黎明，我要步行到小镇上去乘公交车到县城。七十多岁的母亲在前天夜里就说要送我，我坚持反对。因为白雪不仅覆盖了大地，而且道路上结了厚厚的几层冰。万一母亲摔倒，我可承受不起。后来，临睡觉时妈妈似乎妥协了，说好了只送我到村口。

一大早起来，外面黑漆漆的。爸爸烧火，妈妈做饭。我曾在一本书的后记中提到过这个场景，而此情此景将终生刻印心底。炉火闪亮，爸爸早已秃顶的头部此刻闪着红黄色的光。饭后，我拿着行李出来。妈妈在前面打着手电筒，到了村口，我让母亲回去。妈妈说再走几步，结果我不断地劝，她不断地说再走走。这样，母子两人在茫茫冬夜的冰雪路上蹒跚前行，那微弱的手电筒发出的光亮让黎明前的时刻更加黑暗。就这样，我们穿越了另外一个村庄，实际上再走几步就要到镇上了。我执意让母亲回去，妈妈最终答应了。我站在冰天雪地的路上，那两排高大的杨树下，是我曾走过无数次的田间土路，母亲手电筒的光亮在缓慢移动。直到看不到手电筒的亮光，我才继续朝小镇走去……

再次回到1999年冬天。

辗转几个小时到了唐山之后也是大雪扑面盈怀，住在极其简陋的小旅馆里。因为等另一个同事去考场，结果还迟到了，而第一场就是我最担心的英语，完全是在迷蒙的状态下答完的，而政治和专业课感觉还可以——都是把试卷写得满满的之后提前交卷的。之后又回到原来的中学上班，当时我是顶着巨大的心理压力的，成败在此一举。

一天早上，打开办公室的门，我突然发现桌子上放着一封薄薄的信，落款是河北师范大学研究生招生办公室。当时的心情已经无法用"忐忑"来形容了，感觉整个人手足无措、如芒在背，当时没敢打开看成绩，而是走出来在操场上溜达了三四圈。当时一咬牙，反正成绩也已经注定了，好坏就那样了，于是赶快回到办公室撕开那封信。打开那张纸，本能地看成绩最少的那科——英语是六十五分，其他的成绩都比这个高很多。按照每年研究生英语入学成绩一般是在五十分左右，我当时还想是不是今年的题太简单了。过了一段时间之后，我去河北师大东校区参加复试和面试以及同等学力考生的加试。在复试时一个女生问我："你就是考第一那个啊？"我当时还不清楚自己的初试排名情况。

回原单位后，又等了好长的时间，我的通知书仍迟迟没有下来，按照常理怎么也该来了。后来才知道我的入学通知书被县教育局以及学校扣下了。也是在极其偶然中接到河北师大招生办电话我才知道了此事——电话里那个老师说如果明天你的档案不来就取消入学资格了。我当时心急如焚又火冒三丈。第二天一大早坐着三轮车满身尘土地赶到县教育局，进了办公室我就说如果我的档案因为你们而耽误了研究生入学，所有人都要对此负责任。当时年轻，后来回忆，我当时是满面通红嚷出了那句话。他们最终拿出了我的调档函并给了我档案，档案上是封条和印章。当时教育局邮寄材料已经来不及了（按那时的邮寄速度最快也得一周时间），整个河北师大录取的研究生就差我一个人的档案了。找到公共电话亭和招生办老师联系，经过沟通同意我自己亲自去送档案——按照规定档案不能个人经手而只能公对公，于是我买了当天由唐山开往石家庄的火车票。坐了整整一夜的火车，整个人累得都快垮掉了，第二天早上才赶到招生办。在早晨的阳光中我有些恍惚地走在河北师大校园里，怀里紧紧抱着那个档案——更像是抱着一个脆弱的婴儿。

现在回想起来，从丰润到唐山再到石家庄，我一路上都紧紧抱着这份档案。那是我青春时代极其脆弱的命运。那个高个子女老师说："你是河北师大研究生招生录取历史中唯一自己带着档案来的。"那是一次破例，而我的人生也险些因为档案而发生不可想象的逆转。所以，当我2000年夏天站在陈超老师面前的时候，我业已经过了那么多的挫折。尽管我那时也才刚刚知道我的统考成绩、复试成绩和面试成绩都是所有考生中最高的。

诗人之死与伊卡洛斯的坠落

　　"诗人之死"显然具有格外特殊的象征性，尤其是在普通公众和好事者那里就更具有了被谈论和猜测的种种由头。无论是专业的诗歌读者还是坊间带有商业目的的出版物，都会对"诗人之死"抱有格外的关注和青睐。从20世纪80年代末期开始，中国诗坛出现了高密度的诗人自杀期，无论是从社会学、文化学还是诗学以及人性心理的角度，这些自杀现象都获得了附着其上的各种象征意味和猜测空间。

　　吕约（1972年生，现任北京十月文学院副院长）当年有一首诗《参观一个自杀的朋友的房子》（该诗写于2007年5月4日），从还原一个日常的人的角度切入到诗人死亡的现场。该诗不仅通过现象学还原了一个真实的人而且去除了种种象征和意义，将一个"自杀的朋友"的日常生活和普通人的多面性凸显得淋漓尽致。这是对"诗人之死"的诗歌方式的回应，回复到一种存在主义层面的日常生活和作为普通人的没有任何光环的死亡本身——而非以往的"精英""英雄""先

知""传奇"，当然还带有吕约作为女性的特殊介入方式和精
神姿态——

他住得不远，用十倍望远镜就可以看见。
望远镜里他住得不错，房子阳光充足，视野开阔，
每平米价值至少一万五人民币。

餐厅里有四把椅子，不比我们的多，也不比我们的少，
从餐厅到卧室的路上，也没有种着仙人掌。
水晶吊灯足以驱散黑暗
找到心脏上的针眼。
鱼缸里，孔雀鱼的心还在肚皮下跳动。
马桶边有几本旅游杂志，还有一本画了线的《论语》，
画的是红线而不是黑线。
跑步机上的计时器显示，黄昏时分他在阳台上
绕着地球跑了三圈。

电脑里有三个文件夹，第一个是上半年账目，
第二个是名人格言，在几个世纪的死人与活人中
他完全信任的七个名字。
一百二十多张见解独到的色情照片
严格按国籍分类，他给每一个甜心
都恰如其分地起了名字。

凡是两条腿的女人

都被他单个夹在钳子上

研究了个够。

你们是不是以为，在书桌左边的第二个抽屉里

没有我们的名片？

值得庆幸的是，他没有像对待那些娘们一样

拿我们单个地做实验。

在做出决定之前和之后

他没有给我们中的任何一个

打过电话。

我们放心地离开时，

一只苍蝇从窗帘的褶皱里飞出来，嗡嗡叫着

向书架上的耶稣、观音和印度的象鼻神

提出了

未曾解决的问题。

这只苍蝇站在救世主面前

一点儿也不让步。

当着我们的面，也没有一个救世主

向它让步。

我对外国文学尤其是诗歌的阅读是从1994年夏天读大学

的时候开始的，但是真正系统而自觉地阅读还是更多受到了我的硕士生导师陈超（1958～2014）先生的影响。

时光的指针拨转到1988年1月，接连几个夜晚，陈超一直在卧室里静静地阅读和反复品味捷克斯洛伐克诗人雅罗斯拉夫·塞弗尔特（1901～1986，生前出版近四十部诗集，于1984年获得诺贝尔文学奖）："他的安详、明澈如内发的挚诚一丝一缕地围绕我，我谛听着他的紫罗兰花瓣落地的声音。我想，我们不必再和这个世界锱铢必较，诗歌作为一种生活方式，它的内在、质朴、明亮足以使我们进入精神家园：它的沉着、平静、超诣足以使我们对生命本身激荡起一种感恩的心情。"（陈超：《语言的自觉》，《诗神》1988年第7期）

二十多年来，除了主要阅读欧美以及俄罗斯的经典诗人的著作之外，我最喜爱的还是捷克的诗人和小说家，其中就包括获得1994年诺贝尔文学奖提名的"我们这个时代最了不起的作家"（米兰·昆德拉语）、"当代最伟大的捷克作家"（伊凡·克里玛语）博胡米尔·赫拉巴尔（Bohumil Hrabal，白羊座，1914～1997）。甚至在某种程度上，赫拉巴尔是我精神层面的命运伙伴和灵魂密友。对于阅读来说，就是一个灵魂与另一个灵魂的相遇，是灵魂的彼此寻找和相互慰藉的过程，由此时空就可以通过精神对话而跨越无碍了。我之所以如此喜欢赫拉巴尔而不是其他作家——正如陈超在20世纪80年代喜爱塞弗尔特一样，这正源于深层的心理结构和精神命运的共鸣与亲近。

由赫拉巴尔命运多舛的一生和遭遇时艰而又极具个性和
创造性的文学创作，我想到的是里尔克的诗句：

我怎能制止我的灵魂，让它
不向你的灵魂接触？我怎能让它
越过你向着其他的事物？
啊，我多么愿意把它安放
在幽隐的任何一个遗忘处，
在一个生疏的寂静的地方，
那里不再波动，如果你的身心波动。
可是一切啊，凡是触动你的和我的，
好像拉琴弓把我们拉在一起
从两根弦里发出"一个"声响。

而"从两根弦里发出'一个'声响"，这就是伟大的知
音共时体在轰鸣。而赫拉巴尔作为精敏的诗人和小说家也在文
本中预言了自己的结局，而在小说《过于喧嚣的孤独》中就提
及了与他现实中结束自己的方式极其相似的伊卡洛斯式的飞翔
与坠落。

一

在我的阅读印象里，赫拉巴尔的小说（有的改编成了

影响巨大的电影《我曾伺候过英国国王》《严密监视的列车》《失翼灵雀》《雪绒花的庆典》）、自传体小说三部曲（《婚宴》《新生活》《林中小屋》）、回忆录"河畔小城"三部曲（《一缕秀发》《甜甜的忧伤》《时光静止的小城》）以及诗歌（1937年开始发表诗作，1947年写有诗集《偏僻的小街》，1949年还写有一本诗集但当时未公开发表，1950年写有长诗《布拉格圣子》《美丽的波尔迪》）所构造起来的最为典型的东欧作家的精神肖像与流放的风雪路上那些俄罗斯诗人清癯、沉暗的面影大体是相通的。这是精神、性格、政治文化环境和命运的共同遭际使然。具有重要性的写作者都会在文字累积中逐渐形成"精神肖像"，赫拉巴尔则认为自己是一个乐观主义的悲观者和一个悲观主义的乐观者。这是布拉格和东欧在新旧时代撞击和磨砺中淬炼出来的典型的双重性格。我想到当年苏珊·桑塔格描述的本雅明的不同时期的肖像，这些发生了细微甚至明显变化的影像正揭示一个人不断加深的忧郁，那也是对精神生活一直捍卫或分裂的结果："他站在布莱希特的屋前，这时的他已经四十六岁，略显老态了，穿着白衬衫，打着领带，裤子上挂着表链：一副松弛、肥胖的样子，恶狠狠地瞪着镜头。另外一张1937年拍的照片，本雅明坐在位于巴黎的国家图书馆里。可以看到他身后不远处一张桌子前坐着两个人，两人的脸都看不清。本雅明坐在右前方，可能是在为他写了十年的关于波德莱尔和19世纪巴黎的著作做笔记。"（《在土星的标志下》，姚君伟译）

那么，赫拉巴尔的精神肖像是什么样子的呢？

我不断凝视着赫拉巴尔在不同时期的照片：童年的系列照片（比如1919年他和母亲在宁布尔克城的合影、1920年赫拉巴尔和舅父博胡什·基里安在布尔诺的合影、1920年在院子里和他心爱的大黑狗的合影、1923年赫拉巴尔兄弟俩和母亲的合影）、1955年已经开始脱发谢顶的赫拉巴尔的头像、1956年赫拉巴尔和艾丽什卡·布莱沃娃的婚礼以及1966年赫拉巴尔在科尔斯克林中小屋修理汽车、1973年在林中小屋洗碗、晚年的他和十几只流浪猫的照片……

面对这些黑白照片，我一直在想，一个小学的差等生、法学博士、汽车运输公司工人、车站值班员、仓库管理员、公司业务员、推销员、保险公司小职员、铁轨枕木铺设工、火车调度员、炼铁工人、废纸回收站的打包工、舞台背景工，等等复杂身份，在一个作家（自由撰稿人）那里发生着怎样复杂莫辨的精神反应，而一战、二战、寒星下的布拉格、老城区、"时代垃圾堆"上的社会底层、"布拉格之春"、捷克新浪潮、地下出版的不断"封冻"和"解冻"又对一个作家的日常生活和精神世界发生着怎样的影响？这最终都回到了一个问题——一个人为什么要写作。

每个人的性格中最深处的部分以及不能公开的私人生活则是这一精神肖像中最隐秘的不为人知的。迪伦·托马斯（1914～1953）是天蝎座，当然更是独一无二的天才诗人和放任不羁的酒鬼。对于喝酒来说，"啤酒公子"赫拉巴尔和迪伦·托马斯有着极其相似的一面，"我、弗拉基米尔和蓬迪无比热爱啤酒。我们点的第一杯啤酒被端上桌时，整个酒馆里的人都会被我们吓着。我们用手抓起啤酒泡沫，抹得满脸都是，像犹太人往鬓发上抹糖水一样把泡沫抹到头发里。喝第二杯啤酒时，我们又抹一次泡沫，就这样，我们把自己抹得容光焕发，香飘十里。这样做主要是出于恶作剧心理，主要是想表达我们对啤酒的热爱。"（赫拉巴尔：《温柔的野蛮人》）而经常出入啤酒吧的赫拉巴尔则是如此看待迪伦·托马斯这位特异诗人的："死亡率最低的地方是酒馆，所以我尽量待在白马酒吧……我到第三天才不再盯着姑娘们的膝盖看，那些女大学生，她们进门后把大衣丢在一边，然后坐下来学习，她们可爱的双腿美妙交叠在一起……第三天，就是这一天，我发现自己在窗边坐着的位置，正好是迪伦·托马斯以前坐过的地方。我看到他挂在墙边的肖像画。那是一幅油画，抹了个红鼻头，和他本人倒挺般配。不过对于一名酒鬼来说，怎样画他都般配……"（赫拉巴尔：《白马》）

赫拉巴尔不仅嗜酒——他在小说中也塑造了一些酒徒形象，而且认为醉酒和写作之间有一种奇妙的共生和催化关系，"我在酒后难受时，至少会出现一些我清醒时害怕去思想的想法。酒醉头疼之后，往往出现一些平时会让我吓一大跳的思想。"

对于20世纪的布拉格这座城市而言，对于生活和工作于这里的诗人和作家来说，似乎很多都有着极其深刻的童年记忆。具体到布拉格，一些作家的不幸童年则更多是与这座城市、这个民族、这个国家的动荡联系在一起的："我在记忆中试图回到战争以前那段时间。那时候我是什么样子？我想自己继承了母亲喜欢寂寞的禀性。"（伊凡·克里玛：《不同寻常的童年》）家庭生活和社会动荡无论是对一个人童年性格的形成，还是对其日后的经验、命运以及写作都产生着极其重要的影响："我们知道，一个诗人的经验之圈／隐喻视界只有一部分来自阅读，更多的还是来自他从童年时代起积累的感性生活。"（陈超解读迪伦·托马斯《羊齿草的山》）

赫拉巴尔在四十九岁（1963年）才开始第一次公开出版作品，在他的文学创作中，他不时地回到遥远的童年——父亲远走他乡、和养父生活在一起，一个人经常回到喧嚣的码头、教堂、灰暗的啤酒厂以及厂区里的果园和花园，"当不一样的童年遭遇同样回不去的故乡，唯有书写，能够照亮逝去的时光"（赫拉巴尔《甜甜的忧伤》中文版封面）、"在我人生的暮年，我回到了童年时的故乡"、"我最愿意在科尔斯克林区巡逻，小时候我就有这样的愿望，那里的一切我都耳熟能详"（《月夜》）。童年与性格和文学之间的关系确实是耐人寻味的，赫拉巴尔终其一生都坐在童年的那棵巨大的樱桃树上不时地回望过去："树枝一直升到铁皮屋顶上，有些树枝干脆就趴在铁皮上。每当樱桃熟得几乎呈黑色时，我便从一根树枝爬到另一根树枝，一直爬到高过屋顶的树冠上，摘上满满一手的樱桃。"（赫拉巴尔：《甜甜的忧伤》）

无论是我们不断强化和沉溺于童年经验还是有意化解和

淡化了它，这都证明童年经验的重要性："尽管我拥有'不幸的童年'这份奖品，它哀伤得几乎可以收进教科书，但不要以为我沉溺其中。"（伊丽莎白·毕肖普）甚至在剧烈动荡的时代，这一童年经验除了个人属性之外还沾染甚至烙刻上了整体的印记。当童年不只是普世性的人类经验，而是与具体的社会历史语境尤其是新旧冲撞的时代联系在一起的时候——赫拉巴尔称之为"断裂的木板"，就更具有了追挽的意味。显然，赫拉巴尔是能够代表所谓的布拉格精神的重要作家。"布拉格之春"、审查制度、严密监控、秘密交流、地下写作、孤独生活，都在这位作家、这位钢铁厂工人、废纸收购站的打包工这里发生了实实在在的近乎惨烈的碰撞。

诗人的精神生活与日常生活的关系尤其是在一些高度政治化甚至极权国家会表现得更为复杂，"捷克作家总是和普通人民日常生活打交道，这既适合于过去的伟大作家，也适合于当代作家：卡夫卡从没有不去做一个办事员，恰佩克是一个记者，哈谢克和赫拉巴尔把大量的时间花在烟雾弥漫的小酒馆里。"（伊凡·克里玛：《布拉格精神》，崔卫平译）也就是说，写作的人具有玛格丽特·阿特伍德所说的"双重生活"和"双重身份"："一个指的是没有进行写作时所存在的那个人，做一些譬如遛狗、按时吃面包、去洗车店洗车等再寻常不过的事情的那个人；另一个人的存在则较为模糊、不明确，虽然与前一个人共享同一个躯壳，当无人注视的时候，会占据这个躯壳并用它来进行实际的写作。"（《与死者协商：一位作家论写作》）就精神生活而言，赫拉巴尔和卡夫卡等作家一样都是一个时代的守夜人，"深深沉入夜幕之中。像一个人有时沉入冥想一样，就这样完全沉入了夜色。人们都睡着了。……而你正在看守着，你是一个更夫，你挥舞一根从你身旁堆起的燃烧的柴枝，发现了你最亲近的人。你为什么要看守呢？据说必须有个人看守，必须有个人在那儿"（卡夫卡：《夜晚》）。

在光明与黑夜、迎击与转身、正面和侧面的交织中所呈现的恰好是赫拉巴尔一生的精神底色与灰暗命运。在作家的精神生活中，在诸多文本中最特殊、最隐秘、最内在的无疑是通信和日记，这揭示了一个人最真实的内心状态："在他的日记和通信中，可以看出他将注意力如此集中于他自身，他的病、他的梦、他的焦虑，他最琐细的日常活动。"（伊凡·克里玛：《布拉格精神》）信件，显然是属于极其私密的非虚构文本，当然在一些诗人和作家那里，这些信件也必然会带有一些想象和虚构的成分（虚构式信件、伪信件），尤其是在特殊的精神境遇和时代语境之下："霍利将《绝对恐惧致杜卞卡》称为'虚构式信件'，而奇瑞可则称之为'伪信件'。毫无疑问，他们都注意到赫拉巴尔如何将貌似日常实用的文体变成了文学虚构的载体。换个角度来看，出现在书信里的杜卞卡，始终有别于现实当中从未收到任何信件的艾普蕊·吉福德；后期书信里出现的'杜卞卡'，也不是'我'在金虎酒馆里遇见的那位昵称'杜卞卡'的'艾普蕊小姐'。"（李晖：《与生俱来的恐惧和希冀》）

二

诗人就是在精神隐喻层面提前撰写墓志铭的人。

赫拉巴尔在小说中处理了大量的令人心悸的死亡场景，甚至在写作《过于喧嚣的孤独》的时候，他说出了更为深层的动因，"我为写这本书而活着，并且为它而推迟了死亡"。关于赫拉巴尔的小说和诗歌，关于他最后一刻的纵身一跃——"如今我到达了虚无的顶峰"（赫拉巴尔），我总是想到里尔克的《沉重的时刻》：

> 此刻有谁在世上的什么地方哭，
> 无缘无故地在世上哭，
> 哭我。
>
> 此刻有谁在夜里的什么地方笑我，
> 无缘无故地在夜里笑，
> 笑我。
>
> 此刻有谁在世上的什么地方走，
> 无缘无故地在世上走，
> 走向我。

此刻有谁在世上的什么地方死，

无缘无故地在世上死，

望着我。

　　然而，活着谈何容易。无论是对于那些痛苦而杰出的诗人还是作为其精神追随者都不能例外，甚至不惜以肉身的殉难完成精神的追附："让·阿梅利和普里莫·列维也都自杀身亡，这可绝不是一种巧合。策兰忠实的朋友及才华横溢的评论家彼德·斯丛狄也是一位幸存者，他在策兰自杀后的次年投水自杀。"（约翰·费尔斯坦纳：《保罗·策兰传》）

　　身体受难与宗教救赎不仅是宗教性的命题，而且是生命诗学中的核心所在。作为一个宗教思想家和神秘主义者，西蒙娜·薇依也以早逝为代价给世人呈现了一个独特的思想空间。而西蒙娜·薇依短暂一生的重要性不仅在于贡献了不可替代的思想资源，而且更为重要的在于她以行动和生命践行自己的思想理念。二战期间她参加法国的抵抗运动，拒绝吃敌占区的粮食而身体状态虚弱并引发结核病，1943年8月24日病逝于阿什福德疗养院。艾略特说过人类存在的不幸的必要条件之一就是他们必须靠自己找到一切。

　　失眠已经越来越困扰着现代社会的人们，尤其是一些作家、诗人和艺术家，当然包括这位赫拉巴尔——"我如果不吃药就无法入睡。至少，吃一剂罗眠乐能让我踏实睡上四个小时，或不如说是失去知觉。"（赫拉巴尔：《绝对恐惧致杜卞卡》）那种难以对抗的虚无和苦痛的程度是除了赫拉巴尔本人之外的任何人都难以想象的。赫拉巴尔的精神重负与晚年身体的不堪状态可以在西蒙娜·薇依的《重负与神恩》中得到某种呼应和精神启示性："谦卑，对于精神重力就是上升，精神重力使我们跌到高处。"而"虚空""孤独""死亡""赎罪"，等等这些"精神重力"的词源反复出现在赫拉巴尔不同时期的写作、日记以及通信当中。赫拉巴尔是如此沉重，而他身边的那个社会、那个世界又是如此喧嚣："我反复对自己说：赫拉巴尔，赫拉巴尔，赫拉巴尔，博胡米尔·赫拉巴尔，你已经把自己战胜，你已经到达了虚空的巅峰。就像是履行老子对我的教诲，我已经到达虚空的巅峰，一切都让人伤痛。"

"诗人之死"显然具有格外特殊的象征意义，尤其是在普通公众那里就更具有了被谈论和猜测的种种由头。无论是专业的诗歌读者还是坊间带有商业目的的出版物都会对"诗人之死"抱以格外的关注和青睐。从主体意志的存在哲学的角度看，"诗人之死"与那种悲观的宿命论意义上的面对自然死亡的人群完全不同："生命本身就是满布暗礁和旋涡的海洋。人是最小心翼翼地，千方百计避开这些暗礁和旋涡，尽管他知道自己即令历尽艰苦，使出'全身解数'而成功绕了过去，他也正是由此一步一步接近那最后的、整个的、不可避免不可挽救的船沉海底，并且是直对着这结果驶去，面对着死亡驶去。"（叔本华：《作为意志和表象的世界》）本雅明则认为"现代有一种奇怪的自杀诱惑""避开自杀的唯一途径就是超越英雄主义、超越意志的种种努力"。关于自杀，人们总会将暧昧而复杂的目光投向那些诗人。

1997年2月3日——十年之前赫拉巴尔妻子的辞世给了他精神重创，八十三岁的赫拉巴尔从医院的五楼坠亡，而关于不幸的人生结局他早已经预言过了："我的守望天使也一直陪伴在我身边，我的守望小天使。因为这位守望天使想让我继续留存在这个世界，目的是让我抵达谷底，在继续往下走一段台阶，最后到达懊悔的终极坑洞。因为整个世界都让人伤痛，即使是我那位守望天使也让人伤痛。我经常想从五楼跳下去，从每个房间都让我倍感伤痛的公寓楼窗口跳下去。可是每到最后关头，我的守望天使总会来拯救我，把我拉回来，就像他曾经对待弗朗茨·卡夫卡博士那样。我的卡夫卡，曾经想从五楼跳下来，想从奥佩尔特大厦跳下来。"（《魔笛》）而1997年2月3日这一天的下午2点10分，赫拉巴尔又一次站在五楼11号病室的窗口，而这次，一度拉他回来的天使不在身边。此时暮年的赫拉巴尔只想纵身一跃以求解脱，"我已经做了我该做的一切""如今一切都无所谓了"。这就是诗人的命运！这是在任何艰难情势下都体现了个体存在的意志和主体性，"死亡所意指的结束意味着的不是此在的存在到头，而是这一存在者的一种向终结存在。死亡是一种在刚一存在就承担起来的去存在的方式"（海德格尔：《存在与时间》）。

2016年3月12日，春天的布拉格仍然是寒冷的。此时在布拉格的郊区科尔斯克，我隔着白色木栅栏站在了赫拉巴尔的故居前——林中小屋。

这是一座二层楼房，屋顶和门窗都是草绿色的，多年前这位作家在这里写作，也抵抗着一夜一夜的孤独："我坐在床上，倾听枝丫断裂和坍塌的巨响，似爆炸般令我不寒而栗，我的房屋被松林环抱，万一其中某一棵倾倒，横扫我的屋顶，枝杈顶穿房梁，直抵我的床栏。"（《林中残木》）

在院内的草坪上我看到了一个二三十厘米高的玩偶——戴着礼帽、穿着红色上衣、拄着一根拐杖。赫拉巴尔的故居紧挨着一条乡村公路，往年的落叶还堆积在路边。沿着公路向北，步行十分钟左右就到了赫拉巴尔的墓地。我当时特别强烈的感受是一个人的故园和墓地距离太近了。当时田野里的土层已经被机器翻新过了，正在等待播种。

赫拉巴尔的墓碑设计得很独特，灰白色的石碑，接近顶端的位置是一个凿空的圆洞，那里放着一只木头小猫。赫拉巴尔生前在家里收留了很多流浪猫，只有它们与风烛残年的他相依为伴。赫拉巴尔的墓地摆了好多猫咪公仔，那是很多朝拜者从世界各地带过来的。墓碑右侧雕刻了一只手臂，从墓碑里伸出来有力地撑着，似乎他随时准备从另一个世界回来。墓碑前摆放着几束鲜花，周边是冬青、灌木。由此，我想到这位捷克作家赫拉巴尔写给杜卞卡、写给悲情的俄罗斯诗人、写给他自己的一段精神独白："我们会向那些残留的红色莱蓬鞠躬致意，它们像守望者一样伫立在他的头颅旁……他们说，当他在苦闷中死去时，莫斯科的莱蓬正在怒放，于是他的棺椁上便堆起了厚厚一层红色的莨蓣……因为俄罗斯诗人都是先知、狂想者……随后，我们要将最后一束鲜花拿到另一座墓碑那边，一座巨大的黑色大理石墓碑。它的凸面形状，就像是那些直径足有十米的镜子表面……杜卡卡，你能认出这是什么吗？这是伊卡洛斯的坠落。"（《公开的自杀》）

此刻，赫拉巴尔墓地附近的树林不时传来不知名的鸟的鸣叫声："我最怀念的，不是那些终将消逝的东西，而是鸟鸣时的那种宁静。"（罗伯特·潘·沃伦：《世事沧桑话鸣鸟》）我想，此刻赫拉巴尔正处于这一宁静的核心，一切风暴止息了，不再失眠、不再孤独，也不再痛苦。

当天夜里，在布拉格的旅馆里，我写了一首关于赫拉巴尔的诗——《不大不小的一次复活》：

> 赫拉巴尔的墓园和故园
> 离得太近了
> 生死只隔了两英里
>
> 红色拖拉机正在垦荒
> 椴木上刻着陌生人的名字
> 一只手臂从石头墓碑里探出
> 抚摩着那些大大小小的玩具猫
>
> 米黄风衣的女子侧身在十字路口

风不大却吹乱了她的头发

一辆蓝色的乡下班车会晚点开来

一半光亮一半阴影的墓园

一只猫突然翻墙消失在树林里

它是为了离去还是为了寻找

在我看来

这是一次

不大不小的复活

　　伊卡洛斯坠落的地方，也是永生的开始之所。也许，一个写作者最终只能在文字中获救。

　　对赫拉巴尔而言，作为诗人和作家的一面，遗留下来的文字肯定比生命更长久。"诗人之死有着双重含义，一指肉体的死亡，二是指诗的死亡。对于诗人来说，后者才是真正可怕的，因为它意味着写作或艺术生命的终结。"（张曙光：《诗人之死》）为此，另一位布拉格的伟大作家如是说："无论什么人，只要你在活着的时候应付不了生活，就应该用一只手挡开点儿笼罩着你的命运的绝望……但同时，你可以用另一只手草草记下你在废墟中看到的一切，因为你和别人看到的不同，而且更多；总之，你在自己的有生之年就已经死了，但你却是真正的获救者。"（卡夫卡：《日记》，1921年10月19日）

小说家眼中的诗人

近一段时间以来，公共事件和热点话题此起彼伏，疫苗、米兔、龙泉寺、贸易战、抢座猥琐男、滴滴顺风车司机强奸杀人、巴黎圣母院的大火、湖南新晃操场埋尸案，等等在轮番挑动公众的眼球和神经。然而我们看到的现实就像是身边的一场常见的雨，隔着那么多的雨水、雾气和寒冷，我们的视野并不是那么客观和清晰——更多是迷蒙、晦暗一片，世界是一块巨大的毛玻璃。此时，我竟然想到了云南作家胡性能一篇小说的开头——"回到昆明的时候，天空正下着雨，机窗外一片暗淡。中午时分，细雨密织，均匀而有序地滴落在机场的水泥跑道上。远方的天地间，混沌，视野尽头缺乏必要的过渡，建筑物轮廓模糊，铁灰色，这幕布上的水渍，沉重的阴影真在被溶解。"（《鸽子的忧伤》，《大家》2018年第4期）

可能每一个诗人都会有迟来的阅读者，但更不幸的则是诗人没有知音，这是不争的残酷事实。这既与诗歌这种不无"精英化"的天然具有接受隔阂的文体特殊性有关，与诗人的人格特征、精神癖性指涉，又与一个时代的阅读氛围、读者趣味以及批评家的选择、诗歌选本文化密切关联，"那些为人所知被人记住收入诗选的诗人（当然，这可以适用于任何需要用心用力的行业）之所以存在，偶然机遇和内在价值同样重要。诗人或许比其他人更真实一些，因为诗歌一开始就是一种有些被忽视的艺术；在最好的情况下也很难风生水起，而且没有多少评判者监督行情，以确保每一个人得到理应获得的名实。诗歌比绘画更容易佚失，甚至它们的作者也会把它遗忘在抽屉里，或者发一阵怒气就将它毁掉。"（约翰·阿什伯利：《别样的传统》，范静哗译）

在秋天来临的时候，在潘洗尘大理"山水间"的院子里——他养的两只兔子已经死了，如今鱼池里也没有鱼在游动，那只养了十五六年的老狗则走路的力气都没有了，一直都是颤巍巍的。我和潘洗尘、宋琳、树才、赵野和耿占春正在谈论着大理的一位白族诗人北海（1943～2018）。此时，接连数日的雨刚刚停歇，阳光再一次洒在了院子里。桂花飘香而斯人已逝。北海，本名张继先，早年曾骑车出行万余里——曾有朋友送诗云"骑行十万里，关公算老几"。此公早年家庭不幸，半生坎坷半生流浪，后来由朋友在大理古城的人民路租了一个摊位卖自己的自印诗集——甚至创下了一个月卖出三千本诗集的记录。其一生的信条是写诗、劳动、读书、做人，并且一直践行而未悔。"因而我的屡屡失败赚取的大笑为我赢得了声誉。"（《早已忘却声誉》）这位不为诗坛所知而早已忘却声誉的隐居者和狂生在写诗之余种菜，有时候会把采摘的蔬菜放在潘洗尘等老友的门口而默默离去。而令人遗憾和不解的是，北海在2018年3月26日辞世，却直至当年8月中旬少数的几个朋友才知道了这个不幸的消息。这是又一次对诗人的漠视和又一次迟到的理解，幸好这是一位诗人，幸好他曾经拥有自由独立的灵魂，至于能被多少人理解那不是诗人的不幸，而是众人的不幸。一个诗人的墓志铭早已经由语言和人格雕凿好了：

当我不再写作的时候，我将静静地死去，
我遗留在世间的诗篇，没有人再读，
我也不再忧虑、烦愁，
因为我的灵魂也悠然飘飞，散去，
我已获得了最大的自由、宽慰，漠然处之：
世界已离我远去，我不再回望什么，
我的友人，我的战友，
继续你们无愧于人类的伟大事业吧！

（《当我不再写作的时候》）

"诗人"形象更多是指向修辞化的诗人和文字物化的精神自我，因为现实生活中诗人的角色往往是窘迫、尴尬的，就如那只大鸟掉落在甲板上挪动摇晃着身体而被人嘲笑一样，它的翅膀拖在地面反而妨碍了飞行。这让我想到了雷蒙德·卡佛——"他在给她念里尔克，一个他崇拜的诗人的诗，她却枕着他的枕头睡着了。他喜欢大声朗诵，念得非常好——声音饱满自信，时而低沉忧郁，时而高昂激越。除了伸手去床头柜上取烟时停顿一下外，他的眼睛一刻也没有离开诗集。这个浑厚的声音把她送进了梦乡，那里有从围着城墙的城市驶出的大篷车和穿袍子的蓄须男子。她听了几分钟，就闭上眼睛睡着了。"（《雷蒙德·卡佛短篇小说自选集》，汤伟译）这近乎就是日常景象中的诗人——自恋（那喀索斯的水仙）、热情，而旁人甚至最亲近的人则对他无动于衷。

诗人成了世俗眼中的病人、怪人和失常的人——具有精神疾病并且在日常生活中举止怪异无常的群体，这并未因着诗歌的发展而弱化和消解。这就是"疯癫"与"文明"肉搏的过程，而前者必然是失败者、被惩罚者和被规训者。似乎，诗人只有借助"疯癫"的理性才能获得自我认同，这像是更为虚妄的天方夜谭和"痴人说梦"。而"疯癫"作为精神症候在诗歌写作中的出现，正对应了生存方式和写作方式之间的龃龉、摩擦，"疯癫主题取代死亡主题并不标志着一种断裂，而是标志着忧虑的内在转向。受到质疑的依然是生存的虚无，但是这种虚无不再被认为是一种外在的终点，而是从内心体验到的持续不断的永恒的生存方式。"（米歇尔·福柯：《疯癫与文明》，刘北成、杨远婴译）

每个诗人和写作者都会在文字累积中逐渐形成"精神肖像"，甚至有时候这一过程不乏戏剧性。当然也有诸多的悲剧，尤其是那些自杀的以及非正常死亡的诗人。

说到诗人的精神姿势，我们就必然会去关注他们的精神肖像。几年前云南的青年诗人王单单曾经绘制过一张自己的精神肖像：

　　　　喝酒以及做梦。假装没死
　　　　头发细黄，乱成故乡的草
　　　　或者灌木，藏起眼睛
　　　　像藏两口枯井，不忍触目
　　　　饥渴中找水的嘴。
　　　　鼻扁。额平。风能翻越脸庞
　　　　一颗虎牙，在队伍中出列
　　　　守护呓语或者梦话
　　　　摁住生活的真相
　　　　身材矮小，有远见
　　　　天空坍塌时，想死在最后
　　　　住在山里，喜欢看河流
　　　　喜欢坐在水边自言自语
　　　　有时，也会回城
　　　　与一群生病的人喝酒
　　　　醉了就在霓虹灯下
　　　　癫狂。痴笑。一个人傻。
　　　　指着心上的裂痕，告诉路人
　　　　"上帝咬坏的，它自个儿缝合了"

遇熟人，打招呼，假笑

似乎还有救。像一滴墨水

淌进白色的禁区，孤独

是他的影子，已经试过了

始终没办法抠除

（《自画像》）

而现在再来看的话，这个肖像显然已经发生了不小的变化，这一变化既是外在形貌上的更是精神内里以及观念形态上的。

我们可以从王单单近期的一张照片来直观看看其观察世界的角度、姿势以及精神肖像。

王单单站在画面近景的位置，河岸边是一个用简陋的木板或拆下来的谁家的门板搭起来的也许是世界上最小、最粗陋的渡口。木板平台以20°角深入水中，木板由六根生锈的铁管支撑，四根铁管上挂着废弃的汽车轮胎。由这个木板，我们的视线上移，会依次看到一双凉拖鞋、深蓝色的牛仔裤、黄底黑格子衬衫以及侧向前方的微微上扬的头颅——标志性的铁臂阿童木式的翘起的发梢。跟随着他的视线，我们依次看到的是茫茫的水面以及更为苍茫和遥远的山脉以及无尽的天空。

对于阅读者来说他们更多是关注诗人性格、命运以及诗作自身"非正常"的一面，这种阅读惯性甚至对一些诗人形成了暗示和影响，"总有些开化了的俗人，出于给人诊病或更可疑的理由，宁愿去读诗人脑子出问题时写的诗，而不愿意读他们心智健全时写的诗。当今的诗人太清楚了，他们要是能在精神病房关上一阵子，很有利于提升他们的名声和销量。"

（约翰·阿什伯利：《别样的传统》，范静哗译）

　　诗人在公众那里的形象自然是五花八门的，甚至很多时候诗人形象是不容乐观的。至于小说家笔下的"诗人形象"更是富有极强的戏剧性以及争议性。多年前，沈浩波反复对我提及一本名叫《白色旅馆》的小说，说写得特别棒，里面还有很多诗歌。后来我读到了英国作家D.M.托马斯这本极具先锋性和后现代性特征的小说《白色旅馆》（袁洪庚译）。他本人首先就是一位诗人，著有《爱与种种另类死亡》《蜜月之旅》等诗集并具有不小的影响，甚至他第一部小说《吹笛子的人》即以著名诗人阿赫玛托娃为原型，而产生巨大影响以及争议的则是其代表作《白色旅馆》。该小说以信件、日记和诗歌等形式完成了极具另类色彩的叙述，凸显了弗洛伊德精神分析学，里面甚至出现弗洛伊德的角色以及相关的与该女性病人相关的通信，"如果忽略这位平时容易害羞、一本正经的淑女在病中写下的粗鄙的话，你会发现有些段落饶有风趣""但愿你不至于被她拙劣的诗作中随处可见的淫秽字眼以及充斥于她的幻觉之中那么令人生厌、仍是色情的材料搞得惊恐不安"。小说通过不同的叙述角度反复讲述了一个曾经挚爱音乐但是因为性饥渴和性困惑而精神分裂的女性以及白日梦般的怪诞故事。丽莎·厄尔德曼就是一位典型的分裂型的歇斯底里的患者，同时也是一位诗人，该小说的第一部《唐璜》就是丽莎·厄尔德曼在莫扎特作曲的二幕歌剧《唐璜》总谱的五线谱之间撰写的一首极其特异的"拙劣"的长诗，里面充满性想象、死亡事件的怪异象征以及白日梦般的乖戾场景和暴雨般一场接一场的不能自已的疯狂欲望：

> 那一整夜天幕一片片飘下，
> 宛如雪花。
> 我们躺着一声不响，
> 听得到许久前混沌中宇宙生成时的快乐叹息。
>
> 黎明降临，
> 白色旅馆已悄然而逝，
> 火绒草在远山的冰莹中摇曳，
> 他把镜头对准山峦间的缆车处。
> 缆车吊在钢索上随风飘荡，
> 我的心咚咚直跳。
> 突然吓得我尖叫，
> 客人们从天而降：
> 男人先摔落在地上，
> 女人掉进湖里、挂上树梢，
> 接着静悄悄地落下几只漂亮的溜冰鞋。

下山途中我们在溪水边小憩，

如此高山上竟看到鱼儿劈波斩浪，

令我联想起精子寻觅我子宫的入口。

是不是我太关注性事？

有时也觉得的确如此，

我已走火入魔。

与此同时，这首长诗则具有揭示人格和小说本身的元文本性质，后面的几个部分都是通过不同角度对这首长诗的怪异情节进行了揭示。

小说家往往会被视为天然地比"天真""感伤"的诗人更具有理性和逻辑性，他们的个人生活也比诗人更为正常和平静，"小说家天真的一面（孩子一般，顽皮的，可以设想他人）与其感伤——反思性的一面（知道他自己的声音并专注于技巧问题）之间存在冲突——或协调——的一个很好的例子就是每一位小说家都知道自己设想他人的能力是有限制的。小说艺术的诀窍在于能够在说自己的时候仿佛是在说另一个人，又能在说他人的时候仿佛我们进入了他人的躯体。就像我们能够在多大程度上以他人的口吻谈论我们自己是有一定限制的，我们设想他人的程度也是有局限的。"（奥尔罕·帕慕克：《天真的和感伤的小说家》，彭发胜译）但是就诸多小说家描述自己或他人的限制性而言，尤其就其所刻画的"诗人形象"而言，我们看到的更多的是一种刻板化的惯性叙事，应有的限制性成为固化中的诗人形象。

继续从小说家的视野出发，"诗人"形象往往带有更多的戏剧化和假托的成分。"诗人"不再只是个体的命运和怪异性格的对应物，而是会与社会文化甚至历史命运缠绕在一起，比如2006年诺贝尔文学奖获得者土耳其的奥尔罕·帕慕克在其极具争议性的小说《雪》中所刻画的诗人形象卡，"带着迷失和遗憾，我就像一只受伤的小动物，在痛苦中度过了一生。如果我不是如此爱你，我也不会让你如此生气，也就不会失去平衡（我花了十二年的时间才找到这种平衡）而回到我最开始的地方，我感觉自己遍体鳞伤，我的心里现在仍有那种迷失和被人遗弃的感觉。有时，我觉得自己遗憾的不仅仅是你，而是整个世界"。帕慕克所刻画的这位天真的诗人、感伤的诗人就是明显地受到了柯勒律治和席勒的影响——"每次阅读席勒的论文总会激起我无比的敬佩之情。他所说的天真诗人拥有一个决定性的秉性，我希望特别加以强调：天真诗人毫不怀疑自己的言语、词汇和诗行能够描绘普遍景观，他能够再现普遍景观，能够恰当并彻底地描述并揭示世界的意义"（奥尔罕·帕慕克：《天真的和感伤的小说家》，彭发胜译），但是这位诗人显然与世界和现实之间已经发生了反思性和质疑化的关系。当这位兼有记者身份的诗人与政治事件、宗教和民族问题以及恐怖谋杀极其复杂地缠绕在一起，该文本就具有了政治小说的寓言化特征。

另外一个，我想到最多的则是美国著名小说家E.L.多克托罗的半自传性的中篇小说《诗人的生活》。这是关于诗人"中年时期"接踵而至的身体症候和精神危机的描述，同时又是孤独、欲望、自闭、虚无的混合纠结。"诗人"首先成了一个名副其实的"病人"，这既是病理学层面的现实，对应又是精神层面的隐喻。"我左手大拇指发硬，也不是特别的肿胀，虽然指根附近的经脉已经突出，手指不能向后弯，指头捏东西也疼。以前出现过这种情况吗？我有点模糊的印象，疼痛也许会消失，但这隆起的血管，等等让人感觉好像不会好似的，也许是痛风，也许是关节炎，当然，除非是患了可怕的卢·格里克氏症，那对作家是致命的，愿神佑护我们。而且，我感觉脖颈神经有压迫感。这和大拇指有关系吗？这是怎么了？我是真正的摩羯座，我的命运就是碾碎一切直到死亡。当然，还有这难以言说的听力障碍。每隔一会儿，我会听到声音，但辨不出话语。是颈部神经压迫挤压了声音吗，把我挤压得沉默？我能怎么办呢？为什么不去看医生？哦，这缓慢推进的枯朽！"（E.L.多克托罗：《诗人的生活》，尚晓进译）

诗人的"暮年状态"让我想到了晚年德里克·沃尔科特的诗歌巅峰之作——长诗《白鹭》。这是一个诗人的"终极之诗"，关于生命、时间和存在的本质化的深度剖析和自省，病态、孤独、残光、死亡如此复杂地交织在一起：

　　细察时间的光，看它经过多久
　　让清晨的影子拉长在草地上

让潜行的白鹭扭动它们的喙与颈

当你，不是它们，或你和它们，已消失；

因为嘈杂的鹦鹉在日出时发动它们的舰队

因为四月点燃非洲的紫罗兰

在这个鼓声隆隆的世界里它让你疲惫的眼睛突然潮湿

在两个模糊的晶状体后面，日升，日落

糖尿病在静静地肆虐

接受这一切，用相称的句子

用镶嵌每个诗节的雕塑般的结构；

学习明亮的草地如何不设防御

应对白鹭尖利的提问和夜晚的回答

（程一身　译）

"诗人小说家"宋尾（1973年生于湖北天门，现居重庆）的长篇小说《完美的七天》则在悬疑式的人性和欲望的旋涡中刻画了一个"前诗人"李楚唐的形象。"帷幕背后"的真相有时会让人惊出一身冷汗。小说开篇即引用了英国女作家珍妮特·温特森的句子："欲望值得尊敬。但它不是爱，只有爱才值得上一切。"显然这位"前诗人"有才华、有情怀，对现在的生活不满，曾在欲望和爱的幻象中做着白日梦，不能不说这段感情是真实的，但是因为短暂而更像是泡影："我也给房间做了一点必要的修饰，仅仅只是一件东西，床榻上方的墙壁挂着一个铝合金画框，里面嵌的不是风景，不是艺术品，而是一首诗。标题是《晚餐》，我用小号羊毫誊写了使我们这两个完全无关系的人联系在一起的那首诗歌。她走过去，将深红色的手提包搁在床上，仰望它：'假如我要结婚／我想要六个女孩／六个女孩等于六棵桦树／我的妻子藏在里头／宛如小树林间的白色教堂／而我，覆盖着青苔——／六个小女儿／用她们的纯洁眼神祈祷／这时，黄昏来临／善良的上帝将前来我们家晚餐。'我将门轻轻带上，走过去，揽住她的肩膀，没有一丝一毫的迟疑——不是这一天，而似乎一辈子我都在期待这样一刻——事实上，她比我更加激烈，舌尖死死缠绕住我，手臂捆缚住我，她以我吃惊的动作迎接我。就像今天是末日一样。"

　　落魄的"前诗人"多年后已经是一个成功的商人了，因为"新闻事件"受到牵连而失业的《城市信报》记者受雇去完成"前诗人"的心愿，前去海滨小城寻找已经失去联系长达九年的李楚唐的情人杨柳。巧合的是这位报社记者也曾是诗歌爱好者（在采访本上还抄录过阿米亥的诗句）并且和李楚唐因为租房做过短暂的邻居。那时正是李楚唐和情人杨柳的七天约会，而李楚唐当时的"诗人形象"也再次得到印证——"记得第一次去拜访新来的邻居时，我在他房间里看到了一幅装裱的诗歌，这是房间里唯一令我感到意外并觉得有意思的东西。看着我凝目观察那幅作品，他介绍，这是我十多年前写的。身边很恬静的女人则告诉小朋，他是一个诗人。这首诗很好啊。我说。你也读诗？他望着我，好似很吃惊。我也误入歧途过。我告诉他，我曾混过一段时间的文学社。那怎么是误入歧途呢！他用那种沙哑的嗓音大声辩驳说，年轻时人人都是诗人，就像人老了个个都是哲学家一样。随后他问我都看哪些诗人的诗，我如实回答，最先看过席慕蓉……他马上挥手打断说，那不是诗人！不是诗人是什么？我反问。他没回答这个，问我还读过哪些诗人？我说，有海子、北岛、顾城……他再次打断我，他们都过时了！随后他给我介绍了几个名字，那些外国名字，我一个也没记住。还有几个中国诗人，韩东、于坚、王寅、余怒……我确实记住了好几个。短暂的拜访结束时，他从床头摸出一本书，递给我，说送给你。他解释说，我觉得你身上有一种诗人的敏感，你应该继续写，坚持写。这是头一次有人光凭看了我几眼就说我内心像一个诗人。我愣了一下，拿起那本《英美流派诗选》，译者是裘小龙。看来他经常阅读，书页已有些蓬松了。"接踵而至的悬疑事件中更为深不可测的则是人性的渊薮和欲望的泥淖："我走到阳台，靠在栏杆上，天色暗了下来，眼底，车流蜿蜒犹如一条闪烁的河。对面的窗口，有些沉默，有些则透着光，仿佛是直接在暗夜里开凿出来的，可是它们每一个都是那么规则，有条不紊。每个窗子背后都是一种人生，我们不知道的人生。秘密太多了，人人心里都有那么一些，人人都是这样，以为睡在室内，其实是站在悬崖边上。"

庞余亮则在长篇小说《有的人》（作家出版社2018年6月第一版）中刻画了三个"三流"诗人形象——彭三郎、白若君和陈皮。读到庞余亮的这篇小说还很有些机缘。2019年7月的一天夜里，第一次来到的泰州的我在白羽毛书吧遇到了庞余亮的这本小说《有的人》，我偶然翻阅时注意到了我非常感兴趣的这一话题——小说家眼中的"诗人"形象。刚好庞余亮一起参加活动，当晚送了我这本小说。我先翻到了小说的"后记"，看到了这样一段话——"这么多年，我相识的诗歌兄弟有一千多个。从青年转向盛年，写诗成了命运的书写。挫败的，伪装的，种种锈迹斑斑。小说中的陈皮是我的诗歌启蒙人，因为一个意外，他成了我的冰冻兄弟，在冰棺中沉睡了半年，火化那天，他被装在一只木匣子中，又埋到土里。金木水火土：以这样的方式总结了他。这也是长篇小说《有的人》的缘起。我不知道，写下了陈皮，他会不会原谅我？"我在书中找到了关于陈皮的片段，这也是一个在日常生活中的悲剧人物，"陈皮他对死亡有一种奇特的迷恋。他为我朗诵过多次有关死亡的诗。死亡是人类的黑夜。热爱白天的人和热爱黑夜的人，根本不是同一类人。他们从不并肩行走"。"陈皮能背诵很多海子的诗。他常说小个子的我就像海子。但我觉得海子的魂在陈皮的身体中。背完海子的诗，我们找到一家小酒馆，点了几个菜。陈皮放下筷子，把头上的帽子摘下来，他的头上多了点儿什么。我坐着看不见，站起来，这才看到了他头上裹了纱布，纱布还在往外面渗血。陈皮平静地告诉我，这是乔依打的。用马桶搋子柄打的，一共打了十三下。我说你为什么不抵挡一下，或者走开，就这样任乔依打？我就想找到她打我的极限数。"

在我看来庞余亮不只是小说家，首先是一位诗人——曾参加过《诗刊》社第18届青春诗会，2015年他发表在《扬子江》上的组诗《亲爱的老韭菜》令我印象深刻，也是这组诗使他获得了第二届《扬子江》诗刊奖，而我正是终评委之一。

庞余亮在《有的人》中通过三个诗人呈现了中年人的妥协史，里面充满了戏剧性和荒诞感。童年经验、受父亲影响的焦虑、困顿的中年以及时代的巨变都使得这三位诗人具有明显的"病症"特质，比如："'十一月我交出硬如顽石的骨头／十二月我交出我乱如麻绳的血管／我还要在寂寞的一月交出我更为寂寞的皮肤／在哑巴的二月交出我在书本中的头颅'。这是彭三郎在三十岁时写给自己的诗。在三十岁眺望遥远的四十岁，仿佛是看一场永不明白的哑剧。现在，他彭三郎就是哑剧中佝偻着身体抽打木陀螺的中年病人，是这个中年病人发着热。"

2017年8月到2018年8月，一年的时间我暂住在北京南城胡同区的琉璃巷附近。每天上下班我都会经过南柳巷的林海音（1918～2001）故居（晋江会馆旧址），院内的三棵古槐延伸、蔓延到了墙外。偶尔我也会闪现出一个念头，历史和当下几乎是并置在一起的，有时候面对一个事物我们很难区分它到底是历史的还是现实的。而胡同附近就是大栅栏，在翻新的胡同以及人流熙攘的商业街上我数次看到鲁迅当年喝茶、小酌、聊天的青砖小楼青云阁（蔡锷在此结识了小凤仙）。以我的暂住地为中心，人们会惊奇地发现在北京生活了十四年之久的鲁迅几乎就在当下和身边——菜市口附近的绍兴会馆、虎坊桥附近的东方饭店、西单教育街1号的民国教育部旧址、赵登禹路8号北京三十五中院内的周氏兄弟旧址……每天在中国作协上下班，我都会与一楼大厅的鲁迅的铜像擦肩而过。几十年之后，先生仍手指夹着香烟于烟雾中端详着我们以及当下这个时代。每一个重要作家都会最终形成独一无二的精神肖像，"多少年来，鲁迅这张脸是一简约的符号、明快的象征，如他大量的警句，格外宜于被观看、被引用、被铭记。这张脸给刻成木刻，做成浮雕，画成漫画、宣传画，或以随便什么简陋的方式翻印了再翻印，出现在随便什么媒介、场合、时代，均属独一无二，都有他那股风神在，经得起变形，经得起看"（陈丹青：《笑谈大先生》）。鲁迅是时代的守夜人，是黑夜中孤独的思想者，但鲁迅留下的远不止于此。他留下的是一本黑暗传：

> 我有过生活吗？伤感的提问
> 像一缕烟，凝固在咖啡馆的午后。
> 外面是无风、和煦的春天，邻座
> 几个女人娇慵的语气像浮在水盆的樱桃，
> 她们最适合施蛰存的胃口了，
> 他那支颓唐的笔，热衷于挑开
> 半敞的胸衣，变成撩拨乳房的羽毛。

为什么这些人都过得比我快乐？

宁愿将整个国家变成租界，用来

抵销对海上游弋的舰队的恐惧；

宁愿捐出一笔钱，将殉难者

铸成一座雕像，远远地绕道而行。

文字是他们互赠的花园，据说

捎带了对我大病一场的同情。

（朱朱：《伤感的提问——鲁迅，1935年》）

有时候我一直在自我提问（实际上也是自我怀疑）——诗人尤其是中国诗人给我们提供了什么样的精神生活和日常生活？批评家、小说家和公众所了解的"诗人形象"是什么样子的？尤其是在当下诗歌"大师"林立（当然更多是自封的，以及小圈子追捧吆喝的）、"杰出诗人"遍地的时代，他们的诗歌在新诗一百年之际在国内或国外达到了一个什么样的水准？陈东东在《我们时代的诗人》（东方出版中心2018年4月版）中以细节史的方式刻画了20世纪80年代以来几位重要当代诗人的精神形象，大体来说他们具体而可信。

小说需要塑造一个时代典型或非典型的精神肖像，很多小说家不约而同地想到了诗人。诗人，可能是天生具有某种缺陷的少数群体，而且这一缺陷会在某些时代和情境之下被放大甚至改写。

格非的长篇小说《春尽江南》（系"江南三部曲"的第

三部，前两部为《人面桃花》《山河入梦》）正是从1989年春天的"海子之死"来介入到小说所要处理的时代氛围的。

阿贝尔的《火溪·某年夏》一开头也涉及20世纪80年代以来"诗人形象"的最典型代表海子："学校还没放假，我就想动身了。过去我不这么排斥成都，一直都觉得成都好。自从海子来过成都，我就觉得成都不对头了。具体有什么不对头，我也说不出来。我身体里有个飞转的螺旋桨，让我一刻也不想再待在成都。海子来成都我不在，跟什么人见过面、跟什么人吵过架我也是后来听说的。他到过光华村，在水电校一间单身宿舍喝过茶，也是后来听说的。他卧轨的那年夏天，我坐在头年他坐过的沙发上，端着头年他端过的茶缸，第一次生出成都不好的感觉。"而我在北京教育学院中文系工作期间的同事杨秋荣（笔名悠哉）则在八十多万字的长篇小说《燕园梦》（经济日报出版社2005年1月版）中刻画了诗人海子的形象。

《春尽江南》这部长篇小说的题目曾经长期让我迷恋和充满期待。这一具有强烈的诗意化象征的词语让我对"江南"充满了各种想象。草长莺飞的"江南春天"该是如此让人向往和迷恋并值得反复追忆，而事实却是，江南的春天也有一天走向了尽头——曾经的春意必将枯萎，荼蘼开后花事了。这显然也一定程度上凸显了格非《春尽江南》这部小说的精神宏旨——由繁荣到枯萎，由诗意葳蕤到理想丧尽。这呈现的恰好是20世纪90年代以降知识分子的命运和先锋精神颓败的寓言。这让我想到了2015年9月29日晚在中国现代文学馆举行的第九届茅盾文学奖颁奖晚会上格非获奖感言中的最后一段话："司马迁的遗产对今天的写作者而言往往意味着出神入化的叙事技巧，奇谲瑰丽的修辞方法，错综含蓄的文体结构以及朴素华美的叙事语言。也许很少有人会想起，司马迁当初的叙事抱负和写作使命。在今天这样一个文学写作日趋娱乐化的时代，司马迁的伟大抱负对我们是一个必要的提醒，因为在今天的社会生活中，文学仍然是一种重要的矫正力量，文学写作不仅仅关乎娱乐和趣味，也关乎良知，关乎是非，关乎世道人心。"

"春尽江南"是从一个春天的"诗人之死"开始的——"原来，这个面容抑郁的年轻人，不知何故，在今年的3月26日，在山海关附近卧轨自杀了。她再次看了一眼墙上的照片，觉得这个人无论是从气质还是从眼神来看，都非同一般，绝不是自己那乡下表弟能够比拟的，的确配得上在演讲者口中不断滚动的'圣徒'二字。尽管她对这个其貌不扬的诗人完全没有了解，尽管他写的诗自己一首也没读过，但当她联想到只有在历史教科书中才会出现的'山海关'这个地名，联想到他被火车轧成几段的遗体，特别是他的胃部残留的那几瓣尚未来得及消化的橘子，秀蓉与所有在场的人一样，立刻流下了伤痛的泪水，进而泣不成声。诗人们纷纷登台，朗诵死者或他们自己的诗作。秀蓉的心中竟然也朦朦胧胧地有了写诗的愿望。当然，更多的是惭愧和自责。正在这个世界上发生的事，如此重大，自己竟然充耳不闻，一无所知，却对于一个寡妇的怀孕耿耿于怀！她觉得自己太狭隘了，太冷漠了。晚会结束后，她主动留下来，帮助学生会的干部们收拾桌椅，打扫会场。"而《春尽江南》的主人公端午就具有诗人身份——"前诗人"，"在整理家玉的遗物时，端午从妻子那本船舶工程学院的纪念册中，发现了自己写于二十年前的几行诗，题为《祭台上的月亮》。它写在'招隐寺公园管理处'的红栏信笺上。纸质发脆，字迹漫漶。时隔多年，星移物转之中，陌生的诗句，就像是命运故意留下的谜面，诱使他重返招隐寺的夜晚，在记忆的深处，再次打量当年的自己。他把这首诗的题目换成了《睡莲》，并将它续写至六十行，发表在《现代汉诗》的秋季号上"。甚至端午还是一个老于世故、圆滑的"情场高手"，拨转时光的指针来到二十年前的招隐寺的夜晚——这也是该小说的开头第一章《招隐寺》。我们发现的是一个"浪子"和纯情少女之间的巨大反差：

　　"现在，我已经是你的人了。"秀蓉躺在地上的一张草席上，头枕着一本《聂鲁达诗选》，满脸稚气地望着他。目光既羞怯又天真。那是仲秋的夜晚。虫声唧唧。从窗口吹进来的风带着些许凉意。她只有十九岁，中学生的音容尚未褪尽，身体轻得像一朵浮云。身上仅有的一件红色圆领衫，已经被汗水浸得透湿。她一直紧抿着双唇，闭上眼睛，等待着他的结束，等待着有机会可以说出这句话。她以为可以感动天上的星辰，可对于有过多次性爱经历且根本不打算与她结婚的端午来说，这句话简直莫名其妙，既幼稚又陈腐，听上去更像是要挟。他随身将堆在胸前的圆领衫往下拉了拉，遮住了她那还没有发育得很好的乳房，然后翻身坐起，在她边上吸烟。他的满足、不屑和冷笑都在心里，秀蓉看不见。

翻看《青春》（2018年第1期／A）的时候我掠过了那些诗歌，而是读完了周公度的小说《梦露诗选》。诗人的小说与小说家笔下的诗人，刚好形成了呼应或对抗。我格外注意到的是题记中的那句话："献给你、你们——亲爱的伪君子，失意的中年佬，自负的蠢货。"

2018年的俄罗斯世界杯火热地拉开生死未卜的战幕。我偶然读到杨黎用川普（四川普通话）写的小说《双抠》（《青春》2018年第5期／A），这是一个仍然带有当年仿照罗布–格里耶"冷风景"语言遗留的惯性意识，当然也是一个令人躁动的欲望叙事，似乎与夏天的燥热形成了极富戏剧化的对应："两个小姐朝第六张桌子这边看了一眼，赶紧分开。吧台里面的小姐，丰满的小姐，重新坐回自己的凳子。吧台外面的小姐，瘦长瘦长的小姐，也离开吧台。她走到茶坊门边，脸贴在玻璃门上，看着外面。她看见靠近玻璃的地方是在阴影之中，比如街沿的某一部分。只是它的阴影肯定没有玻璃（也是茶坊）里面浓厚，而且越往外移，也就是说离玻璃越远，阴影也就越少。当阴影快接近低矮的绿化带时，它已经消失得干干净净。"

刘汀在小说集《中国奇谭》的《换灵记》中写到了一个十五岁开始写诗的天才诗人雅阁，"雅阁十五岁时醍醐灌顶，躺在稻田埂上，从乌云层层的空中落下了他有生以来的第一句诗，从此之后，不论吃饭、睡觉、走路，还是与别人聊天、插秧、收割，甚至是在吭哧吭哧拉大便的时候，都会有精彩绝伦的诗句从四面八方钻进他脑海里"，但是在众人眼里（尤其是农村语境）"诗人"这一身份是如此古怪而不可理喻："老太太非常吃惊，嘟囔了几句话，冲夏笙喊叫起来。夏笙哈哈笑了，说：'是写诗的，不是赶尸的。'老太太恢复了平静，一颗接一颗地剥蚕豆，过一会儿又问，'写诗是做什么的？'""'这世界上竟然还有人写……诗……'老太太嘟囔说。"雅阁沉迷于诗歌世界而现实生活当中却屡屡挫败而百无一用，后来进了火葬场负责火化炉的操作，这本身就更具有荒诞性和残酷性。但即使如此，连火葬场这样的地方，诗人身份也遭受到了歧视："领导笑了，说：'不，雅阁，我不能让一个诗人去给死者整理遗容。'"而雅阁与另一个人换了灵魂远离了诗歌之后反而在社会和生活中获得了巨大的成功，但结局仍然是诗人在世俗生活面前的典型悲剧——伊卡洛斯式的坠落与自毁："雅阁的眼前，天地旋转，他捧着《灵》重重地摔下了楼，在空中的瞬间，雅阁看见大厦最顶端的玻璃，仿佛小小的天窗，只是外面没有星也没有月。雅阁撞在地面，听见自己的骨头响个不停，好像有谁在用奇特的语言读诗。这，是雅阁在人世上听到的最后的声音。"

出生于1993年的年轻小说家庞羽则在短篇小说《我不是尹丽川》（《创作与评论》2017年第7期）的开头以及结尾处用妹妹"尹绯绯"的自述直接引用了——居然是两次重复——"姐姐"尹丽川写于2000年的诗《妈妈》：

> 十三岁时我问
> 活着为什么你。看你上大学
> 我上了大学，妈妈
> 你活着为什么又。你的双眼还睁着
> 我们很久没说过话。一个女人
> 怎么会是另一个女人
> 的妈妈。带着相似的身体
> 我该做你没做的事么，妈妈
> 你曾那么的美丽，直到生下了我
> 自从我认识你，你不再水性杨花
> 为了另一个女人
> 你这样做值得么
> 你成了个空虚的老太太
> 一把废弃的扇。什么能证明
> 是你生出了我，妈妈。

当我在回家的路上瞥见

一个老年妇女提着菜篮的背影

妈妈，还有谁比你更陌生

而真实诗歌世界中的曾经的"下半身"诗人尹丽川总会让我们想到当年的70后一代诗人在公众那里的怪异甚至"病态"印象。该小说正是以"妈妈"这首诗作为切入点凸显了女性精神成长的过程，也再次发起了"女儿"与"母亲"之间的镜像隔阂、精神博弈和自我盘诘，当然也是一个女儿对母亲（包括外婆）的"女性家族"重新理解和认知的过程——"鲜血喷溅出来。我的开心消消豆到了12级。她哀叫了一声，我抬头望了望。血是红色的。我又低下头，进入13级。她从厨房里出来，哆哆嗦嗦地拿纸巾。天气有点热，我打开电风扇。她问我，云南白药放在哪里了。我冲着电风扇说，我不知道。电风扇把我说的话变得颤颤巍巍。她捂着手翻箱倒柜，我突然意识到，我和这个切肉切到手的妇女，相识24年了。"

同是90后的周嫚则在短篇小说《印象派》（《芙蓉》2017年第5期）中刻画了另一个诗人形象。这个人叫李映真，因为救女学生而重伤别人，导致入狱三年改造。刑满释放后他大学的教职（教授中国现代文学）自然没有了，而是在合租房中卖文为生，但是在与隔壁丰满的已婚少妇交往中李映真被勾起了诸多幻想（包括性幻想），甚至写起诗来——实际上他早在学生时代就写过诗："不知从哪天开始，李映真在写稿子的时候，一向清晰的大脑便被女人麦黄色的健壮躯体所掩埋了。有时她只是赤身裸体地躺在床上，有时她的胸会长在腿上，有时她的头和身体分开，当他抚摩着她那没有头的躯体时，头就在衣柜里发出怪笑……他必须要做点什么来驱散这些疯狂的画面。于是，他选择了写诗。以前在还是学生的时候他就迷恋写诗，尤其是那种抽象的诗歌，他觉得一首印象派的诗歌和一副印象派的画作一样重要，虽然他没有凡·高的画笔，但他依然想描绘出脑子里存在的种种不可思议的画面。那么，只有靠富有跳跃性笔触的诗歌来刺激人们的眼球了。这么多年的时间里李映真不知道自己究竟写了多少首诗歌，哪怕在牢里的时候，他都整日拿个本子自顾自地写作。虽然这样使他看起来和其他犯人有很大不同，但没人拿这个事找他的茬，没人戏弄他。相反，大家都十分尊敬他，他在狱中依然被各种犯人尊称为李老师。讽刺的是，出来以后再也听不到这样的称呼了。他发现如果以女人为创作对象那简直有挖不完的想象力和道不尽的优美辞藻。她就像那座布达拉宫，牵引着他。当写到第一百首的时候，李映真决定把这第一百首诗送给女人。当然，是在男人不在的时候。"而隔壁的已婚妇女陈雪也写起了诗，最终导致这对夫妇发生血案。警察在调查时读到了李映真"印象派"的"朦胧诗"："在桌子抽屉里，警察翻出了好多张李映真曾去打印店打印出来的印象派诗歌。二人凑到一起，大声朗读。读罢，因为每个句子都过于晦涩，两人面面相觑，无奈地摇摇头。'完全看不出这种诗要表达什么。'警察乙说。

'你还真别说，要是让我钻到这些诗里，我也得疯。'警察甲的脸上拂过一丝轻蔑的笑。"而李映真在现实生活中是一个懦弱（"凩人"）甚至有些自私、猥琐的人，"'这……我也读不懂。印象派的诗歌虽然晦涩但却有明确的主题，她这个，好像没什么主题，倒像是一些梦呓。从这些梦呓里我只能看出她的内心并不快乐，好像生活始终桎梏着她。'李映真对警察说。其实，本子上的每一首诗他都知道是什么意思，那是女人在对他说的心里话。可他得装作不知道才能全身而退。"

关于小说家笔下的"诗人形象"，更容易引起读者注意的是莫言。2018年以来莫言在刊物上所发表的诗歌数量和频率是他以往所没有过的，如《雨中漫步的猛虎》《哈佛的左脚》《我的浅薄》《美丽的哈瓦那》《村里的诗》《奔跑中睡觉》，等等。如果我在此谈论一个小说家的诗似乎有些不妥、不公，因为莫言的诗歌很容易招致那些专业诗人和专业读者的不满。

而在小说家所塑造的诗人形象中，《花城》2018年第1期头条推出的莫言的新作，关于诗人的两篇小说《诗人金希普》《表弟宁赛叶》更具有典型性症候，更能体现出小说家在世俗意义对诗人的理解和判断。

在这两部小说中，莫言故意中国化了"金希普"和"宁赛叶"——名字颠倒顺序后就成了"普希金""叶赛宁"——两个性格不同的诗人，二者在本质上都一览无余、纤毫毕现地体现出"诗人"的恶习、神经官能症、精神分裂，甚至在我对小说的阅读经验中，将诗人塑造得如此"不堪"的也许莫言是最典型的。真的是诗人的现形记，曾经的新衣和光环早已不复存在，甚至被当众扒了个精光。当一个诗人，尤其是具有某种缺陷甚至是伪诗人出现在众人面前的时候，那是一种什么样的形象？莫言以他一贯狂欢化的语言方式对"诗人"金希普进行了戏剧化的描述和淋漓尽致的讽刺——虚荣、极度张扬、自恋，甚至日常生活中是恬不知耻地行骗的人渣：

> 在众人的笑声中，他站起来，弓着腰说："今年一年，我在全国一百所大学做了巡回演讲，出版了五本诗集，并举办了三场诗歌朗诵会。我要掀起一个诗歌复兴高潮，让中国的诗歌走向世界。"我看到他送我的名片上赫然印着：普希金之后最伟大的诗人：金希普。下面，还有一些吓人的头衔。

至于金希普当众所写的"馒头诗"，不只是从诗歌内部来说是一首十足的口语诗、打油诗，而且这非常符合中国普通读者对当代中国诗歌的认识——油滑、段子而近乎扯淡。这自然会让人联想到前些年热议的"梨花体""羊羔体""乌青体"——"大馒头大馒头，洁白的大馒头，芬芳的大馒头，用老面引子发起来的大馒头，家乡土地生长出来的大馒头，俄罗斯总统一次吃两个的大馒头，象征着纯洁的大馒头，形状像十二斤重的西瓜拦腰切开的大馒头，远离家乡的游子啊，一见馒头双泪流。"在《表弟宁赛叶》中宁赛叶如此自大狂妄，以为自己的《黑白驴》早已经超越了《红楼梦》更是让人啼笑皆非。"诗人"的自恋、狂妄甚至到了无知的地步，因而如此滑稽："本报即将连载著名作家莫言的表弟宁赛叶的小说《黑白驴》! 这是一部超越了《红楼梦》一千多米的旷世杰作! 每份五元，欢迎订阅!"

我的忧虑倒不是别的，而是觉得以莫言的文学影响力他对"诗人"的刻画仍会产生某种强烈的公众效应，并进而形成或加固对诗人的刻板印象，这与应不应该赞美或批评诗人不是同一个层面的问题。

诗人似乎又是社会中最为无用的人，对一切充满了不满甚至偏见，比如宁赛叶对刊物、编辑、小说家、网络、商人、工厂、体制，等等的不满就是典型。作为小说的虚构性，小说家基于自己的理解或社会印象所建立起来的"诗人"形象不管多么不堪，都必然具有小说家伦理的合理性，这是无可厚非的。但是莫言在极力批评金希普和宁赛叶的时候并不单单是以小说家的身份，甚至在阅读体验中我们会认为这两个倒置的"诗人"形象——以小丑的形象反衬出普希金和叶赛宁伟大诗人——并非完全是虚构的，而会认为带有现实的影子和本事的成分，因为莫言在叙述和虚构的过程中是通过"莫言"的见证人的身份来现身说法予以旁证的。无论是宁赛叶对莫言《红高粱》的批评还是以莫言视角的评说都使得这两个诗人被某种程度上认为来自现实（一部分现实），"前不久，我去济南观看根据我的小说改编的歌剧《檀香刑》，入场时遇到了金希普""屋子里乌烟瘴气，遍地烟头。桌子上杯盘狼藉，桌子下一堆空酒瓶子。我一进门，宁赛叶就说：莫言同志，你有什么了不起？我俩忙说我没什么了不起，但我没得罪你们啊！他说：你写出了《红高粱》，骄傲了吧，目中无人了吧？尾巴翘到天上去了吧？但是，我们根本瞧不起你，我们要超过你，我们要让你黯然失色"。

2016年的深秋，在由云南回北京的夜车上，我重读了20世纪80年代骆一禾在给友人的信中对当时诗坛的评骘。我深感于当年骆一禾的说法对当下诗坛的仍然有效——"现在的诗人在精神生活上极不严肃，有如一些风云人物，花花绿绿的猴子，拼命地发诗，争取参加这个那个协会，及早地盼望豢养起声名，邀呼嬉戏，出卖风度，听说译诗就两眼放光，完全倾覆于一个物质与作伪并存的文人世界"。当下时感的碎片取代了整体性的诗人的命运感和精神生活。我越来越怀疑当下诗人的精神能力。质言之，这个时代的诗歌能够给我们提供进一步观照自我精神和社会渊薮的能力吗？这个时代的诗人具有不同以往的精神生活吗？相反，我看到那么多疲竭或愤怒的面孔，却没有在他们的诗歌中感受到精神的力量。对于我们的日常生活来说，有很多诗歌往往并没有将我们的精神世界提升哪怕是一厘米。我这样说是不是有些消极和悲观？

不是梦的解析而是梦本身

我是一个不会游泳的人，但在最近的一次梦中我居然极其轻松地游到了河的对岸，在梦中，一切都是悄无声息，连我击打水的声音都没有。梦中醒来，久久难以释怀，于是写了一首诗《梦的第三条岸》以作纪念——

一个人从河的这岸
游到了河的另一岸

没有水流声，也没有
拍打水的声音
一切都悄无声息
回头看看对岸
仿佛刚刚离开了一个尘世

这里没有树木

没有石头

没有房屋

甚至风也没有

只有这条河岸

这一切都似乎是在梦里发生的

只是为了验证

一个不会游泳的人

也抵达了河的对岸

　　早年间读《红楼梦》的时候，我自然是对开篇的"甄士隐梦幻识通灵"印象深刻，人生又何尝不是一场大梦，亦真亦幻，真假难辨——"却说甄士隐俱听得明白，遂不禁上前施礼，笑问道：'二位仙师请了。'那僧道也忙答礼相问。士隐因说道：'适闻仙师所谈因果，实人世罕闻者，但弟子愚拙，不能洞悉明白。若蒙大开痴顽，备细一闻，弟子洗耳谛听，稍能警省，亦可免沉沦之苦了。'二仙笑道：'此乃玄机，不可预泄。到那时只不要忘了我二人，便可跳出火坑矣。'士隐听了，不便再问，因笑道：'玄机固不可泄露，但适云"蠢物"，不知为何，或可得见否？'那僧说：'若问此物，倒有一面之缘。'说着取出递与士隐。士隐接了看时，原来是块鲜明美玉，上面字迹分明，镌着'通灵宝玉'四字，后面还有几行小字。正欲细看时，那僧便说'已到幻境'，就强从手中夺了去，和那道人竟过了一座大石牌坊，上面大书四字，乃是'太虚幻境'。两边又有一副对联道：'假作真时真亦假，无为有处有还无。'士隐意欲也跟着过去，方举步时，忽听一声霹雳若山崩地陷，士隐大叫一声，定睛看时，只见烈日炎炎，芭蕉冉冉，梦中之事便忘了一半。"

梦，按照《西藏生死书》（索甲仁波切著）的说法也是一种意识境界（六种中阴：生处中阴、梦里中阴、禅定中阴、临终中阴、法性中阴、投胎中阴），即"梦里中阴"，指晚上睡着到早上醒来的这段时间所有的意识活动，它包含梦中的潜意识的活动："死亡过程中所展现的三种中阴境界，也可以从在世时其他的意识层次来认知。我们可以从睡梦的角度来看它们：1. 当我们入睡时，五官知觉和粗意识消失了，而绝对的心性（我们可以称为的光明）会短暂地裸露。2. 接着会有一个意识层面，可以比喻为法性中阴，它微细得让我们几乎觉察不到它的存在。毕竟，有多少人能够觉察到自己入睡后、做梦前的时刻呢？3. 对大多数人来说，觉察到的只是下一个阶段，此时我们的心又开始活动起来，进入类似受生中阴的睡梦世界。这时候，我们有了'梦生身'，通过各种梦经验，这些都是由清醒时的习性和行为所影响和塑造的，我们把它们当作是具体真实的，而不知道是在做梦。"（《西藏生死书·睡梦的过程》）

关于梦的发生机制、精神构造以及象征意味，历来有各种各样的解释和认知。

《周礼·春官》从心理机制出发将梦区分为六种：正梦、噩梦、思梦、寤梦、喜梦、惧梦。明代陈士元（1516～1597，撰有《梦占逸旨》八卷和《梦林玄解》三十四卷）则进一步将梦分成九种：气盛之梦、气虚之梦、邪寓之梦、体滞之梦、情溢之梦、直叶之梦、比象之梦、反极之梦、厉妖之梦。

　　这不只是哲学家和心理学家们感兴趣，包括作家和文化学者对此也是格外关注——"约瑟夫·K做了个梦：天气很好，K想散散步。可是他刚走了两步，就已到了墓地。墓地上有很多精心铺设、迂回曲折、不便行走的小径，他却平稳地漂浮着，滑过一条这样的小径，就像滑过湍急的河流。他老远就看见一座新垒起的坟堆，想在那儿停下。这个坟堆对他几乎有种诱惑，他急不可待地想走近前去""他写出的第一笔对K是一种解脱，而艺术家显然是很违心地写出来的；字体也没那么漂亮了，不再闪金光，显得苍白无力，字母倒变大了。这是一个J，这个字母都快写完了，艺术家突然怒气冲冲地一脚踩进了坟堆，坟堆的土四散飞溅。K终于明白了；已经来不及求他别写了；艺术家用十指刨土，土很松软；看来一切都已准备就绪；坟堆上只是铺了一层薄土做样子；刨开这层土，顺着陡直的坑壁，敞开了一个巨大的墓穴，K感到身后涌来一股柔和的气流，他一头坠入了墓穴。在下面，昂着头的他已被无底的深渊吞没，而在上面，墓碑上正龙飞凤舞地写着他的名字。他为这番景象心醉神迷，梦醒了。"（卡夫卡：《一个梦》，杨劲译）

古人云"至人无梦",可惜我们都是俗人而非圣人。

梦,有一部分肯定来自日常生活中的一些刺激和反应,比如"日有所思夜有所梦",比如因生死两隔而思念一个人只能在梦中相见的无奈与惆怅——"十年生死两茫茫,不思量,自难忘。千里孤坟,无处话凄凉。纵使相逢应不识,尘满面,鬓如霜。夜来幽梦忽还乡,小轩窗,正梳妆。相顾无言,惟有泪千行。料得年年肠断处,明月夜,短松冈。"(苏轼:《江城子·乙卯正月二十日夜记梦》),比如朋友之间肝胆相照的兄弟情谊和抵足而眠的知己之交——公元759年(唐肃宗乾元二年)李白接连三夜来到时在秦州流寓的杜甫梦中:"死别已吞声,生别常恻恻。江南瘴疠地,逐客无消息。故人入我梦,明我长相忆。恐非平生魂,路远不可测。魂来枫林青,魂返关塞黑。君今在罗网,何以有羽翼?落月满屋梁,犹疑照颜色。水深波浪阔,无使蛟龙得。"(杜甫:《梦李白·其一》)"浮云终日行,游子久不至。三夜频梦君,情亲见君意。告归常局促,苦道来不易。江湖多风波,舟楫恐失坠。出门搔白首,若负平生志。冠盖满京华,斯人独憔悴。孰云网恢恢,将老身反累。千秋万岁名,寂寞身后事。"(杜甫:《梦李白·其二》)

多年前读庄子的时候,我注意到了这句话:"方其梦也,不知其梦也,梦之中又占其梦焉,觉而后知其梦也;且有大觉,而后知此其大梦也。"(《庄子·齐物论》)死为大觉,生为大梦,苏轼也如是说:"世事一场大梦,人生几度秋凉？"（《西江月》）由此延伸出来的则是罗贯中借诸葛亮之口说出的："大梦谁先觉？平生我自知。草堂春睡足，窗外日迟迟。"（《三国志通俗演义》第三十七回　司马徽再荐名士　刘玄德三顾草庐）在苏轼的几十首记梦诗中有一首非常特殊，这就是《数日前梦一僧出二镜求诗僧以镜置日中其影甚异其一如芭蕉其一如莲花梦中与作诗》："君家有二镜，光景如湛卢。或长如芭蕉，或圆如芙蕖。飞电着子壁，明月入我庐。月下合三壁，日月跳明珠。问子是非我，我是非文殊。"此外苏轼还有一首梦诗也颇为奇特，名曰《十一月九日夜梦与人论神仙道术因作一诗八句即觉颇记其语录呈子由弟后四句不甚明了今足成之耳》。

拉德斯托克认为不能用道德感来评价一个人的梦中之恶，因为梦更多是无意识的，是不受理性和逻辑控制的，而柏拉图却偏偏强调"好人做梦，坏人作恶"。至于曹操的"梦中杀人"简直就是生性多疑之政治家的无赖托词而已："操恐人暗中谋害己身，常吩咐左右：'吾梦中好杀人；凡吾睡着，汝等切勿近前。'一日，昼寝帐中，落被于地，一近侍慌取覆盖。操跃起拔剑斩之，复上床睡；半晌而起，佯惊问：'何人杀吾近侍？'众以实对。操痛哭，命厚葬之。人皆以为操果梦中杀人；惟修知其意，临葬时指而叹曰：'丞相非在梦中，君乃在梦中耳！'闻而愈恶之。"（《三国志通俗演义》第七十二回　诸葛亮智取汉中　曹阿瞒兵退斜谷）

弗洛伊德将梦作为精神的解析，将梦视之为欲望、情结以及精神症状和心理结构动因。叔本华将梦的动因完全归结于一个人的性格则未免过于片面，而《周公解梦》和《梦林玄解》的事无巨细的一一对应化的解释则有过度阐释的嫌疑以及过于神经兮兮的症候。梦是心性、情感、情绪、欲望、妄念、想象、非理性、经验和超验的复杂结合体，是极其特殊的精神构造。对于梦，我们不必完全当真，不必将之视为命运的预兆，但是有些梦确实终生难忘，甚至梦里世界的惊奇和精彩完全超越了现实世界。这倒是真实不虚的。

记得十五六年前我和朋友韩振江（我们当时都在北京读博士）走在中国人民大学的校园里，他突然问了我一句："俊明，你的梦有颜色吗？"我当时本能地没有任何迟疑地回了一句："我的梦是彩色的。"记得韩振江说的是他自己的梦是灰色的。

几十年来我做了形形色色难忘的梦，有时候醒来甚至分不清现实和梦境，真的是庄生晓梦迷蝴蝶了。有些梦是事出有因——比如苏轼所说的"静极生愁，夜梦如此"，一直"念兹在兹"缠绕于一件事或一个人而梦中复现。另外一些梦则没有任何端由而难以解释，非常奇特。甚至其中的一些梦中细节、情景和人物几十年来仍然历历在目而仿若昨日，真切异常、感同身受。

有一些梦则一直重复着做，这是否是一些心理学家和宗教人士所说的"前世的影像"？

已经有诗人将梦记下来或写成了诗，比如伊沙、侯马、张后、杨然等，读来很有意思，但是自己的梦也只有自己知道。

人一生中的睡眠时间最少占到了三分之一，既然从梦开始，那么我们又在哪里结束呢？

还是说说多年来我的几个印象深刻的梦吧！

2018年12月11日，早上醒来，一直忘不了凌晨时分做的一个梦。于是我给李敬泽先生发了一个微信："昨天晚上做了一个梦（很不解），居然梦到您的母亲了。那是海边的一个宽敞明亮的玻璃房子，隔着窗户就是大海。当时进进出出的人很多，她刚检查完身体，满脸微笑，气色特别好（感觉还很年轻）。然后有一个人搀扶着她出门，她回头和大家打招呼，你送她出门。"不久，李敬泽回复了一条信息："昨天去八宝山移灵了。还真是送她了。"

在十岁左右（1985年），我和哥哥、表兄、堂兄骑着自行车，带着各种颜色的小广告和糨糊桶去各村刷广告——往往将广告贴在墙上、树上和电线杆上。当时我的二婶子正在养鸡，那时广告宣传还是比较原始的——在五颜六色的纸上一张一张手写的。那是我们第一次去一个比较远的南面的一个村庄。当到村头看见一个土坡和一片杨树林时我突然惊呆了，这不是我梦中见过的吗？当时就和哥哥他们说了，他们当时也没有什么太大的反应。

有一个梦到现在经常重复：梦见自己被一群日本兵追杀。跑着跑着就跑不动了，没处躲藏，不是枪坏了就是没子弹了，最后被鬼子杀死了。

经常梦见要高考了，一直在做数学题，就是不会做，那个焦急是难以形容的。醒来后总自责为什么当时不把数学学好呢？

二十五岁前经常梦见自己飞起来，飞得很高，高过了树梢，非常舒心。

曾经在2013年年底梦见房间里突然生长了一棵高大茂盛的苹果树，上面有很多又大又红的苹果。蹬着凳子，摘了好几个。

2007年夏天到上海作协开青年批评家的一个会。夜里梦见一个巨大的观音像，脸上还有一滴泪水。第二天醒来正好要去静安寺，一进大殿就惊呆了，这个观音不是刚刚梦见的那个吗？

曾经梦见自己和儿子走在一个冰雪的世界里，树木都成冰雕了，树上倒挂着已经死去的老鹰。

梦见自己在草原上和成吉思汗带领一队人马行军打仗。

经常梦见死去的亲人，梦见最多的是姥姥、奶奶和老舅。竟然一次都没有梦见过爷爷霍玉。

梦到一个四方的齐腰深的干净水塘，站在水里把水扬向空中看到一个个漂亮的彩虹。（夜里楼上漏水，不知是否因为此梦）

2014年3月19日梦见突然妈妈的腿坏了，好像有一个地方皮都掉了。

在梦里骑上了一匹骆驼不断垂直提升往天上飞，穿过云层之后眼前展开的是一个极其特殊的绚烂世界。这个世界太特殊了，靠经验甚至想象都是不可能实现的。这里的亭台楼阁以及池塘和荷花都是琉璃制成的——透明的、彩色的、纤尘不染的。后来有人告诉我，这是佛家的琉璃世界（药师佛的净土）。当时在梦里见到如此奇异的景象，整个人极其舒畅，甚至一生都从来没有过的开心，梦里还提醒自己：最好不要醒来了，就在梦里多好。

2014年3月31日夜里，梦见一个非常奇怪的地方。可能是山里的一条大江，有一条类似于大树做成的桥。有人试图经过，但看起来很危险他们不敢过。看到水中有一只巨龟，有人捞起来看还大声嚷，这是龟王。路上也有很多水，好像还有一只死去的鳄鱼。

2014年6月1日，梦见两只凤凰在空中高飞，凤凰太真实了，色彩绚烂。我好像也飞了起来，还有很多长得特别可爱的小鸟。我还摸着一个小鸟的头，好像在抚摩一个婴儿。

曾经梦到一个寺院，名为"镜花水月"。路过时遇到一个年轻的僧侣，他礼让时我也予以了回敬。

2014年7月2日，梦见和商震、韩作荣、大解一起谈诗。商震喝多了。早上将这个梦告诉商震，商震说他昨夜梦见韩作荣，他在灵前哭，最后哭醒了。想想，那时韩作荣（1943～2013）已经离开尘世二百多天了。祝他在海伦老家安好，去了天堂！

从2014年10月31日凌晨我的恩师陈超先生远行到2019年4

月，四年多的时间我一共四次在梦中与先生相遇，几乎每次都充满了不可解释的神秘性。

2015年1月27日，夜里。我有些发烧，吃了一片药，发了一晚上的汗。这天晚上我做了一个启示性的梦。梦里的情形是发生在异国或一个极其奇特的空间，当时天气晴好、蔚然。我和诗人洛夫（1928年5月11日～2018年3月19日）先生并肩散步，见到前面有一片极其奇怪但又极其美好、安静的树林。本以为树林茂密，谁知走了没几步前方便豁然开朗——眼前是妙不可言的群山以及祥云气象。早上醒来，此梦念念难忘。想想，我与洛夫先生也只有两三面之缘，2014年在南京召开的洛夫研讨会我也因事未能成行。想想这个梦是如此真实不虚，确实有些特异。尤其擅长心理分析的靳晓静给我做了如下一番解释："这是个祥瑞的梦。洛夫先生只是个置换。你真正怀念的人，在那边非常好，一派天堂的景象。这个梦叫你安心。"

这四个梦，也许正是四个精神启示。

第一个梦：

2015年4月25日陈超骨灰安葬。安葬后的第三天，28日的凌晨，陈超老师终于来了。

那一晚我从一个山上的寺庙回到了闹市中的酒店。梦中的陈超与我隔着一个淡黄色的木制长案，我们欣然对座。他声如洪钟，笑容灿烂，面容饱满红润——而不是他最后那几年面目形容的陡峭、消瘦。等清晨醒来，梦中情形胜于亲历，欢喜和忧伤同在。我当时就醒了，一看手机是凌晨一点不到，竟然想到了唐伯虎的诗句"谁叩荆扉惊鹤梦，明月千里故人来"。当天，居士李岱松听闻我这个梦后旋即回复："阿弥陀佛，善哉随喜祝愿俊明一片孝心诗心佛心，陈超兄当可放心开心超然安然。这亦是超兄之累劫乃至现前此生之赤子之心佛子之行之感召最美之缘最美归宿啊！"说也奇怪，这也了了师母杜栖梧最近的心结："俊明，你的梦让我安心了很多。送走陈超的这两天，他没有如前到我的梦中来，我一直忐忑他在新的居所是否舒心惬意，会不会孤单寂寞。这段时间我一直心中纠结，临到送他走时，我几乎已经反悔了。但愿如你所梦，他去了光明所在，没有病痛折磨，健康快乐！"

第二个梦：

2016年8月18日凌晨（中元节刚过未久），我第二次梦到了陈超。

在一个古柏高耸的寺庙里，他开心而有力地用粗大的木头连续三次撞击着铜钟。醒来时，钟声还在耳畔嗡嗡不已，我想到了1923年徐志摩的《常州天宁寺闻礼忏声》（该年10月26日定稿于西湖）——"我听着了天宁寺的礼忏声！这是哪里来的神明？人间再没有这样的境界！这鼓一声，钟一声，磬一声，木鱼一声，佛号一声……乐音在大殿里，迂缓的，漫长地回荡着，无数冲突的波流谐和了，无数相反的色彩净化了，无数现世的高低消灭了……这一声佛号，一声钟，一声鼓，一声木鱼，一声磬，谐音盘礴在宇宙间——解开一小颗时间的埃尘，收束了无量数世纪的因果；这是哪里来的大和谐——星海里的光彩，大千世界的音籁，真生命的洪流：止息了一切的动，一切的扰攘。"（《晨报副刊·文学旬刊》）我相信陈超仍然在另一个不为我们所知的空间欣欣地写作和生活，接受词语和时间的双重馈赠，也迎接那些黑暗和寒冷的挑战——

温暖的雨下过了。

我踩着梨花筛状的影子。

我渐渐变得比花瓣儿更轻
我的烦恼是多么渺小

红墙之上是辽阔蔚蓝的般若
我已想不起祷告的第二条

（陈超：《柏林禅寺》）

第三个梦：

第三次梦到陈超是2017年7月20日（星期四），夜里下着很大的雨，酷热的北京俨然似舒爽的秋天。

夜里，陈超来到了我的梦中。那是一个大型聚会，人群中陈超高大、健壮，非常开心，和我来了个大大的拥抱。这个拥抱太真实了，醒来后我还一直回味这个拥抱。我当时带了三瓶红酒，和陈超都喝完了。醒来后我记得那个聚会的酒店叫——完美酒店。

第四个梦：

第四次梦见陈超是2019年的春天。

那是4月12日（农历三月初八）早上，我在成都锦江边上老南门大桥附近的一个酒店里。令我完全没有任何预感的，陈超老师来到了我的梦里。从梦里醒来，我打开手机看了下时间，是早上的5点45分。梦里，是在一个大学。我骑着一个电动车，车速很快简直像是在飞。后面的女生在惊呼——车速真快。我后来在宿舍里收拾书，终于收拾好了。宿舍的床铺是比较老的那种上下铺。我一回头就看到了下铺的陈超老师，他穿着黑色T恤衫，他刚好拿着一本书要躺下去看书。我立刻把一个靠枕给他垫在脖子下面。他看书的姿势很舒服，我看到了他的面容——简直太年轻了，太英俊太帅太酷了。那应该是三十岁左右的陈超。他嘿嘿地朝我笑着，我当时是站着，有拥抱他的冲动，就俯下身去拥抱了他的肩膀。在俯下身的时候，我格外注意到了他脖子上戴着的一块很大的玉石，手上也戴着。陈超还说——俊明还搞个突然袭击呀。我拥抱他只有几秒钟，站起来，我头靠在上铺的木板上哭了起来，是控制不住地抽泣。然后，立刻就从梦中醒来了。想想，其中缘由而不解。我在这天下午要去四川大学给学生们做一个诗歌讲座，而明天下午就是我领2018年首届金沙诗歌奖·年度诗歌批评奖的时间啦！而这个奖，是专门颁给我的那本书——《转世的桃花——陈超评传》。我拉开窗帘，打开二十三层的窗户，此刻成都还在黑暗之中。6点多钟的时候，我给师母杜栖梧发了一个短信。快8点钟的时候师母回复："羡慕你，俊明，好长时间他没有来到我的梦里了，而且每次都是他'回来'。好想拥抱这个年轻英俊的陈超。你看到的玉一定就是我送他的那块和田玉，很大很漂亮，当年于坚看到就特别喜欢。我记不起日期了，当年我们去成都就是四月份，也许多年前在成都的陈超来和你相会了。祈祷我也能快点见到他。"

陈超走后的四年多的时间，我四次梦到了他，其中的况味和因由确实难以解释——"梦的语言是一种象征性的语言……关于无意识没有什么可神秘的。它仅仅简单地意味着在睡梦中，我们能有机会接近我们清醒时不知道的东西。"
（埃里希·弗罗姆：《生命之爱》）

有时候对于一些特殊的甚至惊异的梦，我们追问的更多的则是梦和现实哪一个才是更真实的。此时我想到了那位着迷于星象学的诗人佩索阿——

> 也许我不比我的梦更真实……
> 那微笑是给别人的，故意笑给人看的，
> 纤弱的金发女郎……
> 她冲我一瞥，仿佛日历那般自然……
> 她谢谢我，因为我护着她没从电车上掉下去，
> 一声谢谢……
> 完美……

我喜欢梦到我们说话之后

从来没有发生的事，

有些人从来长不大……

实际上我认为长大的人很少——几乎没有——

那些成年了的，死了也都意识不到什么。

（杨铁军　译）

作为游戏精神的诗人星座

　　一个人出生的那一刻，似乎在冥冥之中与今后的命运走向有了极其隐秘的关联："我觉得自己好像一个中国的星象家，给一个人细批终身，预卜未来，那么清楚，那么明确，事故是那么在命难逃。中国的星象家能把一个人的一生，逐年断开，细批流年，把一生每年的推算写在一个折子上，当然卦金要远高出通常的卜卦。但是传记家的马后课却总比星象家的马前课可靠。今天，我们能够洞悉苏东坡穷达多变的一生，看出来那同样的无可避免的情形，但是断然无疑的是，他一生各阶段的吉凶祸福的事故，不管过错是否在他的星宿命运，的确是发生了，应验了。"（林语堂：《苏东坡传》，张振玉译）

　　在中国古代，天文学家（占星）把重要的星星分成二十八组，故称二十八宿、二十八舍或二十八星。二十八星又分为东方青龙七宿：角、亢、氐、房、心、尾、箕，北方玄武七宿：斗、牛、女、虚、危、室、壁，西方白虎七宿：奎、娄、胃、昴、毕、觜、参，南方朱雀七宿：井、鬼、柳、星、张、翼、轸。占星术历来得到帝王的格外关注，这关乎社稷安危、关乎国运昌祚、关乎文脉兴衰："在徽宗崇宁五年（1106年）正月，出乎神意，天空出现彗星，在文德殿东墙上的元祐党人碑突遭电击，破而为二。此是上天降怒。毫无疑问，徽宗大惧，但因怕宰相反对，使人在深夜时分偷偷儿把端门的党人碑毁坏。宰相发现此事，十分懊恼，但是却大言不惭地说道：'此碑可毁，但碑上人名则当永记不忘！'现在我们知道，他是如愿以偿了。雷电击毁石碑一事，使苏东坡身后的名气越来越大。他死后的前十年之间，凡石碑上刻有苏东坡的诗文或他的字的，都奉令销毁，他的著作严禁印行，他在世时一切官衔也全予剥夺。当时有作家在杂记中曾记有如下文句：'东坡诗文，落笔辄为人所传诵。崇宁大观间，海外苏诗盛行。是时朝廷禁止，赏钱增至八十万。禁愈严而传愈多，往往以多相夸。士大夫不能诵东坡诗，便自觉气索，而人或谓之不韵。'雷击石碑后五年，一个道士向徽宗奏称，曾见苏东坡的灵魂在玉皇大帝驾前为文曲星，掌诗文。徽宗越发害怕，急将苏东坡在世时最高之官爵恢复，后来另封高位。为苏东坡在世时所未有。在徽宗政和七年（1117年）以前，皇家已经开始搜集苏东坡的手稿，悬价每一篇赏制钱五万文。"（林语堂：《苏东坡传》，张振玉译）

在西方的占星学上黄道十二星座代表了不同的宇宙空间方位，于是将黄道分成相应的十二个星座——白羊座、金牛座、双子座、巨蟹座、狮子座、处女座、天秤座、天蝎座、射手座、摩羯座、水瓶座、双鱼座。大约在隋朝，"黄道十二宫"传入中国，在宋代大为流行，比如南宋《灵宝领教济度金书》："欲课五星者，宜先识十二宫及所属。寅为人马宫，亥为双鱼，属木；子为宝瓶，丑为摩羯，属土；卯为天蝎，戌为白羊，属火；辰为天秤，酉为金牛，属金；巳为双女，申为阴阳，属水；午为狮子，属日；未为巨蟹，属月。"一些精敏多思的文人也在星象中寻求个人命运的内在机制。苏轼对自己性格和命运所认知的一部分就来自星座，"退之诗云：'我生之辰，月宿直斗。'乃知退之磨蝎为身宫，而仆乃以磨蝎为命，平生多得谤誉，殆是同病也。"（《东坡志林·命分》）苏轼所提到的韩愈（字退之）的诗是《三星行》："我生之辰，月宿南斗。牛奋其角，箕张其口。牛不见服箱，斗不挹酒浆。箕独有神灵，无时停簸扬。"苏轼还嘲讽过同是摩羯座的马梦得，感怀命运不济，实则也是在自嘲——"马梦得与仆同岁月生，少仆八日，是岁生者，无富贵人，而仆与梦得为穷之冠。即吾二人而观之，当推梦得为首。"南宋人方大琮曾一同评价过摩羯座的韩愈和苏轼："惟磨蝎所莅之宫，有子卯相刑之说，昌黎值之而掇谤，坡老遇此以招谗。而况晚生，敢攀前哲？"后来的林语堂也格外强调了苏东坡的出生时间（宋仁宗景祐三年十二月十九，公元1036年1月8日）与多舛命运的内在关联："关于这个生日，第二件要提的就是苏东坡降生在天蝎宫下。照他本人的说法，他一生遭受许多磨难，被人扯上好好坏坏、莫须有的许多谣言，都有这个原因。他的命运和韩愈相同，他们属于同一星座，韩愈也坚持自己的政见而遭到放逐。"（《苏东坡传》，张振玉译）《十二宫分野所属图》甚至极具创造性和游戏精神地将十二星宫与十二州相对应：宝瓶配青州，摩羯配扬州，射手配幽州，天蝎配豫州，天秤配兖州，处女配荆州，狮子配洛州，巨蟹配雍州，双子配益州，金牛配冀州，白羊配徐州，双鱼配并州。

2019年6月26日，此时正是盛夏，也是小众书坊创办两周年的日子。商震、徐南鹏、彭明榜和我已经坐在了北锣鼓巷云洱小镇餐馆二楼的露天阳台上，晚到的崔曼莉突然发现四个人都是白羊座。如此炎热的季节竟然在暮晚时刻吹来了罕有的凉风……

想想我和徐南鹏的交往转眼之间已经有十五年之久了。此时餐馆阳台上到处都是塑料做的绿植，而我在恍惚中想到了宋代诗人王淇在《春暮游小园》中道出的人与时间、世态在缓慢摩擦中生发的隐痛与怅然："一从梅粉褪残妆，涂抹新红上海棠。开到荼蘼花事了，丝丝天棘出莓墙。"《红楼梦》（《卷六十三　寿怡红群芳开夜宴　死金丹独艳理亲丧》）中麝月抽到的花签正是荼蘼花。

夏天意味着春花都已落尽，这时间的法则让我们（包括诗人在内）不得不在命定性中反观自身及诸物。荼蘼（又名酴醾、佛见笑）这一常见的蔷薇科落叶小灌木却尽可能地投射出人世的本相与内心的惊悸。一切都离不开时间法则，而这一过程往往是亮光与阴影相伴，这一过程往往从笑靥如花、白衣胜雪、谈龙谈虎、韶华盛极开始，而以年长色衰、形容枯槁和内心暗淡为终了。诗人的责任正在于揭示出与内心相关联的万物的法则以及时间的真相。诗人使得时间留下来，使得自己静下来。这也是某种程度上诗歌作为记忆方式和验证自我的尺度。时间法则使得一切最终都只能是短暂和稍纵即逝的，都是"开到荼蘼花事了"。如果将这一过程推向人的本体宿命的终极问题，那么诗人就不得不面对"向死而生""向诗而生"了。

我们不必把星座学看成是命运的直接对应，如果视之为一种趣味和好奇也许会更为轻松。但是对于一些诗人而言，似乎出生的那一刻就预示了此后他的人格和精神命运，比如里尔克、叶芝以及佩索阿都曾是星相学的超级迷恋者，自我认知、神秘主义、自动写作、超验意识以及未来时间的想象都体现在他们一段时间的现实生活和写作实践当中："佩索阿终其一生对占星学有强烈的兴趣，他和著名的神秘学家阿莱斯特·克罗利（Aleister Crowley）通信，后者曾到里斯本访问过他，并在他的帮助下设局假装自杀（有趣的是，克罗利和叶芝曾同属一个叫作'金色黎明'的神秘主义组织，两人之间有过激烈的冲突，但除此之外，佩索阿和叶芝应该没有什么个人关系）。佩索阿给莎士比亚、拜伦、王尔德、肖邦等名人绘制过星盘，也给他的异名制作过星盘，据传说，他还大致准确地预言了自己的死期。"（杨铁军：《想象一朵未来的玫瑰：佩索阿诗选·译者序》）

在我所接触的诗人中对星座有着极为深入的理解并且准确度惊人的是路也和巫昂。

巫昂的学生紫气曾经在北京北三环的一个小酒馆里兴致勃勃地看我的星盘——那时她来北京不久且正准备进入磨铁图书公司。2010年春天去陕西安康的大巴上，路也看到商震就直截了当地说他是典型的白羊座，而具体到身边的每一个人她都准确说出了星座甚至血型。2015年元旦，我在福州的元旦诗会上又见到了路也，期间再次谈起了陈超。路也向我说了一个细节，让我吓了一跳。她说有一次她母亲看到了杂志上我的照片，她母亲端详了一阵后对路也说这个人怎么看着像陈超呢？路也说，当然像了，这个人是陈超的学生啊。我当时又本能地问路也陈超是什么星座，她毫不犹豫地说："天蝎呀！"

2019年初的时候成都的一个微信公众号推出了余幼幼的一个专题《在成都养猫、做饭、占卜，她是最有实力90后"重口味"诗人》，其中的文字也很能激发阅读胃口——"写诗很容易写得俗气，但余幼幼有自己的思考，'乳房''子宫''胸部'……这些仅仅只是意像"（笔者注：原文中为"意像"，实则应为"意象"）"我的荷尔蒙都在作品里"。这是典型的文化娱乐写手激发阅读、刺激受众的惯用手法。撸猫、喵星人以及做饭是日常生活中的举动，而占卜和诗歌则带有更多精神隐喻和内在性格的成分。我格外留意到了余幼幼的这张照片：黑白色调，余幼幼双手托举着一只英短猫"大头"，猫的眼神游离于镜头之外，而余幼幼的表情像是在微笑又有些许不屑（不信任？）地盯着镜头。她靠近左侧鼻梁上部的一颗痣在面部被有意无意地显露了出来——总是让我们留意和好奇的往往是冰川水面下那一隐秘不察的部分。余幼幼出生于1990年的冬至——12月22日。这是一个过渡时刻，是从射手座向摩羯座转换的时刻。对于1990年来说，出生于12月22日之前的是射手座，之后是摩羯座。余幼幼曾认为葡萄牙的天才诗人费尔南多·佩索阿是她最喜欢的作家（之一），而佩索阿生前却是如此籍籍无名，他的日常生活也是如此庸常无奇，而其短短四十七年的人生更是充满了疲惫、阴郁、孤独、惶然、不安、悲观、紧张与分裂。二十五岁时的佩索阿就写下了这样的诗句："去他妈的生活，走在其中的每个人！"而佩索阿几乎从未停止过写作，他的作品更多是以异名的形式完成的，死后留下了两万五千多页未及整理的手稿，他是以伟大的作品完成了文学自我和精神人格。

赫尔曼·黑塞对自己的出生时间（1877年7月2日星期一，黄昏。巨蟹座，水象星座）是这样的自我认识（母亲对他的评价则是聪明可爱，但也非常顽固、执拗）："在一个炎热的七月，夜色降临时分，我来到这个世上，那一刻的炎热无意中成为我一生都极为珍爱，并想寻回的事物，当它离开我的时候，我是那样疼痛地想念它。"（《略传》）

性格决定命运，性格也大多决定了写作的命运。这既来自先天的家族基因又与后天的生存空间以及情感生活有关。而这其中有一个关键性的时间节点，这就是童年经验对于一个人性格的影响："我想死在玫瑰中，因为童年时喜爱玫瑰。/后来喜欢菊花，却冷血地拔掉花瓣。/少说点、慢点说。/不要让我听见你，特别是在思想中。/我要什么？我的双手空空。/悲伤地紧抓某个遥远的床罩。/我想什么？我的嘴干瘪、抽象。/我活什么？一场甜美的梦！"（佩索阿：《我想死在玫瑰中，因为童年时喜爱玫瑰》）

本雅明（1892年7月15日～1940年9月27日，巨蟹座，水象星座）童年多病，视自己为忧郁症——我在土星的标志下来到这个世界——土星运行最慢，是一颗充满迂回曲折、耽搁停滞的行星，"孤独对我来说是人唯一合适的状态"。从童年时代起，行动迟缓的本雅明就分外自由而任性地去做白日梦、观望、思考、精神漫游。本雅明在《德国悲剧的起源》里写道"迟钝"是忧郁症性格的一个特征，还有一个特征便是"顽固"，"忧郁的人允许自己拥有的唯一的快乐是寓言：这是一种强烈的快乐"。正如苏珊·桑塔格所准确分析的那样："对于出生在土星标志下的人来说，时间是约束、不足、重复、结束，等等的媒介。在时间里，一个人不过是他本人：是他一直以来的自己；在空间里，人可以变成另一个人。本雅明方向感差，看不懂街上的路牌，却变成对旅游的喜爱，对漫游这门艺术的得心应手。时间并不给人以多少周转余地：它在后面推着我们，把我们赶进现在通向未来的狭窄的隧道。但是，空间是宽广的，充满了各种可能性、不同的位置、十字路口、通道、弯道、一百八十度大转弯、死胡同和单行道。真的，有太多的可能性了。由于土星气质得病特征是迟缓，有犹豫不决的倾向，因此，具有这一气质的人有时不得不举刀砍出一条道来。有时，他也会以举刀砍向自己而告终。土星气质的标志是与自身之间存在的有自我意识的、不宽容的关系，自我是需要重视的。自我是文本——它需要译解。（所以，对知识分子来讲，土星气质是一种合适的气质。）自我又是一个工程，需要建设。（所以，土星气质又是适合艺术家和殉难者的气质，因为正如本雅明谈论卡夫卡时所说的那样，艺术家和殉难者追求'失败的纯洁和美丽'。）建构自我的过程及其成果总是来得过于缓慢。人始终落后于其自身。"（苏珊·桑塔格：《在土星的标志下》，姚君伟译）

约翰·沃森则在《T.S.艾略特传》中如此分析艾略特冷静的性格成因："第一次婚姻中'个人和私密的痛苦'，磨炼出了艾略特超常的冷静性格。他习惯根据'纯粹的智力和理性'做出决定，'给出意见时小心谨慎'，在日常生活中也表现出'冷静的精神'。他的一位熟人对此'印象深刻'，甚至'深感压抑'。凡此种种，都表明他是一位小心谨慎、冷静客观、低调沉默的人，有时甚至会刻意掩藏个性、深埋自我。"艾略特是天秤座，举止优雅、做事稳重、理智、具有超强的判断力，"终其一生，得体优雅的举止都是他掌控友谊的办法"。

诗人的微观心理表情分析有时也较为难解地与星座（命理）发生微妙的关系。陈超说过"占星术是不坏的一分钟小说"。出于对陈超以及星座的好奇——当然我只是把星座知识看成是好玩有趣的知识，我上网搜到了一段关于天蝎座性格的文字：

> 天蝎座的人对互不相同的和互不相融的事物有特殊的兴趣。他是一个喜欢探究事物的本质并加以区别的人。在萧瑟的秋风中降生到这一星座的人粗犷而倔强，他显得沉闷的个性和紧张的神经会使接近他的人感到压抑和迷惘。他的爱情心理常常充满着矛盾。他有一双极其敏锐的眼睛，能洞察和利用人性的弱点和利弊。
>
> 另外，他的神秘性、极端性、好斗性和狂热性，也常常给人们留下深刻的印象。无法摆脱的烦恼常常纠缠着他，使他感到精神疲惫。
>
> 天蝎座的人个性冷漠，神秘而性感。他喜欢亲自动手去做，喜欢改善自己的工作和生活环境，而不喜欢无所事事和庸庸碌碌的生活，那会使他丧失生机和活力。也有天蝎座的人喜欢自暴自弃，生活在阴影中。他从不愿承认失败，如果遭到了挫折，他将会产生强烈的心理变态反应。

在我接触的诗人中，天蝎座的有：叶延滨、陈超、潘洗尘、西娃、茱萸、王单单、张二棍、马嘶、谈骁、陈先发、远心、白小云、笨水、楚雨、扶桑、金铃子、老巢、弥赛亚、商略、王彦明、子梵梅、冷阳……

天蝎座，表面透明、清朗而实则隔绝、隐晦，正像西尔维娅·普拉斯笔下的玻璃钟形罩一样。这是一种混杂的性格（也许任何一个人都是如此，只是程度不同），叛逆而又柔情，忧悒而又幽默，神秘而又亲切，介入而又游离，孤独而又喜欢倾诉。他的智力、理性、意志力、自信心、幽默感都如此突出，与此同时，他的反叛、非理性、疯狂、疏离、内向、自傲、自毁的冲动也同样不可阻遏。天蝎座，应该是十二星座中比较富有非凡的文学和哲学才能的人（起码从伟大作家尤其是诗人的概率来说是如此），我们可以列一个典型的名单：济慈、陀思妥耶夫斯基、屠格涅夫、塞尔玛·拉格洛夫（1909年获得诺贝尔文学奖）、盖哈特·霍普特曼（1912年获得诺贝尔文学奖）、安德烈·纪德（1947年获得诺贝尔文学奖）、阿尔贝·加缪（1957年获得诺贝尔文学奖）、艾萨克·巴什维斯·辛格（1978年获得诺贝尔文学奖）、纳丁·戈迪默（1991年获得诺贝尔文学奖）、若泽·萨拉马戈（1998年获得诺贝尔文学奖）、缪塞、穆齐尔、安德烈·别雷、罗伯特·路易斯·史蒂文森、库尔特·冯内古特、迪伦·托马斯、西尔维娅·普拉斯、玛格丽特·阿特伍德、塔哈·侯赛因，以及钱锺书、废名等。

天蝎座总是有点儿忧郁的底色的——"忧郁的人是如何变成意志的英雄的？答案是通过一个事实，即工作可以变成一剂药，一种强迫症。""伴随着自身孤独而感到的痛苦，这是忧郁的人所具有的一个特征。人要做成一件事情，就必须独处，或至少不能让永久性关系束缚住手脚。""忧郁的人所表现出来的工作作风就是投入、全身心的投入。"（苏珊·桑塔格：《在土星的标志下》，姚君伟译）陈超在一定程度上还有一点儿由"紧张""忧郁"所延伸出来的"自闭安慰症"。这不是病理层面的，而是精神气质和隐喻层面的："黄昏时分湿漉的林子／有一种你依赖的自闭安慰感／那边飘来孩子们烧树叶的呛味儿／年光易逝，这次是嗅觉首先提醒你／望着鸟群坚定地穿过西风的气旋／你已不再因碌碌无为而感到惭愧／日子细碎徒劳的沙粒多么安静／向平庸弯腰，你因学会体谅而变得温顺／载满琐碎心思的火车穿透暮霭／隐入西部钢蓝的群山；钢铁轰鸣后／林子更加幽寂，你的心也像／松树的球果，布满瘢鳞但硬实平稳／怕惊扰林子那边的不知名的鸣虫儿／你也不再把怊怅的丽句清词沉吟／当晚云静止于天体透明的琥珀／你愿意和另一个你多待些时间。"（《晚秋林中》）紧张与平静，安慰与封闭，温顺与尖锐，恰好形成了一个人的精神对跖点。

尽管尼采（1844～1900）是天秤座，陈超是天蝎座，但是都是出生于同一个月份——10月，而10月在陈超的一生中占有着极其重要的坐标位置。陈超生于10月、卒于10月，结婚纪念日是10月，他和栖栖的相识也是在10月，而陈扬的生日同样也是在10月——和尼采只隔了一天。这种时间和精神上的"近亲"渊源使得陈超一生如此钟爱着尼采，甚至近乎不可解释的是尼采和陈超都只在世五十六年。几乎在每年10月的时候陈超总会不由自主地想到这个阴郁、悲剧性的诗人哲学家，"10月，又想起一个人，一个中等身材，脸上缺乏知识分子温和的表情，闪烁着怀疑与激情的双眼和长垂的胡子，给人一种粗卑错觉的智者，一个要成为真正自由的'我'的人。而他早已到了天上，在10月的阳光下，想起他，禁不住要来一次深呼吸，凝视天空……""也是在一个10月，他来到这个世界……似乎命中注定的，他应该有一个幸福的人生，但是，俗世的恩主又怎么能给一个竭力要超越俗世的人以恩惠呢——他选择了一条截然不同的路……是战斗得太久？还是一个思想者不愿再受思想的煎熬？在一个春天的早晨，他出门去买报纸，却从此找不着回家的路，从此，他沉入了意识的暗夜里。而在某个恢复了意识的时刻，看到坐在身边的妹妹默默流泪，他不禁发问：'伊丽莎白，你为什么哭呢？难道我们不幸福吗？'这个备受煎熬的孤独的灵魂，生前不被人理解，不被社会接受，死后被人误解，又被人利用。但是他却在反问：'难道我们不幸福吗？'——幸福是不需要别人去肯定的。在失去意识十年之后的秋天，这个现代哲学的先驱终于像他向往的阳光一样融入到了天空中，进入了那个永恒的静谧之地。今天，我从一个卑狭的地方来赴智者之约，而斯人已去，我们竟不能做一次倾心之谈。"（陈超：《我想献给人类一件礼物——重读〈查拉斯图拉如是说〉》）

迪伦·托马斯是天蝎座，1953年11月9日，疯狂而不能自制的诗人连喝了十八杯威士忌，最终暴毙，年仅三十九岁。这位十九岁就出版第一本诗集并轰动诗坛的"疯子天才"，其一生正是加速度的燃烧，是最终的迸发和炸裂，正如他在诗中所说的——

通过绿色茎管催动花朵的力
催动我的绿色年华，毁灭树根的力
也是害我的刽子手。
我缄默不语，无法告诉佝偻的玫瑰
正是这同样的冬天之热病毁损了我的青春。

催动泉水挤过岩缝的力催动
我鲜红的血液；那使絮叨的小溪干涸的力
使我的血液凝固。
我缄默不语，无法对我的脉管张口，
同一双嘴唇怎样吸干了山泉。

（汪剑钊　译）

　　每个人的性格中最深处的部分以及不能公开的私人生活则是这一精神肖像中最隐秘的不为人知的部分："入学两年后，福柯便来到圣安娜医院的法国精神病权威让·德莱教授的诊室……在这期间，他曾几次有过自杀企图或自杀未遂的事情……每当福柯夜晚从常常光顾的吸毒场所或同性恋酒吧回来时，总是一连几个小时处于消沉、不适和羞于见人的状态。"（迪迪埃·埃里蓬：《米歇尔·福柯传》，谢强、马月译）

　　同样是天蝎座的西尔维娅·普拉斯（Sylvia Plath

1932～1963）短短三十一岁的一生却有三次自杀经历。在《拉撒路夫人》一诗中她对自己的三次自杀经历以及惊悚的内心世界予以撕裂般的自白，时时为破裂的情感以及童年的阴影和忧郁症所困扰："表面上，我也许小有成就，但是我心里却有着一大片一大片的顾虑和自我怀疑。"在《父亲》一诗中，我们看到的是一个在童年即被黑暗、死亡和惊悸所激发的死亡想象的影子："你下葬那年我十岁。／二十岁时我就试图自杀，／想回到，回到，回到你的身边。／我想即便是一堆尸骨也行。"（陈黎、张芬龄译）

西尔维娅·普拉斯最后一段时间是她最痛苦、孤独的时刻，也是诗歌写作的爆发期（不到两个月的时间写作了四十多首诗）。她的写作主要是在凌晨三四点钟，那时的两个孩子都已入睡，诗人重新找回到了精神的自我，"公鸡啼叫之前，婴孩啼哭之前，送牛奶人尚未置放瓶罐发出玻璃音乐之前的静止、清蓝、几近永恒的时刻"。普拉斯在死后获得普利策奖，生前她的诗歌投稿却大多被编辑退回，而普拉斯却是有着相当的写作自信的诗人："我是作家，我是有天赋的作家，我正在写一生中最好的诗歌，它们会让我成名。"此言不虚，有诗为证。1963年2月11日早上6点钟，普拉斯在桌上放好留给两个孩子早餐用的牛奶和面包，放好黑色的弹簧活页夹（里面是四十首诗）后，走入厨房，打开烤箱，打开瓦斯，将头伸进去。在此之前，她用毛巾将门窗的缝隙堵好。一个人的自杀会有诸多的理由且往往非外人所知，甚至连亲人都无从知晓，但是对于作家尤其是诗人的自杀，公众的热情和窥私欲却是旺盛而持久的。这种传记学的阅读和批评会给"诗人之死"加上诸多心理学、文化和社会学的解释，而这些解释可能反而对诗人的生活、情感甚至写作都形成一种遮蔽，而非准确、有益的揭示。对于西尔维娅·普拉斯弃世后很多研究者和公众的误解，她的女儿弗莉达·休斯的一段话非常适合拿出来给今天的读者们看看："然而，我母亲自杀当下的极度痛楚却被陌生人接管了，被他们占有，并加以重塑。《精灵》诗作结集成册象征我拥有了母亲，却让父亲蒙受更多的诽谤。这好比她诗歌能量的黏土被占据之后，再以之捏制出对我母亲的不同说法，捏造者捏造的目的只为了投射自己的想法，他们仿佛以为可以占有我真真正正的母亲，一个在他们心中已然失去自我原貌的女人。"

诗人散文
SHIREN SANWEN

第二辑

灯光转暗，你在何方

穆旦：「我已走到了幻想的尽头」

陈敬容：「是谁的手指敲落冷梦」

「湖畔」情诗与「水仙」命运

尚义街六号的黄房子

灯光转暗，你在何方

——吴思敬与朦胧诗人的往事

经历封冻期之后，中国诗歌在1978年之后终于迎来了当代诗歌发展史上前所未有的繁荣与开放期。甚至20世纪80年代在过去多年之后仍然因为被视为少有的黄金时代而为人们不断地热捧和追挽，从而成为后来者不断羡慕和缅怀的精神高地。

穿过历史的烟云回到历史的现场，吴思敬与江河、顾城、北岛、芒克、林莽等朦胧诗人的诗歌往事成为那一段历史最为生动的注脚和记忆。

一

1965年夏天，吴思敬在从北京师范学院中文系毕业后被分配到东三环的一所中学工作，吴思敬作为一个血气方刚的青年，一个怀着深厚的忧患意识和责任感的知识分子找到了温暖灵魂的最好办法——读书、思考、写作。

1974年，吴思敬刚刚结婚时是居住在南池子普庆前巷3

号院十平方米的平房。1979年年初，吴思敬全家搬离南池子普庆前巷3号院后，曾经很长一段时期居住在王府井附近的菜厂胡同7号的一个极其普通的大杂院里。普庆前巷3号院和王府井菜厂胡同7号的这段日子对于吴思敬个人而言是极其重要的一个阶段，这个阶段也正是中国风雨飘摇的时刻。而此后在所谓的新时期的日子里，这里也迎来了吴思敬学术生涯重要的阶段，也成了吴思敬与新诗潮以及朦胧诗人们交往的重要场所。

1978年初，冬天仍然在持续，但是裂冰的声响已经预告了文学的"早春"天气开始了，敏锐的吴思敬发现空气中已经开始充满着新鲜和自由的气息。也是从这个时候起，吴思敬开始了他的诗歌理论与诗歌批评的道路。1978年12月，北京的冬天似乎前所未有的寒冷，一场大雪刚刚覆盖了北京的大街小巷。在这一年行将结束的时候，在空旷寒冷的北京街头，却有三个在寒风中推着挂有糨糊桶自行车的年轻人悄悄在毛主席纪念堂、西单民主墙、文化部、人民文学出版社的墙上、树上和电线杆上贴一些油印的纸张。当他们在天渐渐发亮的时候离开位于北京朝内大街路南侧人民文学出版社围墙，而贴在墙上长长的一串油印的文章还散发着淡淡墨香的时候，渐渐围拢的人们在无声而仔细地观看。也许这三个年轻人自己都没有意识到，他们在这个寒冷的清晨所做的看似微不足道的事情实际上已经引起了文学和诗歌革命的地震，甚至这几个当时名不见经传的名字以及他们创办的刊物在此后进入了中国的诗歌史和大学课堂，甚至成为众多研究者和青年学子所崇拜的精神偶像。

这三个年轻人有两个就是后来在中国诗坛和文学史中声名赫赫的人物——北岛（赵振开）、芒克（姜世伟）还有陆焕兴，墙上张贴的油印材料就是影响深远的民刊《今天》。而在1978年12月末的这个北风仍然呼啸的飘满雪花的街头，吴思敬这天恰好走上街头见证了这一伟大的历史时刻，他和其他的人一样以热切的眼光目睹了一场诗歌地震和思想革命的到来。

在吴思敬看来，《今天》上这些年轻人的大胆、叛逆而具有时代意义的诗篇所带给他的感受无异于一场地震，震动和催生着一个青年评论家新的诗歌理想。而北岛、食指、舒婷、顾城、芒克、江河和杨炼等诗人的名字开始在社会上流传，伴随着积淀多年的诗歌河床冰层的爆裂声，诗歌的早春已经不可阻挡地降临了。而吴思敬则从这一重要的时刻起，见证了中国"新时期"诗歌三十多年发展的风风雨雨。1978年12月23日这一天，注定是属于历史上带有"着重号"的时刻。从这一天起，吴思敬被那些贴在墙上的一个个陌生的诗人——蔡其矫（乔加）、舒婷、北岛、芒克——所深深地震撼和吸引住了。这些在当时看来带有"异端"性质和现代主义特征的诗歌让吴思敬发现一个崭新的诗歌时代即将到来，尽管天空仍然飘洒着大片大片的雪花。吴思敬在《今天》这份油印刊物前驻足良久。这些陌生年轻诗人的诗歌作品与此前的政治抒情诗、战歌和颂歌完全不同，深深攫住了吴思敬的内心，强烈地冲击着他固有的诗歌观念，尤其是北岛写于1976年4月的《回答》让吴思敬强烈地感受到一个黑暗的时代已经结束，一个崭新的时代即将开始——"告诉你吧，世界，／我——不——相——信！／纵使你脚下有一千名挑战者，／那就把我算作第一千零一名。……新的转机和闪闪的星斗，／正在缀满没有遮拦的天空。／那是五千年的象形文字，／那是未来人们凝视的眼睛。"

1978年12月23日深夜，北京南池子普庆前巷3号院一个不足十平方米的平房里，那个略显昏黄的灯一直开着，吴思敬仍然被这些诗歌莫名地冲击着，因为在吴思敬看来，《今天》上北岛等诗人传达的怀疑精神、叛逆情绪以及特殊的诗歌表现方式和那种由真诚的希望所发出的呼喊，都与此前主流的政治抒情诗有着巨大的差异，而这种差异在吴思敬看来会在不久的将来成为中国诗坛的一个新的诗歌潮流。从此吴思敬不断在民刊以及《诗刊》《人民文学》等官方刊物上寻找一个个带有现代性特征的熟悉或陌生的年轻诗人和作品，也开始了与这些后来在文学史上享有大名的朦胧诗人的交往。

二

1979年春天，吴思敬由南池子普庆前巷3号院搬到王府井的菜厂胡同7号，此后吴思敬与一平、江河、顾城、杨炼、林莽、北岛、芒克、梁小斌等青年诗人（也就是后来文学史所命名的朦胧诗人）结识，而菜厂胡同7号也成了一个重要的诗人结集地。实际上据一些研究者考证，当年新月社的一个著名诗人就曾居住在菜厂胡同，如果是这样的话，这种历史的巧合真是充满了传奇性和戏剧性。

在吴思敬和这些青年诗人的交往中，有必要提一下一平（李建华）这个关键性人物。实际上一平是吴思敬所教的学生李红的弟弟，是工农兵学员，毕业后到北京外贸学校当老师，此后一平常常到吴思敬这里来。由于和一平的交往，吴思敬结识了江河，又因为江河当时和杨炼非常要好，吴思敬又结识了杨炼。江河和林莽是高中的同班同学，吴思敬由此又认识了林莽。由江河、林莽、杨炼等人吴思敬又先后结识了顾城、严力、田晓青、芒克、甘铁生和曲磊磊等。这种交往不仅限于诗歌，更大程度上也与这些人的为人和性格有关，而更重要的还在于吴思敬能够与这些人在文艺观念和思想状态等方面更容易沟通。吴思敬在和这些年轻诗人的交往中，尽管在年龄上有一些差距，但是年龄和阅历的差异并没有妨碍他们之间的沟通与交往，而恰恰是形成了一种良性的互补与融合。正是在这种深入到现场的文学交往中，吴思敬比同时代的其他批评家更早地认识到了这些青年诗人特殊新奇的内心世界和具有跨时代性的复杂而现代的诗歌观念。而正是由于对这些青年诗人的生活状态、思想状态和诗歌创作状态的深入了解，在后来的关于"朦胧诗"的论争中，吴思敬一开始就旗帜鲜明地与这些青年诗人站在了一起。正是因为一种新的美学诗潮的崛起，作为诗歌批评家的吴思敬已经提前认识到诗歌批评这种特殊的话语方式也同样应该经历历史性的转换和新生了。

从20世纪80年代开始,作为当时"新诗潮"批评家的代表人物,吴思敬完成了一系列重要的诗学论文和诗人专论,尤其是对朦胧诗人江河、顾城、舒婷等的评价文章在当时引起了很大的反响和轰动。对于当时刚刚在诗坛崭露头角的这些青年诗人,诗坛大多还处于陌生和旁观的姿态,而这时的吴思敬却已经写出了具有理论高度、时代特征又深入文本和诗人灵魂内部的重要批评文章。

首先说一下吴思敬和著名的朦胧诗人江河的诗歌交往。

江河,原名于友泽,1949年6月3日出生于北京,比吴思敬小七岁。江河从1980年开始在刊物上正式发表作品,而从江河诗歌的起步期吴思敬就始终关注着他的创作,可以说,吴思敬见证了江河的诗歌成长道路。江河在20世纪80年代出版了诗集《从这里开始》(花城出版社、诗刊社合编,1986年9月出版)、《太阳和他的反光》(人民文学出版社,1987年),吴思敬都是作为第一个读者阅读了这些诗作并第一时间对其中的代表作,如《纪念碑》《星星变奏曲》等予以评价。如今江河已经身居海外多年,朦胧诗潮也成了文坛旧事。这也如吴思敬先生所慨叹的,朦胧诗作为一个运动落潮后,当年的朦胧诗人以及美术界的"星星"们一起出国的出国,下海的下海,搁笔的搁笔,抱孩子的抱孩子,还在辛勤笔耕固守阵地的也陷入散兵作战,远没有当年的阵势了……

江河当时的生活状况是比较窘迫的，父亲被下放。父母走后他就孤单一人、居无定所了。因为江河和林莽是同班同学，所以江河曾一度住在四十二中里面，此后不断在一些朋友家借住，直到后来留城以后才有了一个小小的平房得以安身。

江河后来被分到西城区卫生部家属办的一个卫生胶丸厂，做"小炮弹"——装药粉的外壳，工资是二十八块钱。那是1980年的一个深秋，天上飘着小雨，从北戴河参加完诗刊社举办的第一届青春诗会的江河刚回到北京不久。吴思敬和一平一起来到了当时位于白塔寺旁一个小胡同中的江河家里。在吴思敬的记忆里，江河的家是两小间连通的平房，加起来不足十二平方米，房间里也没有什么像样的家具，除了一张床，就是椅子、茶几以及锅碗瓢盆，但却有大量的书籍，其中印象深刻的是《托·史·爱略特论文集》等灰皮书和黄皮书。江河留给吴思敬的第一印象是个子不高、面孔白净，说起话来温文尔雅，整体上是一个柔弱的文人形象，这次见面使得吴思敬和江河一见如故，成了好友。此后，江河一有空就到菜厂胡同7号找吴思敬聊天谈诗，甚至有时吴思敬凑巧不在的时候，江河还到位于东安门大街38号的吴思敬岳母家去找。后来，包括潘青萍和蝌蚪（原名陈泮，1954～1987）都曾和江河一起去过吴思敬的家里。那时候，蝌蚪一来就逗吴思敬的儿子玩。尽管江河看起来很文弱，但是吴思敬却在江河的诗歌里面发现了一个真正的高大的"男子汉"形象。正是因为吴思敬与江河的深入交往，对其性格、风格以及一些重要诗作的写作背景和缘由有着相当深入的了解，再加之他对诗歌文本的精准解读和深入剖析，所以吴思敬在20世纪80年代及后来所写的关于江河的评论文章都是具有相当的历史价值和研究意义的。值得一提的是吴思敬对《星星变奏曲》这首诗歌的解读。时至今日，在当下的中学语文教材以及各种对江河的代表作《星星变奏曲》的解读都认为这首诗表达了诗人的一种对理想的渴望和对"文革"时代的批判，而普遍缺乏一种在美学和历史的双重视野中来解读的方法，而吴思敬写于二十年前的文章就很好地解决了这个问题。与其他的解读不同，吴思敬从和江河的交往和深入交谈中，更为深入地了解了这首诗歌的写作背景和诗人的写作动机，因此时至今日吴思敬关于《星星变奏曲》的评论仍具有重要的参照价值。吴思敬在文章中认为，之所以这首诗名为《星星变奏曲》而不叫《星》，是因为江河不久前刚刚为一位叫"星"的朋友写了题为《星》的诗，所以是为了避免重复而使用了这一题目；江河之所以在诗歌中对"星星"这一意象感兴趣还有着更为复杂的时代背景。

1979年，北京举行了当时轰动社会后来进入史册的"星星画展"，这也标志着一个在动荡中开始了新纪元的时代的来临。江河小时候就酷爱画画，曾在北京的少年宫专门学过好几年，具有扎实的绘画功底。在中学时期江河还专门为学校绘制过巨幅的伟人肖像。而正是因为对绘画的酷爱，在"星星画展"中江河与那些先锋画家因为有着共同语言而有了深入的交往。而在当时的历史语境下，这些带有先锋特征的画家们的艺术尝试显然招致了当时社会上的不理解甚至非议与批判。正是为了给"星星"新潮画家们正名，江河完成了这首《星星变奏曲》。吴思敬据此强调，《星星变奏曲》中的夜空下的星星实际上象征的是"星星"画家和朦胧诗的诗友，象征了包括江河在内的一代青年的自我形象。

而每当吴思敬想起江河和顾城的时候，他就感叹这两个当年与自己结识的青年诗人的命运为什么有着惊人的一致性。无论是1987年4月，江河的妻子蝌蚪在北京通州割腿部动脉自杀，还是1993年10月顾城在海外自杀，都让吴思敬感叹人生的变数甚至宿命。吴思敬记得1986年年底的时候江河、蝌蚪、顾城、谢烨这两对诗人夫妇结伴的山西之游。这两对诗人夫妇曾一起在云冈、悬空寺、五台山等名胜留下了欢乐的青春身影，但是在他们一起聊天的时候，蝌蚪一度轻生的念头以及对死亡的看法是否影响到了顾城呢？

1982年，吴思敬就已经完成了关于江河的批评文章《追求诗的力度》，发表在当年《诗探索》第10期。在《男子汉的诗——青年诗人江河作品试析》（《中报月刊》，香港，1985年1月号）中，吴思敬认为江河文弱的外表下却有着不无强悍的内心，他的作品中具有阳刚之气和深厚忧患的历史感，具有英雄气质和集团意识。同时更为可贵的是吴思敬也指出了江河诗作的不足。正是因为吴思敬的为人和准确、客观、独特的诗歌批评得到了包括江河等在内的诗人的尊敬，江河在1987年10月12日赠送给吴思敬的诗集《从这里开始》和《太阳和他的反光》中题写着同样的一句话："给思敬：我最尊敬的老师和最好的朋友。"

三

说到吴思敬众多的诗歌好友，不能不提到如今令人感叹唏嘘的"童话诗人"——顾城。

顾城，1956年9月24日出生于北京，朦胧诗的代表人物，"文革"前即已开始了诗歌写作，1987年5月应邀出访欧美进行文化交流活动和讲学。1988年顾城远赴新西兰，初被奥克兰大学亚语系聘为研究员，后辞职隐居激流岛……在顾城出国前，吴思敬就与顾城和谢烨有着交往。1986年，顾城尚在北京，在一封给朋友的信中他提到了吴思敬先生："巫猛：你好，《春台》四本收到，谢谢！等稿费收到我一并交吴思敬两本。多快，86年了，不宁不令，人都不在了。寄上一些近作及评论。我正在设想一种半隐居生活，平淡、洁净。祝长在诗中！顾城。"值得注意的是顾城的这封信没有使用标点而是用一个个黑点来代替，为了便于读者阅读，笔者加上了标点。另信中提到的"春台"为刊物名称，故笔者加上了书名号。由于该信没有署具体日期，我们已经难以确定这封信的准确日期了。顾城在1986年的这封关于吴思敬的信中提到的《春台》以及稿费就涉及吴思敬写于1983年的国内最早的深入、系统研究顾城的评论文章《他寻找"纯净的心灵美"——读顾城的诗》。由于当时"朦胧诗"正在被批判，这篇文章不可能在国内发表，最后克服重重困难发表于香港的一份杂志《诗与评论》（香港国际出版社，1984年1月版），1985年底在国内一本地方刊物《春台》上发表。吴思敬在这篇关于顾城的长篇论文中，相当系统而深入地进入诗人的内心和诗歌的内核，对此后的顾城研究提供了诸多重要的视角。吴思敬认为顾城是一个怀有孩子一般梦想的诗人，是一个怀着纯净的心灵看待世界的诗人，同时强调了顾城作为诗人的感觉的特殊性（独特、真实、敏锐与纤细），也指出了其创作上的一些不足之处。

1986年，顾城的诗集《黑眼睛》由人民文学出版社出版。在赠送给吴思敬的那本《黑眼睛》上，顾城写了这样一行字："人·类也敬请吴思敬老师指正。"当时顾城和舒婷的诗歌合集出版的时候没有注明哪一首是舒婷写的，哪一首是顾城写的，而顾城在送给吴思敬这本诗歌合集的时候相当认真地标出了自己的每一首诗作。

1993年的10月9日，奥克兰警方向新闻界发布消息：中国著名诗人三十七岁的顾城，星期五吊死在奥克兰附近希基岛的一棵树上，其妻谢烨头部遭斧砍，急救无效死亡，据警方重案组调查，怀疑顾城用斧头砍伤妻子后吊颈自缢……

当发生在遥远的国度新西兰激流岛上的黑色悲剧不久之后越洋传到国内的时候，吴思敬正在八大处的北京军区招待所开会。这个震惊的消息让吴思敬和其他人一样，第一反应就是不相信发生的一切是事实，然后是震惊、痛苦、悲叹与惋惜……

当时顾城的好友文昕正好在场，当时就痛哭流涕不能自己。听到这个不幸消息的几个晚上，吴思敬几乎夜夜失眠。他从书架里翻出《春台》这本刊有他评论顾城诗歌的杂志，翻到文章的最后，再一次阅读作为自己的这篇评论附录刊发的顾城的诗《我们的离去》两首〔在顾城的父亲顾工编选的《顾城诗全编》中更名为《回归（一）》《回归（二）》和《一个旧梦》（1～4）、《转入静物》〕时，吴思敬似乎发觉即使是顾城的这些早期诗作仍然在强烈地预示着诗人的命运。当吴思敬读到顾城的这首《我们的离去》时，他更为深切地明白顾城今日的悲剧似乎在很久以前就有了暗示，似乎一切都是天命的注定：

　　　　也许，我们就要离去

　　　　离开这片

　　　　在东方海洋中漂浮的岛屿

　　　　我们把信

　　　　留下

　　　　转动钥匙

　　　　锁进暗红色的硬木抽屉

　　　　是的，我们就要离去

　　　　我们将在晨光中离去

　　　　越过

年老的拱桥

和用石片铺成的街道

我们要悄悄离去

我们将在

静默的街道尽头，海边

在浅浅的蓝空气里

把钥匙交给

一个

喜欢贝壳的孩子

把那个被锉坏牙齿的铜片

挂在他的细颈子上

作为美

作为装饰

不，不要害怕

孩子，它不是痛苦的十字

不是

当你带着它

再度过三千个

潮水喧哗的早晨

你就会长大

就会和你的女伴一起

小心地踏上木梯

在一片宁静的灰尘中

找到

我们的故事

顾城和妻子谢烨一起离去了，但却是令人唏嘘感叹的永远地离去，在异国他乡，连魂魄都难以回到故国。据吴思敬回忆，顾城和英儿第一次见面是在1986年夏天于北京昌平召开的"新诗潮研讨会"上。也许是命运的巧合，在为期四天的会议里，顾城的妻子谢烨与英儿（咪咪）和文昕同住一室。然而谁能想到，几年之后的人世变迁竟让人如此感叹人生的苍凉与命运的无常。而吴思敬最后一次见到顾城是在蝌蚪的遗体告别会上，两个月后顾城出国……

而当顾城杀妻自杀作为事件在坊间开始被肆意渲染和歪曲，甚至被香港的导演拍成电影的时候，也许吴思敬当年的那篇《〈英儿〉与顾城之死》（完稿于1993年12月）能够让我们看到更为真实的顾城的内心世界，看到一个真实、复杂而脆弱的顾城，并且通过顾城事件来反观"自杀"这一特殊的文化现象："根据我与出国前的顾城、谢烨交往的直接印象，根据顾城夫妇生前好友的回忆，尤其是根据《英儿》一书中作者生命最后阶段的大量心理实录，我认为，以小市民心态把顾城之死作为茶余饭后嚼舌头的话题，固然浅薄无聊，但仅仅把这一事件当成一桩刑事案，也失之于简单化。顾城之死实际是一种文化失衡现象，是20世纪八九十年代中国文坛的一种重要的人文景观。从1987年以后，仅据我所知，就至少有五名青年诗人自杀身亡了。顾城之死的惨烈及震动之大，又远远超过前边几个诗人。对顾城之死仅仅停留在感情层面上去叹惋或怒斥，是远远不够的。我们需要的是对顾城其人其作的全面的考察与理性的审视。"而吴思敬在《〈英儿〉与顾城之死》中通过大量材料对顾城心理和人格的分析呈现了一个复杂的顾城，而文章中引介的顾城与文昕的通信及谢烨在1993年8月10日写给父亲张生同的最后一封信都具有重要的史料价值，为后来相关的顾城研究提供了重要的历史线索。为了进一步还原顾城事件的真相和推动与深化顾城的研究，1994年复刊的《诗探索》在吴思敬的努力下推出了顾城研究的栏目"关于顾城"，发表了顾城好友文昕的《最后的顾城》，姜娜的《顾城谢烨寻求静川》《顾城谢烨书信选》和唐晓渡的文章《顾城之死》。这些研究文章和首次披露的当事人的相关书信对顾城研究起到了重要作用。

四

2001年冬天，北岛因为父亲病重回国探望，此时已经是北岛离开北京的第十三个年头了。北岛这次回国除了尽孝道之外，还挤出时间探望一些多年不见的朋友。吴思敬和钟文在此期间也专门去北岛的家里看望北岛的老父亲，之后一起和北岛去西直门一家饭馆吃饭，聊聊这么多年彼此的境况。此后北岛又几次回国，最近的这次临离国之前，北岛在"湘君府"湖南餐厅宴请了吴思敬、蔡其矫、牛汉、谢冕、邵燕祥、刘福春、唐晓渡和翟永明等人，北岛的母亲也在场。临行前夜的北岛注定是充满难言的惆怅的，正如北岛后来所记述的那样："酒后有点儿恍惚了：生活继续，友情依旧，只是由于我的缺席，过去和现在之间出现某种断裂，如拼图中缺失了的某些部分。"（北岛：《远行》）

在吴思敬的诸多诗人朋友中值得强调的是诗人林莽。

林莽出生于1949年11月，和江河一样比吴思敬小七岁。从20世纪80年代起，吴思敬就与林莽开始了交往。林莽往往是写完一两首诗，就第一时间赶到王府井菜厂胡同7号吴思敬的住处。那时候，吴思敬往往是一边读一边直接发表自己的"散漫的感想"，而林莽有时候会心地点头，有时候进行反驳。而好的诗作甚至伟大的诗作很多都是在朋友之间的相互信任和相互砥砺下完成的。

多年以后，吴思敬仍然清晰地记得第一次读到林莽的《二十六个音节的回想——献给逝去的年岁》这组"奇特"的诗的情景。读完林莽写于1974年的这首长诗，吴思敬相当激动和震惊："在当时，这种带有现代主义色彩的表现形式使我感到目眩、新鲜，而诗中传递的对荒诞时代的叛逆与决绝情绪则令我感到震惊。"吴思敬从这首长诗中看到曾经的一代青年人对逝去的青春日子的怀念与呼唤，还有对荒诞年代的反思，对黑暗的动荡的年代的彻底的怀疑与抗议。也是这首长诗让吴思敬开始真正地认识林莽："这个文质彬彬、深沉好思、讲起话来慢声细语的小伙子，他的内心与其外表形成了强烈的反差。他似一盆徐徐燃烧的炉炭，那内蕴的生命之火不断散射出明净的火光。"时至今日，林莽仍然怀念他和吴思敬在菜厂胡同的那段美好的诗歌时光。尽管此后随着社会进程的加剧、生活节奏的加快，吴思敬和林莽更多的时候各自忙自己的工作，但是只要一有时间还是尽可能地交流诗歌的一些问题。有目共睹的是，二十多年来，吴思敬和林莽一起为中国诗坛做了很多重要的工作。

如今，朦胧诗人的历史已经远去，江河远在美国不再与诗歌发生关系，北岛在异国他乡仍追逐着诗歌梦想，顾城则去了另一个世界，梁小斌、芒克、林莽则偏居于北京的某一个小区，写字、画画、写诗。文学的历史最后留下的都是诗人故事和诗歌传奇，吴思敬与朦胧诗人的交往仍在继续，一代人的诗歌传奇需要继续补写和完成。文学史皆当代史，而当当事人沉默的时候，野史就不可避免地出现了，我们目前看到的文学的历史实际上更像是一个个流传的传奇故事。而如果有更多吴思敬这样的批评家的话，更多的历史往事和重要的线索才不至于被完全淹没在浩浩的历史尘埃之中，这也正是吴思敬作为诗歌理论家和批评家对当代中国诗坛的启示。

穆旦："我已走到了幻想的尽头"

只有痛苦还在，它是日常生活
每天在惩罚自己过去的傲慢，
那绚烂的天空都受到谴责，
还有什么色彩留在这片荒原？

——穆旦《智慧之歌》

新诗诞生至今刚刚百年而已，而今年（2018年）则是穆旦（查良铮，1918～1977）百年诞辰。对于百年新诗可以引杜甫的一句诗来概括"百年多病独登台"。新诗尽管多有被公众诟病之处，但是其所取得的成就也是不争的事实。尤其是回溯百年新诗，寻找那些坐标式的星座诗人，对于重建新诗的公信度而言就更具有不言自明的意义。而作为"九叶诗派"代表的穆旦正是一个新诗过渡期的不可替代的重要诗人和翻译家，无论是他命运多舛、遭受苦难的一生，还是他的求学生涯（南开中学、西南联大、赴美留学）、诗歌创作、译介（主要翻译了普希金、雪莱、拜伦、布莱克和济慈）以及他作为知识分子的独立人格的坚守都成了新诗自身的传统之一。

在20世纪90年代以来的"重写文学史"叙事热潮中，穆旦已然获得了经典化的位置——入选中学语文教材并在各种选本和研究中获得格外关注。这是他应该得到的，只是这一切来得有些迟了。但是，透过历史的云烟，重新翻开穆旦的那些书信、日记、检讨书、档案、诗歌（更多是未公开发表之作）和文稿，迎面而来的却是一个个严峻的时刻。

1976年1月19日，夜。穆旦为插队回来的儿子托熟人帮忙找工作回家途中骑车不慎摔伤。回到家后，关于腿伤穆旦没有在意。只是在疼痛难忍时才让妻子周与良将一块砖烧热给他热敷止痛。此后一年的时间里他饱受病痛之苦。尽管如此，他在给友人的信中还是不断表达自己腿伤好之后要去山西和南方等地游玩的心愿。1977年2月20日穆旦寄出人生的最后一封信。尽管病痛缠身，穆旦对父亲和妹妹仍极尽关心。2月26日凌晨3点50分。早春，微寒。诗人穆旦走完了痛苦而丰富的一生，正如他自己所说"我已走到了幻想的尽头"。临终前穆旦留下的唯一遗物就是一个小帆布提箱——里面是他的《唐璜》译稿。3月1日，穆旦遗体被火化。骨灰存放于天津东郊火葬场26室648号。他死时包括他的子女在内都不知道他还是一位名叫"穆旦"的著名诗人。穆旦独自走完一条荆棘丛生、危险遍布的道路，为此承受了常人难以想象的痛苦。然而也正是痛苦使得在时代的荒原上他的思想和人格闪现出双重的光芒，尽管他必将为此而受难——"这就是诗人的道路，走在熄灭和再燃的钢索上。绝望是深沉的……然而诗人毕竟走了下去，在这条充满危险和不安的钢索上，直到突然颓然倒下。"（郑敏：《诗人与矛盾》）

穆旦这位曾经相当重要的20世纪40年代的"新生代"诗人一生的诗作也不过一百五十多首，但是他确实曾经闪现出耀眼的光芒，尽管"偏见和积习遮蔽了他的光芒"（谢冕语）。而20世纪50年代初回国之后穆旦的遭际和命运则正是中国当代知识分子命运的缩影。2006年4月，穆旦研讨会在南开大学召开的时候，我在黄昏里缓步到文学院小花园穆旦的雕像前。夕阳的余晖镀亮了穆旦雕像的头部，在葳蕤芬芳的春天我想到的是年轻时候穆旦的那首诗《春》——"蓝天下，为永远的谜迷惑着的 / 是我们二十岁的紧闭的肉体，/ 一如那泥土做成的鸟的歌，/ 你们被点燃，却无处归依。"

一

1918年农历二月二十四（公历4月5日），穆旦出生于天津西北角老城内恒德里3号院。当时穆旦和父母以及祖母、叔父、姑姑和堂兄弟等合住，居住条件可见一斑。穆旦本名查良铮，笔名梁真、慕旦，祖籍浙江海宁。查氏为海宁世家望族。穆旦祖父查美荫（1860～1915）曾任易州知州和直隶州知州，天津和河间等府盐捕同知等职。然而因存款银行的突然倒闭给查美荫以巨大的打击，年仅五十五岁就忧疾而终。穆旦的母亲李玉书（1892～1974）在二十岁时出嫁天津。穆旦的父亲查厚垿（1891～1977，字燮和，号簦孙）早年毕业于天津法政学院。他因不善交际、生性淡泊除了做过法院等部门文书抄写工作之外大多时间赋闲在家，甚至晚年吃斋念佛、不问世事，自称"自在逍遥一懒人"。1977年10月查厚垿因病辞世，而他的儿子穆旦则在半年前因心脏病而英年早逝。因父亲人微言轻，经常遭受家族白眼的穆旦，从儿时就埋下了自立养家的愿望。年幼的穆旦性格倔强而独立，每逢过年过节家族祭拜祖先叩头跪拜的时候，他从不下跪磕头。父亲经常打骂母亲，在穆旦的记忆里母亲几乎是啜泣度日。穆旦是早慧的，早在天津城隍庙小学（北马路573号）读二年级的时候就在《妇女日报》（1924年3月16日）发表了《不是这样的讲》。1929年穆旦考入南开中学，此后母亲最大的快乐就是儿子回家后一起围坐在小煤油灯下互相谈心。穆旦把在学校的各种见闻讲给母亲听，这成了她最大的安慰。当时由于战乱南开校园甚至都成了战场，在枪林弹雨中穆旦等学生不得不经常到校外避难。这大大激发了穆旦等学子的爱国救亡意识。这对此后穆旦投笔从戎有着很大的影响，而在军队的经历也为穆旦后来遭受批判和改造埋下了伏笔。在抵制日货时期穆旦不允许母亲买从日本进口的虾皮和海蜇皮等食物，如果母亲买来他不但一口不吃，甚至还会愤怒地把它们倒进垃圾桶。叔伯们因此私下里议论穆旦可能是个"赤色分子"，也从此事事都避让他。由于受到校长张伯苓的影响，南开中学新式而开放的教育环境使得穆旦不仅在英文等方面有了长足进步，而且这一时期蔡元培、梁启超以及鲁迅、胡适、巴金、郁达夫、周作人、郭沫若、朱自清、冰心、俞平伯等新文学作家（南开中学高一和高二的国文教本大量收入这些新文学作家的作品）以及俄苏作家都对穆旦的思想和文学产生了极其重要的影响。此时的穆旦已经感受到社会的灰暗并产生不满的心理。他高中二、三年级写的诗歌和评论文章（比如《哀国难》《流浪人》）就对社会表达了不平与不满。穆旦最初的诗歌写作就与同时代青年直抒胸臆的浪漫化写作不同，而是更为深沉和内敛，所以在好友杜运燮看来，写诗时的穆旦更像是一个"中年人"，甚至有时候像一位饱经沧桑的"老年人"。

二

1935年高中毕业后穆旦同时被三所大学录取，他最终选择了清华大学外文系。该年8月21日清华大学186号通告公布了包括穆旦和王佐良、周珏良在内的三百一十八名新生录取名单。然而刚入学不久的清华学生，在民族危亡之际即将面临更为严峻的考验。1935年"一二·九"运动爆发。清华大学救国会发表《清华大学救国会告全国民众书》，其中最著名的那句就是"华北之大，已经安放不得一张平静的书桌了！"12月9日早晨7点，穆旦跟随其他清华学生在大操场上集合出发。当浩浩荡荡的队伍到达西直门的时候却遭到警察驱逐，城门紧闭。一部分学生留下在西直门城外向群众散发传单进行抗日宣传，另一部学生则转向阜成门和广安门、西便门，亦受阻。城墙上是全副武装如临大敌的军警，学生们含着热泪高呼："中国人的城门已经不准中国人进入了！"穆旦和同学只得在傍晚时回校，随后平津的学生遭到当局大规模的搜捕和镇压。此后穆旦还曾参加"一二·一六"爱国示威游行，按照他自己的说法受过"大刀和水龙的驱逐"。穆旦在清华时读到了《大众哲学》并参加了以"左联"为核心的统一战线群众团体"清华文学会"。此时穆旦以"慕旦"之名在《清华副刊》和《清华周刊》《文学》月刊等发表诗文。

卢沟桥事变爆发后清华以及北大校舍被日本兵占为马厩和伤病医院，而南开大学则几乎被日军飞机夷为平地。迫于极其严峻的抗战局势，1937年9月10日国民政府颁发16696号令，宣布北京大学、清华大学、南开大学以及中央研究院即刻组成国立长沙临时大学（中央研究院后来因故未参加）。穆旦清华读书期间有一段鲜为人知的爱情经历。穆旦与万卫芳相识相爱，他在当时的诗歌中透露出些许的爱情信息，比如："只有庭院的玫瑰花在繁茂地滋长，／年年的六月里它鲜艳的苞蕾怒放。"万卫芳家境富裕，生于天津，时为燕京大学学生。万卫芳随穆旦一同南下长沙，并成为国立长沙临时大学外文系二年级借读生。吴宓在当时的日记中有约略记录，"燕京借读女生，查良铮偕来此"。按照穆旦好友杨苡（原名杨静如，1919

年生于天津。1937年保送至南开大学中文系，1938年从天津辗转香港、越南等地到昆明西南联大学习）回忆万卫芳与穆旦相识时已经有婚约在身，订婚对象为燕京大学的学生余某。长沙期间，也就是1938年初，万卫芳突然接到家里电报说是母亲病危请速回。穆旦认为这是她家人的骗局，而万卫芳还是执意回到了天津并与该男子结婚。当时穆旦极其愤怒，整个楼道里都是他咆哮和嘶吼的声音。万卫芳与丈夫后来定居美国并生下子女。穆旦留学美国时，万卫芳得到消息并写信希望穆旦去看她，但遭到穆旦拒绝。后来万卫芳的丈夫因为精神分裂自杀，甚至更具悲剧性的是同样精神分裂和崩溃中的万卫芳竟然亲手杀死了自己的骨肉。在大半年的时间里，穆旦随着学校从北京到长沙（长沙临时大学），又从长沙到昆明（西南联合大学），其间经历了数千里难以想象的长途跋涉。当时学校从长沙迁往昆明的时候，穆旦参加的是步行团（美其名曰"湘黔滇旅行团"）。穆旦等人步行团的行进路线为长沙—益阳—常德—芷江—新晃—贵阳—永宁—平彝—昆明。步行团从2月19日出发，4月28日到达昆明，其间步行路程约为一千三百多公里。在行进途中穆旦常与闻一多先生结伴而行，边走边谈论诗歌。当时传为奇谈的则是穆旦在离开长沙前买了一册英文字典，此后步行途中穆旦一边走一边背诵，背熟后将该页撕去。抵达昆明的时候，字典已被完全撕光。正是因为边走边学，穆旦在行走中往往是最后一个到休整地点，"腿快的常常下午两三点钟就到了宿营地，其他人陆陆续续到达，查良铮则常要到人家晚飧时才独自一人来到"（洪朝生）。正是因为强烈的求知欲望以及艰苦付出的苦学精神，日后的穆旦才成长为一位杰出的翻译家。终于到长沙后，连穆旦都没有想到，几乎未来得及喘息，就因为校舍不足的原因再次随着联大文学院和法学院迁往昆明六百里之外的蒙自分校。1938年5月3日清晨，穆旦和其他师生再次启程。先步行至火车站，然后乘小火车，"开出昆明不远便进入山区，山高路险，曲折迂回，震动甚大。沿途凿山通道，大小隧道不可计数。烟煤为山洞所阻，尽入车内，以致车上烟尘扑面，空气污浊，令人不耐"（余道南：《三校西迁日记》）。5月4日穆旦一行人抵达蒙自碧色寨，然后转乘小客车到达蒙自。一个月之后，陈寅恪写下《蒙自南湖》一诗表达了客居异地的落寞与惆怅："景物居然似旧京，荷花海子忆升平。桥头鬓影还明灭，楼外笙歌杂醉醒。南渡自应思往事，北归端恐待来生。黄河难塞黄金尽，日暮人间几万程。"穆旦后来在1940年发表于重庆《大公报》的两首诗《出发》和《原野上走路》中回顾了这段艰辛而难忘的经历。无论是长沙还是昆明，当时的办学条件都极其艰苦。晚上的时候只能在极其微弱的菜油灯下读书，而一起议论时局国事则成为他们必备的功课。但是因为与闻一多、陈寅恪、朱自清、吴宓、冯至、金岳霖、郑天挺、冯友兰、叶公超、燕卜逊（William Empson）等名师大家的朝夕相处，穆旦、袁可嘉、郑敏等后来的"九叶"诗人无论是在人格还是在学养上都受益终身。尤其是燕卜逊将欧美的现代派诗人叶芝、艾略特、奥登和狄兰·托马斯以及西方文论引介给这些学生所产生的影响是巨大的。穆旦在联大期间曾参与青鸟社、高原社和南荒社、南湖诗社、冬青文艺社等文艺社团。因为在校园时遭受日本飞机的轰炸,穆旦和其他师生不得不经常"跑警报"躲进防空洞中。1939年4月穆旦写成《防空洞里的抒情诗》。1940年6月西南联大校方第146次会议决定聘用查良铮为外国语文系助教,月薪九十元。而这段短暂的教学经历却在穆旦心里埋下了一丝阴影,通过极其有限的材料可以看到穆旦觉得自己并不适合当老师。这在他20世纪50年代于南开大学外文系任教期间同样的感受中可以得到再次印证。

三

1942年2月杜聿明率军入缅甸作战并向西南联大致函征寻会英文的教师从军。3月穆旦即辞去西南联大教职参加了中国远征军。穆旦任随军翻译出征缅甸抗日战场。当时吴宓曾陪同穆旦去第五军办公处体检。3月3日吴宓请穆旦和文林吃午饭,共花费十八元,"饯其从军赴缅"。穆旦跟随杜聿明的中路远征军第五军新编第22师。军队入缅作战半年,当时正值东南亚雨季来临,致使军中因疫病流行和饥饿难耐而损伤大半。野人山和胡康河谷(缅甸语为魔鬼居住的地方)给穆旦留下了极其恐怖的梦魇般的记忆。尤其是六七月间缅甸几乎整日倾盆大雨,穆旦所在部队当时正身处原始森林之中。蚂蟥、蚊虫以及千奇百怪的热带小虫数不胜数。因此疟疾、痢疾、回归热等传染病几乎不可控制，尤其令人恐怖的吸血蚂蟥和蚂蚁。杜聿明将军曾将惨不忍睹的场景予以痛心记述："一个发高烧的人一经昏迷不醒，加上蚂蟥吸血，蚂蚁侵蚀，大雨冲洗，数小时内就变成白骨。官兵死亡累累，前后相继，沿途尸骨遍野，惨绝人寰。"（《中国远征军入缅对日作战述略》）沿途留下的是触目惊心的一地白骨，仿佛是活脱脱的令人难以置信的人间地狱："在路的两旁，有些士兵身上爬满了蚂蟥，数以万计的围着在那儿啃食他们的尸体，其中有一位士兵眼睛、嘴巴还能动，他说：'军长，参谋长，救救我吧！'但是我们也无计可施，谁能赶得走那么多的蚂蟥，而把他救起呢！"（朱浤源等：《罗又伦先生访问记录》）当时穆旦的马死了，传令兵也死了。穆旦拖着肿胀的腿在死人堆里艰难行进，有时近乎爬行。除了战争以及雨季和疾病的考验，最让穆旦等将士们难以忍受的则是饥饿，其中最长的一次挨饿时间是十四天。穆旦和其他士兵不得不发了疯似的在山中和森林里寻找一切可以入嘴的东西，比如野果、蘑菇、芭蕉、老鼠、蛇、青蛙、蚂蟥、蚂蚁。甚至有饥饿的士兵竟然吞食动物的粪便："胡康河谷的森林的阴暗和死寂一天比一天沉重了，更不能支持了，带着一种致命性的痢疾，让蚂蟥和大得可怕的蚊子咬着。而在这一切之上，是叫人发疯的饥饿。他曾经一次断粮到八日之久。"（王佐良：《穆旦：一个中国诗人》）穆旦随军在森林中步行四个月终于九死一生到达印度。

1943年初，穆旦从印度辗转归国。1月25日穆旦终于再次遇到了老师吴宓，"晚6—12偕宁赴吕泳、张允宜夫妇请宴于其寓，陪查良铮。铮述从军见闻经历之说情，惊心动魄，可泣可歌"。穆旦此后将入缅作战的经历写进了诗歌《森林之魅——祭胡康河上的白骨》和长诗《隐现》当中："为什么一切发光的领我来到绝顶的黑暗／坐在山冈上让我静静地哭泣。"回国后的穆旦没有再回到大学任职，而是在曲靖（其间担任第五军汽车兵团少校英文秘书和国民政府军事委员会驻滇干部训练团第一大队中校英文秘书）、昆明和贵阳、重庆（中国航空公司）等地四处寻找他认为合适的工作。此间，穆旦一直处于不安定的生活状态。然而透过穆旦写于1945年的诗作《风沙行》《流吧，长江的水》我们发现了一个名为"玛格丽"的女子形象。江瑞熙和同是"九叶"派的杜运燮认为这位女性形象的原型是当时穆旦在民航的同事曾淑昭。穆旦在给朋友的信中称曾淑昭为"女友"（当时穆旦也将周与良和梁再冰称为"女友"）。穆旦在给杨苡的通信中谈到了他和曾淑昭一段失败的恋爱。穆旦在他的代表作《诗八首》中在理智和情感的胶着中抒发了身体和内心的痛苦与折磨。正如穆旦自己所说"那是写在我二十三四岁的时期，那里也充满爱情的绝望之感"。1945年5月穆旦辞去中国航空公司职务，其原因大体为"感觉它是商业机关，没有'前途'，人多陈腐"（穆旦：《历史思想自传》）。

四

　　1945年11月21日穆旦与207师师长罗又伦同乘一辆吉普车开始了为期四十天之久的北上之旅。一行人从昆明出发，途经普安、贵阳、芷江、安江、宝庆、湘潭、长沙和武汉等地。一路上的丰富见闻以及破败的景象和民生的疾苦使得穆旦完成了十篇《回乡记》（包括《从昆明到长沙》《岁暮的武汉》《从汉口到北平》）。

　　1946年1月初的寒冬，在一个朋友的介绍下穆旦乘飞机抵达北平，终于见到了阔别八年之久此时暂时租住在东直门南小街小菊胡同22号院的父母和其他亲人。此时的北平在穆旦的眼里已经无比陈旧和落败，"宽宽的柏油路，矮矮旧旧的平房向后退去。迟缓的，冬日街上的行人向后退去。风吹沙土，长长的旧红墙和红墙里的大院落向后退去。北平仍是以前的北平，不过更旧了一点，更散漫了一点"（《回到北平，正是"冒险家的乐园"》）。1947年穆旦到北平拜访沈从文和冯至时，《回乡记》得到了他们的交口称赞。北平时期穆旦和沈从文、冯至以及林徽因开始交往并曾替沈从文主编过《益世报·文学周刊》。此时穆旦还结识了袁可嘉（后来的"九叶诗人"之一）等青年诗人。尤其需要提及的是在北平期间穆旦通过王佐良、周珏良认识了周与良（1923~2002）。周与良的父亲周叔弢（1891~1984）为知名的实业家，曾担任过天津市副市长和全国政协副主席等职。穆旦与周与良开始交往的时间是在1946年。二人经常在燕京大学、北师大、米市大街女青年会、清华大学工字厅的周末聚会乃至周与良的家里相聚，大体就是喝茶、聊天、吃饭、跳舞、逛书店和看电影。第一次见面时穆旦就问她是否爱看小说。当时穆旦留给周与良的第一印象是"一位瘦瘦的青年，讲话也风趣，很文静，谈起文学、写诗很有见解，人也漂亮"。然而面对周与良这样一个大家庭，二人家庭背景和出身的差异常常使得穆旦在周家人面前落落寡合。经常是在一群人高谈阔论之时他却向隅而坐。由于物价飞速上涨，面对巨大的生活压力穆旦不得不在1947年又前往沈阳、上海和南京等地讨生活。

穆旦曾在沈阳参与创办《新报》，但刊物不久即被查封。此时不仅穆旦是饥饿的，整个中国都处于饥饿之中，"忽的一跳跳到七个零的宝座，／是金价？是食粮？我们幸运地晒晒太阳，／是我们的财富和希望，／又忽的滑下，大水淹没到我们的颈项"（《饥饿的中国》）。由于长期奔波，在南京时穆旦生病并由肺炎转为肺结核，一度失业。按照郑敏的回忆她一生与穆旦的第一次也是唯一的一次见面就是在南京。穆旦曾到郑敏南京的家里看她并一起到新街口去喝咖啡。二人由下午谈到晚上，主要涉及诗歌和教育。当时郑敏通过穆旦的言谈意识到他是一个个性鲜明很有历史感的人："这在二战后的中国，是一种优点。但是当历史正在选择道路时，个性强的个人的处境，往往并不如所想的那么容易。"（《再读穆旦》）直到1948年6月穆旦才在友人何怀德的引介下到联合国粮农组织（FAO）南京办事处任译员。其时，在与友人杨苡和江瑞熙等人的聊天中穆旦对自己给国民党办事并不那么以为然，他反复劝年轻人去解放区参加革命，而他认为自己已经三十岁了，"不再年轻了，不行了，没有条件去，也没钱去，他还有老母亲在北京"（杨苡等：《"他非常渴望安定的生活"——同学四人谈穆旦》）。在1948年往返于上海和南京期间，穆旦与巴金夫妇以及陈敬容、袁水拍、汪曾祺等人都有交往。尤其是上海霞飞坊（今淮海坊）59号巴金的居所简直成了一个沙龙，自此穆旦与萧珊结下了一生的友谊。穆旦等人一起谈诗论人生和国事，时间晚了就到美心去叫葱油鸡来吃，有时去喝咖啡和国泰电影院看电影。

五

　　1948年春天周与良离开上海前往美国芝加哥大学留学。穆旦专门从南京坐火车到上海为她送别。黄浦江边，穆旦送给周与良几本书以及一张自己的照片。照片的后面穆旦用钢笔抄录了自己的四行诗——"风暴，远路，寂寞的夜晚，／丢失，记忆，永续的时间，／所有科学不能祛除的恐惧／让我在你的怀里得到安憩。"1949年初穆旦在联合国粮农组织任职期间前往泰国曼谷工作。据穆旦自己所说此行去曼谷主要是为了积攒去美国留学的费用。终于在新中国成立前夕，穆旦抵达美国并在该年年底与周与良在杰克逊维尔结婚。他们不会想到1953年历尽周折终于回到自己祖国后迎接他们的是怎样一番不平常的命运。

穆旦在芝加哥大学英文系攻读硕士学位，课余时间他不停打工以维持生计。艰苦的求学生活、参加抗日远征军的经历以及对祖国和亲人的怀念，使得穆旦一直有强烈的回国冲动，而在回国的问题上他经常与其他留学生甚至与周与良产生分歧。他一直坚持留学生应该最终回到祖国去，所以当时很多同学以及朋友都以为他是共产党员。尽管穆旦没有亲眼看见和亲身体验新中国成立，但远在国外的他仍通过各种途径在思想上不断"充实"自己。穆旦苦修俄文就是一个最好的证明。1950年穆旦在芝加哥大学选修俄国文学，并背诵下整部俄语辞典。他时时关心新中国的情况，即使是在撰写学位论文的紧张阶段仍学习毛泽东的《新民主主义论》等文章。1953年年初，在他不断的努力与争取下终于与周与良历经周折回到中国。回国后的穆旦一直从事外文翻译和教学工作，由于受到萧珊的鼓舞，穆旦在北京期间就开始夜以继日地翻译苏联季莫菲耶夫的《文学原理》。穆旦最终选择了和妻子一起到南开大学任教。然而平稳的日子很快就结束了！值得注意的是穆旦看起来不太喜欢教书的职业，他甚至认为自己教学能力很差并且没有英文口才而"情绪消沉"，甚至决定辞去教职，但未获批准。（《历史思想自传》）

六

在1976年"四人帮"倒台后,穆旦在新购买的《且介亭杂文》的扉页上兴奋地写下:"于'四人帮'揪出后,文学事业有望,购《且介亭杂文》三册为念。"穆旦高兴地对妻子周与良说的第一句话就是"希望又能写诗了","相信手中这支笔,还会重新恢复青春"。而当时因为连年的政治运动的冲击,心有余悸的周与良却反对穆旦写诗:"咱们过些平安的日子吧,你不要再写了。"而实际上即使是在"文革"期间穆旦也并未因政治运动的高压而搁笔,而是偷偷地背着家人写诗。在人生的暮年夕照里诗人渴望再次拥抱诗神的眷恋,尽管这是以饱受摧残的病痛和灵魂的折磨为代价的。穆旦偷偷地在纸条上、烟盒上、信封上、日历上将自己的感受偷偷地转换成诗行。当穆旦在诗坛沉寂近二十年后,在生命的最后时日,在"心灵投资的银行已经关闭"的严厉岁月又重新使诗歌焕发出光辉。这也为一个诗人一生的写作画上了完满的句号。当然这些诗句的背后是一个诗人无比深重的苦难,更有一个诗人的良知,而诗则成了苦痛的"至高的见证"。

在人生的最后时刻穆旦尽管忍受着伤痛的痛苦,但是每当有郭保卫、柳士同这样的年轻人来访的时候他却仿佛变成了另外一个人:"他的腿不久前摔伤了,尚未痊愈;走起路来一瘸一拐,极不方便。但他却因为有一位喜爱普希金的青年来访，而兴奋得忙里忙外。一会儿去拿他翻译的普希金的诗，一会儿去拿他幸存下来的《别尔金小说集》……查先生忘记了疲倦，忘记了身体的不适，滔滔不绝地跟我谈着。他越谈越兴奋。"（《一面之师》）

这就是穆旦！一生为诗歌和翻译以及独立人格而受尽苦难！尽管他在暮年发出"我走到了幻想的尽头"，但是他的歌声最终穿透了历史层层的雾霾。

1985年5月28日穆旦的骨灰终于安葬于北京香山脚下的万安公墓。黑色墓碑上刻着简短的一行字——"诗人穆旦之墓"。

2003年9月21日，穆旦与夫人的骨灰在北京合葬，墓穴中陪伴他们的是出版于1981年的《唐璜》。

陈敬容："是谁的手指敲落冷梦"

"九叶诗派"无疑成为中国新诗进程中具有深远影响并且日益被经典化的重要文学现象。穿越半个多世纪的烟云，除了仍然健在的郑敏先生，其他的八位诗人已经作古。面对这些智慧的诗歌星群，我决定从陈敬容这里开始，重新掀开这一流派发黄的诗歌卷宗与人生档案。这不仅在于陈敬容自身诗歌的特殊性，而且还在于作为一位女性她一生多舛的命运遭际尤其值得深味。

2012年冬天，我在寒冷的雪中前往北京南城的法华寺。20世纪70年代的时候，陈敬容就居住在法华寺后面的一间狭小逼仄的老旧平房里。当时的厕所和厨房都是公用的，这对于陈敬容以及她的子女而言都是相当不方便的。当我企图寻找当年那些平房踪迹的时候，我面对的却是时代如此巨大的变化。法华寺后面的平房早已经被拆除一空。巨大的新时代建筑的蓝色玻璃幕墙以及轰响的泥泞让我有些茫然失措。在一个迅速拆毁的城市化时代，一切似乎都已经改变。

也许只有关于一个诗人的依稀记忆还在寒冷的日子里自我取暖。

对于陈敬容这样一个命运多舛的女性而言，连她的梦都是寒冷和惊悸的。

夜客北平的冷梦

时针拨回到1935年冬天。这一年陈敬容刚满十八岁。

此时的她已经离开故乡乐山而暂居北平，在一个个北方寒冷的暗夜里本该享受青春年华的陈敬容却过早地迎来了孤独和寂寞。她在北方的寒冷中也不得不想念那并没有给她带来多少欢乐的故乡，然而此刻伴随她的却是孤苦的人生旅程："炉火死灭在残灰里，／是谁的手指敲落冷梦？／小门上还剩有一声剥啄。／听表声的答，暂作火车吧，／我枕下有长长的旅程，／长长的孤独。"

陈敬容（原名陈懿范，曾用笔名芳素、蓝冰、成辉、文谷、默弓等）1917年秋天出生于四川乐山市中区较场坝铁货街。命运是如此捉弄人，她的多半生几乎都是在各地的漂泊中度过的。那些她曾经爱过的人一个个离她而去，而始终不离不弃伴随她的却只有诗歌。甚至在很多时候，在异乡的漂泊和情感的动荡中诗歌成了陈敬容撞身取暖的唯一方式。诗歌也成了她特殊的日记和精神动荡的见证。陈敬容从乐山出走未果，此后到成都再次出走前往遥远的北平，再一路从北平到成都、重庆、兰州、临夏、平凉，再折回重庆的磐溪、上海、香港、北京……我们可以想象在火车、汽车、轮渡上陈敬容夜路中清瘦的身影，而是什么力量使她克服磨难一步步坚强地坚持了下来？或许正如她自己所说——"在艰难的行程中你用手按着自己的创伤。"

　　陈敬容出生的这一天是旧历"鬼节"，而这一年乐山遭受到几十年不遇的水灾，人们一出门街道上到处都是浑浊不堪的泥水。这肆虐的洪水作为她一生命运的开始似乎多少暗含了一些悲剧色彩。那所古老而宽大的房子给小小的陈敬容并没有带来多少欢乐，"窗外淅沥地下着阴寒的小雨，夜之森严充塞着这所古老而宽大的房子"（《父亲》）。记忆里更多的是作为军人的父亲陈懋常（毕业于保定陆军学堂，时为四川军阀手下一名军官）一年四季冷冷的眼神和阴沉沉的脸。父亲在家的时候窗子随时都是紧闭的，而他每日的抽烟喝酒更是使得屋内空气污浊。母女们只能在沉默中忍受。只有父亲不在家的时候陈敬容和姐妹们才能够与母亲欢快地交谈。而母亲却常年患病卧床，不断咳嗽和哮喘。母亲越来越消瘦虚弱，而深夜里母亲剧烈的咳嗽声让年幼的陈敬容体会到人生的无常和痛苦。在白天陈敬容最爱做的一件事就是来到离家较远的白塔街上，蹲在一个角落里静静地看远处的凌云山和大佛。在晴好的日子里她甚至还可以望见峨眉山上的积雪。母亲在结婚后曾千方百计争取到县城女子师范读书，但遭到丈夫和婆婆的极力反对而失败。所以母亲一直十分支持女儿上学读书。陈敬容的祖父陈耀庭是一位秀才，饱学诗书。慈厚的祖父对陈敬容偏爱有加，所以从四岁开始陈敬容在父母的反对下接受祖父的蒙学教育。而那些《百家姓》《三字经》《弟子规》《女儿经》《孝经》渐渐难以满足陈敬容的求知欲望，她甚至在祖父午睡的时候溜进那个巨大的书房。书房里的光线很不好，窗外是一道高大的成年长满了青苔的围墙。她只能躲在窗下借着斑驳的光线偷看那些不被祖父允许看的"禁书"——《红楼梦》《三国演义》《三国志》《儒林外史》《封神榜》《西游记》《水浒传》等。当十二岁那年冬天的一个黄昏陈敬容读到《聊斋志异》的时候，那个鬼魅花妖的世界竟然让她如此痴迷和惊喜："怎样地惊奇、狂喜，又怎样地骇怕！那些鬼怪、狐狸，等等的故事，真叫人毛骨悚然！好像它们都在窗隙里、门缝里向我窥看，好像它们已经进到屋内，躲在那些拥挤的家具背后，好像每一条，每一片影子都在蠕动着，向我逼过来！"酷爱诗词的祖父亲打开了陈敬容的诗歌大门，在年幼的时候她就在祖父的指导下手抄《诗经》《楚辞》、民谣和唐诗。祖父还擅长算卦。他曾借助几枚铜钱知晓了年幼的孙女将一生漂泊，孤独无助。如果说年幼的陈敬容在祖父这里接受的还只是一般意义上的传统教育，那么当十三岁的她在乐山女子中学开始读书的时候，她迎来的是一个迥然不同的新式教育。当时乐山女中的教员都是受到了新文化运动影响的青年，在这些新式老师的影响下鲁迅、茅盾、郭沫若、巴金、冰心、俞平伯、朱自清、叶圣陶、郑振铎等新文学作家以及外国的都德、左拉、拜伦和柯罗连科、阿志巴索夫等开始进入陈敬容的视野并对她今后的写作产生了重要的影响。与此同时，陈敬容也对《说文解字》《左传》《古文辞类纂》等书产生了浓厚的兴趣。时在清华大学研究院读研究生的乐川人曹葆华（1906～1978）刚好在1931年回到故乡，在女子中学暂时做英文代课教师。当时陈敬容在女子中学2班读书。受新文化运动尤其是北平文化界自由和独立精神的影响，曹葆华在学生中不断传播新思想和新文化。他经常带着学生在校外郊游并朗诵一些诗人的诗作。陈敬容开始用笔名"芳素"在校报上发表诗歌和短文。1932年，年仅十五岁的陈敬容一生的漂泊命运过早地开始了。在曹葆华不断的鼓励下，5月23日在晨曦的微光中陈敬容只带了几件换洗衣服就与曹葆华一起从乐山三江汇合处的肖公嘴码头登上了一只木船。当时只有曹葆华的四弟曹葆素以及陈敬容的同学李华芝在岸边挥手作别。在陈敬容出走的时候，她的母亲却重病在床。在船经三峡神女峰的时候，茫茫夜色里的陈敬容内心与江水一样动荡不息。这个瘦弱却倔强的少女以行动为一个时代女性的自由做出了回答，"不安定的灵魂，自由地在真理的清泉中"（《幻灭》）。当20世纪80年代的朦胧诗人舒婷在神女峰写下"与其在悬崖上展览千年／不如在爱人肩头痛哭一晚"的时候，半个世纪前的另外一个女性却早已经开始了自由和独立的远行。三天后，船到万县的时候陈敬容万万没有想到因为走漏消息父亲已安排当地人在此处拦截。陈敬容被截回乐山，关进一间狭小的房子里。从此，陈敬容失去了自由。但是那间黑暗而压抑的房间却并未能羁绊正处于青春冲动和理想憧憬中的陈敬容。在陈敬容的绝食抗议以及朋友和其他家人的反复劝说下，严厉守旧的父亲才最终同意她到成都继续读书。成都留给陈敬容的记忆就是水门汀筑成的街道以及到处卖花的人。而仅仅两年之后的1934年冬天，执拗的陈敬容再次因为曹葆华而独自离开四川前往北平（曹葆华将路费寄到了陈敬容就读的成都私立中华女子中学）。此次出走，陈敬容都没有想到此后几十年她都没有机会再次回到故乡。当她在老年返回故乡时迎接她的是一个个亲人荒草萋萋的坟茔。在迷茫的暗夜里陈敬容的心和那只摇晃的小船一样动荡不已。1935年2月历经两个多月的辗转跋涉，陈敬容终于在清华大学见到了曹葆华。

在曹葆华的影响下陈敬容与李广田、何其芳、卞之琳等"汉园三诗人"以及冯至、林庚、梁宗岱、孙大雨、孙毓棠、蹇先艾等作家开始交往并在清华、北大做旁听生。这进一步打开了陈敬容的人生和文学视野，她开始受到英美现代诗歌的影响。但是因为经济原因，陈敬容居无定所，她被迫不断地变换居住地。清华女子宿舍、沙滩女子公寓、女青年会以及朋友的住处留下的是陈敬容的焦虑与不安。不停地搬家和各地流落几乎成了陈敬容大半生命运的缩影，而这既与她当时窘迫的经济条件有关，也是她的特殊性格使然，"除了偶然而又偶然之外，我很少在一间屋子里住到半年以上。不是被迫迁出，就是为了自己觉得腻烦，想换一换"（《迁居》）。值得提及的是很多研究者都认为1935年10月24日发表在《北平晨报·诗与批评》上的《十月》是陈敬容的处女作，但实际上陈敬容最早发表诗歌的时间是1932年。当时曹葆华在万县与陈敬容被迫分别后，独自一人北上，并将陈敬容初中二年级时的诗歌习作《幻灭》在《清华周刊》上发表。更为大胆的是，曹葆华不仅在同一期的《清华周刊》发表了有关二人出走未果的痛苦心情的诗歌《沉思》（其中有这样的诗句："黄昏离开了苍老的渡头，几点渔火／在古崖下嘤嘤哭泣……几声寺钟，在我黯淡的心中添上阴影，／正如夜色的苍茫，弥漫在死寂的江上。"），而且作为荐稿人的曹葆华在"后记"中还记述了他与陈敬容的痛苦而"传奇"的经历："作者系一15岁的青年女子，性聪颖，嗜爱文学。余去年回川，得识于本县女子中学。今夏余离家来平，伊随同出川，道经万县，被本乡之在该地任军政者以私恨派兵阻扣，勒令返家，从此则不知情况如何。今周刊索稿，故敢寄投，以资纪念。"（《清华周刊》，1932年第38卷第4期）与陈敬容被迫分别后，尽管事情已经过去多半年的时间，但是曹葆华仍处于火热而痛苦的情感煎熬之中。他陆续在《清华周刊》发表了与陈敬容相关的一些诗作，如《宣告——纪念五二六万县被拘》。曹葆华在后来出版第二本诗集《落日颂》的扉页上写下："给敬容，没有她，这些诗是不会写成的。"陈敬容到了北平之后开始进入真正意义上的文学写作期。而北平这座城市特有的建筑和文化氛围使得陈敬容感受到"丰满的诗情"的冲涌："薄暮时的东长安街，西长安街，景山街，南池子，北池子，阳光把行人的影子拉得可笑的长。在这些街上散步，人好像落入了一个无尽的岁月里。哲学家和科学家许会在这种散步中发现一些定律，而诗人许会在空漠的沉思海洋中捞起丰满的诗情。"她接连在《清华周刊》《北平晨报》《大公报》《文学季刊》上发表诗作和散文。上文提及的那首《十月》是陈敬容到北平之后公开发表的第一首诗作。这首诗可以看出一个少女离开故乡之后的乡愁和浓得化不开的异乡体验："窗纸外风竹切切：'峨眉，峨眉，／古幽灵之穴。'／／是谁，在竹筏上／抚着横笛，／吹山头白雪如皓月？"自此几十年的每个夜晚陈敬容都只能与故乡的"白雪"相遇，除了寒冷和孤寂还有什么呢？诗歌里是这位少女不断孤独的叹息，"谁呵，又在我梦里轻敲……"。此后的五十年，她都没有再能回到故乡去，而故乡必然是美丽而难忘的。到北平后不久，陈敬容开始与曹葆华同居。在曹葆华1937年出版的诗集《无题草》中可以看到正在热恋之中的两个人浓浓的情愫："她这一点头，／是一杯蔷薇酒；／倾进了我的咽喉，／散一阵凉风的清幽；／我细玩滋味，意态悠悠，／像湖上青鱼在雨后浮游。／／她这一点头，／是一只象牙舟；／载去了我的烦愁，／转运来茉莉的芳秀；／我伫立台阶，情波荡流，／刹那间瞧见美丽的宇宙。"（《她这一低头》）而这种甜蜜竟然是如此短暂，未来得及回味就已宣告结束。真的是好花不常开，好景不长在吗？陈敬容的命运多少会让人想到娜拉和子君的命运，只不过陈敬容要更为独立和坚执。

七七事变爆发后陈敬容与曹葆华离开北平前往成都。一路上他们不断在车站和旅馆遭到日本宪兵的盘查和搜身。陈敬容经常在半夜里因为噩梦醒来，她的脑海里出现最多的就是日本鬼子阴森森的刺刀和狰狞的面容，"每个岗位上的皇军各自把刺刀端直了些，帽檐下睁着一双老鼠似的眼睛，直望着火车走来，便咧着嘴狞笑"。而在阴郁的天气和冷雨里，在波涛汹涌的大海上陈敬容不能不为国家的命运而心情烦闷和痛苦："天是灰色的，像一道桥拱，在这底下人类的血液交流着。我凭着铁栏，听海上风涛怒吼，令人想象阴暗的战场上，密密的枪弹在风中急旋的声音。海浪起伏着沉郁的颜色，沉郁的，人类几千年来不息的愤怒……"

到成都后，曹葆华在石室中学教书，陈敬容则到四川大学园林系读书。然而成都温怡的秋天却并没有给这位四川女子带来了平静和欢愉的时光。

虽然成都离乐山并不远。

从兰州到磐溪：不可知的悲哀

陈敬容和曹葆华的分手地是成都。

1939年春暖花开的时候陈敬容却感受到前所未有的寒冷与痛苦。曹葆华与陈敬容分手后前往延安，自此天各一方，二人此后再没有任何联系。爱人竟成了陌路人。1940年曹葆华加入中国共产党，此后在中共中央宣传部负责翻译马恩列斯著作并先后任中共中央宣传部翻译、翻译组长、编译处副处长，中共中央宣传部《斯大林全集》翻译室副主任，中国社科院外国文学研究所研究员。先后翻译出版恩格斯、列宁、斯大林、高尔基、拉波泊、斯列波夫、尤金、伊奥夫立克、伊凡诺夫、普列汉诺夫等人的政治理论或文艺著作。1978年曹葆华逝世后骨灰运到故乡乐山安葬。十一年后陈敬容病故的时候只把自己一半的骨灰安埋在乐山明月公墓，另一半则放置于北京八宝山公墓的骨灰堂里。

与曹葆华分手后陈敬容独自一人搬到四川大学的女生宿舍，独自承受情感上的折磨："寂寞锁住你的窗，／锁住我的阳光，／重帘遮断了凝望；／留下晚风如故人／幽咽在屋上。"（《窗》）尽管此时的陈敬容所在的成都离乐山近在咫尺，但是性格极其坚韧独立的她却没有回到故乡去。她只能在寒冷的夜色里远眺故乡、遥祭亡母。她不停追问"墓草青了还是黄了"，她的泪水只能和着迷蒙的雾无声流淌："我的心在夜里徘徊，／夜伴着我，／我伴着不可知的悲哀。／一张不可见的琴弦上／响着另一世界的／奇幻的丧乐……／谁在这时候幽幽哭泣？"（《夜歌》）

因为在战乱年代里不断地漂泊，陈敬容的生活连同她的写作一样都变得无比沉重、苍凉和寂寞。正是如此，在不断的出走和漂泊中陈敬容对时间和生命有着其他同时代女性所没有的深入体验和认知。另一位"九叶"诗人唐湜对陈敬容的评价非常准确："我该指出在诗人面前的最大最有力的现实是时间，在时间所带来的忧患的沉埋里，诗人像是一个现代荒原上的阿拉伯罕或一个心灵孤岛上的鲁滨孙在踽踽独行，用最原始的石头取火照耀自己的心灵，烧熟自己心灵的食粮使自己生活下去。"（《严肃的星辰们》）后来的研究者在谈论包括陈敬容在内的"九叶"诗人的时候都会强调他们的知性色彩、哲学思辨、思想的知觉化、客观对应物以及开阔的意象化的手段，等等，但是对于陈敬容而言，1930年到1945年的十多年间的诗歌扑面而来的却是周身寒噤。陈敬容的第一本薄薄的诗集《盈盈集》（文化生活出版社）里面绝大多数的诗歌都是她在客居异地的深夜以及颠簸的夜车上完成的。透过这些漫漫长夜，我们感受到的是摇曳如豆的烛光里这位女性瘦削脸颊上的两行清泪。

　　1939年夏天，刚刚经历完初恋创伤的陈敬容又迎来了一份情感。只是陈敬容没有料到这次的情感伤害比上次更深。她的伤口被抹上了又一层盐巴！

　　陈敬容与时在重庆的青年作家沙蕾（1912～1986）相识，那时沙蕾给陈敬容写下了大量的情意绵绵的情书。在这些滚烫的甜言蜜语前，陈敬容再次对爱产生憧憬。1940年春天陈敬容跟随沙蕾来到重庆。这座雾蒙蒙的山城还处于寒冷之中，陈敬容每天感受到的只有阴暗和寒冷以及嘈杂的市声和满身的疲倦。当时陈敬容和沙蕾住在一条极其吵嚷的临街的房子里。陈敬容面对的是尘土飞扬的街道和不平的坡路，而下了雨之后又是没过小腿的泥泞。短暂停留数月之后，该年秋天二人前往沙蕾的故乡——兰州。沙蕾的性格放荡而暴躁。这是陈敬容最后不得不离开他的原因。一年之后女儿沙灵娜出生，而需要照顾的母女所迎来的却是沙蕾的粗暴和虐待。沙蕾经常醉酒和发脾气的时候打得陈敬容遍体鳞伤。因为工作原因沙蕾离开兰州去了青海，自此没有工作的陈敬容只能在忍饥挨饿中照顾年幼的嗷嗷待哺的女儿。西北生活在陈敬容看来正像是做了一场荒凉的梦。压抑、窒息和处于水深火热中的陈敬容在兰州结识了正在西北从事抗战文学活动的另一位"九叶"诗人唐祈（1920～1990）。1945年初，在空前的寒冷、饥饿和痛苦煎熬的陈敬容终于发出了出走的呼号——"听那呼唤……近了，那呼唤；／听呵，听呵，我要走！"陈敬容撇下年仅四岁的大女儿沙灵娜以及病重的小女儿从兰州出走。不幸的是小女儿沙真娜因病夭折。沙蕾闻讯后，竟然带着年幼的女儿沙灵娜乘一架军用飞机追踪到了重庆，然后带陈敬容一同到了上海。仅仅数日之后，陈敬容忍受不了沙蕾的折磨还是撇下女儿逃离。直到近十年之后陈敬容才终于与女儿团聚。1957年的一天，陈敬容和女儿在上海的大街上竟然偶遇沙蕾。沙蕾本想上前搭话，而陈敬容拉着女儿头也不回地飞速离开。对于这段不幸的婚姻生活，陈敬容和沙蕾都在有意回避，所以今天我们见到的相关材料极少。以沙蕾为例，在他后来的简历和简短自传中，他居然对兰州时期与陈敬容在一起的生活只字未提。可见二人彼此都积怨颇深。关于这段情感经历，1989年陈敬容因病辞世后，女儿沙灵娜才在《怀念妈妈》一文中略有提及。在沙灵娜看来父亲沙蕾从来都不是一个脚踏实地的人，同时他又是大男子主义者和沉溺于情欲的放纵主义者（沙蕾与其他女性存在着婚姻之外的两性关系）。

逃离兰州和沙蕾的陈敬容只身一人，没有任何依靠。经过三个多月的辗转奔波她终于到达四川江津白沙镇，投奔其弟弟陈士型。在弟弟这里她了解到多年来家里的诸多变故。1938年老家铁货街遭到日本飞机轰炸，家中八个亲人顷刻间化为乌有。而在经历了多年的漂泊和情感炼狱之后，重庆的磐溪竟然迎来了她写作的高潮期。在磐溪三个多月的时间里，她白天在艺术专科学校以及附近的小学教书谋生，晚上则拖着疲倦的身体回到住处拨亮煤油灯开始写作。在陈敬容看来，夜里杜鹃的凄切啼鸣更像是自己"青春的挽歌"。小镇磐溪距离乐山近一千里，陈敬容强烈感受到自己就是一只永不停留的候鸟。这注定了一生都要不断漂泊，"我没有回到我的家乡。也许有一天我会回去，那也将只作极短暂的停留。我将永远地飞着，唱着，如杜鹃一样；当我流尽了最后一滴鲜血，我也不会企求一个永远安息的所在"。客居异乡的陈敬容在一个个静寂的午夜里独自承受冷雨与内心的凄苦。尽管窗外是田野和群山以及河流，但是陈敬容只能在文字中面对自我倾诉。这一时期除了写作大量的诗歌和散文之外，陈敬容还翻译了一些法国的现代诗歌。不幸的是，这些译稿在1948年她离开上海时全部丢失。尽管磐溪的陈敬容也是孤独无助的，但是在她的诗集《盈盈集》和散文集《星雨集》中我们还是可以看到磐溪给这位年轻而经历沧桑的女性以暂时的灵魂抚慰。罕见的安静岁月给陈敬容留下了一段美好的记忆。陈敬容为自己在磐溪的生活写了一个"自画像"——"在黄昏的岸边／遥望隔岸的灯火点点，／你想象一些燃烧的眼睛，／它们的欢乐有绯红的颜色，／它们的叹息也发亮／像那些银色的夜星。"（《自画像》）这短暂的安静时光也使得此时的陈敬容对生活和爱情充满了些许的憧憬。这时期陈敬容的诗歌所体现的情感既是落寞的也是平静的，可以说是悲喜交加。而机缘巧合，陈敬容在兰州相识的唐祈为了躲避迫害竟然也来到了磐溪。他们磐溪时期的交往给陈敬容带来了安静与宽慰。他们一起在水边谈诗和回忆过往，也一起前往曾家岩50号何其芳的寓所进行文学交流。1947年1月10日时在上海的陈敬容给远在重庆的唐祈写了一首诗来回忆这段难得的时光——"像雨后的天空，高朗而辽阔，／滤过的泉水中泥沙绝少，／奔涛静息，水仙在岸上盈盈地开。"在如兽脊一样的群山茫茫夜色里，在嘉陵江的流淌里，这个女性多么希望能有一个人来敲开这扇寂寞的门扉："假如你走来，／在一个微温的夜晚／轻轻地走来，／叩我寂寥的门窗。"（《假如你走来》）而命运并没有如此眷顾她，她没有迎来因为幸福和爱情激动得落泪的机会。透过房间里闪烁的灯火，我们看到的仍然是那扇斑驳而紧闭的门窗。陈敬容将此时的自己看作是一条不安静的河流，她的相关诗歌和散文中布满了针刺一样的疼痛和哀戚。而重庆这座山城给我们留下的诗歌记忆是丰富的。毛泽东1945年9月6日到重庆沙坪坝南开中学津南村寓所拜访南社诗人柳亚子。在寓所里毛泽东将手书在第十八集团军重庆办事处信笺上的《沁园春·雪》（该诗写作于1936年）赠送给柳亚子，轰动一时。而重庆留给人们的另一个深刻印象是曾发生在1949年9月2日的朝天门地区的震惊中外的罕见火灾……

陈敬容还是离开了磐溪，而她的一个创作高峰期是从1946年开始的。

这一年春天，在臧克家上海的家中陈敬容与唐湜和曹辛之（杭约赫）相识。夏天的时候陈敬容收拾行装从重庆启程前往上海。

提着沉重的行李刚到重庆朝天门码头的时候，迎接她的竟然是扑面而来的暴雨。好不容易第二天在雨中她才登上了"华同"轮渡，但是因为没有坐票，陈敬容只好在厨房前的烟囱旁边将就着熬夜。她把淋湿的被子铺在冰冷的甲板上，江上夜风袭来的时候她禁不住浑身发抖。此次上海之行陈敬容花费了大半个月的时间，尽管时间不算太长，但是路途的劳累使得她一次次发着高烧。一路上的轮船、木船、火车、汽车是如此拥挤和颠簸，狭小的空间里空气无比污浊。当轮船经过万县的时候，陈敬容想到十四年前自己第一次出走被父亲拦截的情形。此后渡轮经过三峡、宜昌（在宜昌停留三天）和汉口。一年一度的端午节到来了，别人是在举家欢聚中过节，而陈敬容却独自在异乡的漂泊中度过。陈敬容的老家乐山一直有端午节赛龙舟的习俗，那时家家户户的门窗上挂满菖蒲和艾叶，屋内地下洒上雄黄水。在故乡节日的酒杯碰响和人群喧闹声中，陈敬容在幽咽无声的江水中独自吞咽孤寂和乡愁。此后陈敬容又换乘另一条轮渡"盛昌号"，经九江、南京；之后又改乘陆路，坐火车经过镇江、苏州、无锡。当她终于远远地看到上海滩灯光处处的高楼的时候，她并没有像其他人那样欢呼雀跃。她转过身面对来时的江面，此刻她希望得到的也只是"愿它能给我足够的，好的空气"。

面对上海这个繁华喧闹不已的现代大都市，从西南山城出来的陈敬容感到一切都是那么陌生和不适。很多次她在大街上都迷了路，感到无比茫然失措。上海给陈敬容带来的仍然是孤独以及繁华背后的寒冷体验，上海在陈敬容这里像苏州河水一样污黑肮脏。而上海期间留给陈敬容最大的快乐和慰藉自然是她与唐湜、唐祈等"九叶"诗人的交往。陈敬容1947年参与创办《诗创造》，1948年作为编委参与《中国新诗》。正是在这短短的两年多的时间里，陈敬容不仅写下大量的诗歌和散文，翻译大量的里尔克等西方现代主义诗歌以及《巴黎圣母院》这样的经典文本，而且正是因为她的联系，穆旦、郑敏、袁可嘉等"北方诗人"才与陈敬容、唐祈、唐湜、杭约赫、辛笛这些"南方诗人"会合。而陈敬容不仅是一位重要的诗人，还是一个同样重要的诗论家。她在当时的《和唐祈谈诗》《与方敬谈诗》《真诚的声音——略论郑敏、穆旦、杜运燮》等文章中深入探讨了诗歌与时代、政治、现实、真实、真理以及哲学的复杂关系。正是出于对现代诗歌的深入理解和研究，在20世纪80年代"朦胧诗"的论争中陈敬容是站在青年诗人这一边的，因为在她看来"个别年逾古稀的老诗人，对自己向来不习惯的所谓'朦胧诗'大张挞伐，骂它们是什么'新诗的癌症'，这真也可称相当骇人听闻的了"。而上海近三年的时光不仅是陈敬容文学的收获期，同时还迎来了另一份情感。1948年6月陈敬容与在上海从事外文编译工作的蒋天佐（原名刘健，笔名史笃、贺依、紫光，1913～1987）相识并于当年结婚。不久之后，陈敬容跟随蒋天佐离开了上海。

1948年秋意渐浓的时候，在黄浦江的汽笛声中陈敬容离开仅仅停留了两年多的上海。在晚风的吹拂中她内心的思绪与江水一样起伏不定。在辗转香港期间，陈敬容专门到浅水湾凭吊了萧红墓地。在那块写着"萧红之墓"的石碑旁，陈敬容默立良久。此刻她想到的正是自己的命运，她和萧红一样一生居无定所，感情生活也曲折多变。回到北京之后她与蒋天佐的这份感情也未能善始善终，二人在1958年火热的"大跃进"运动高潮中离婚。1959年陈敬容到河北怀来的一个农场下乡劳动，因为饥饿和过度劳累，她当时全身浮肿，这也导致了她后半生的病痛缠身。至于离婚的原因我四处走访，终于了解了大概。但是因为离婚原因的极其特殊性又会牵扯到一些在世的当事人，所以只能就此打住，不予深究。从1958年一直到1989年三十多年的时间里，陈敬容一直带着两个孩子和外孙生活。

北京：谁的手指又在梦里轻敲

1949年春天，陈敬容到达北京。这距离她第一次来已经过去了十四年。第一次来的时候她还是充满幻想和憧憬的不更事的少女，而此时的她已经历多年的离乱。这正如另一位"九叶"诗人唐湜所慨叹的："啊，你峨眉山下的少女／可穿行过多少平芜、城郭／涉渡过多少乱离的旋流／咬啃过多少苦涩的生命果？"新中国成立后的陈敬容除了政治学习之外把大量的精力都放在了文学翻译上。这一时期她翻译了大量的安徒生童话以及苏联和捷克斯洛伐克等社会主义国家的革命小说，而她翻译的《绞刑架下的报告》在当时影响颇巨。

新中国成立初期陈敬容的生活还是比较安定的，这也是她的身心调整期。在1953年的一张照片上，北海公园岸边陈敬容的右手轻轻放在汉白玉的石栏上，抬头温柔地望着远方。在友人唐湜看来，此时的陈敬容"风姿嫣然如昔"。很多诗人和研究者认为，"九叶"诗人在新中国成立后由于政治文化等诸多因素的影响而集体消失于文坛。事实并非如此。以陈敬容为例，她在新中国成立后以及"文化大革命"期间并没有完全停止诗歌写作，只是写作数量很少。这一时期她写下了《芭蕾舞素描》（1959）、《假日后送女返学》（1961）、《树的启示》（1962）、《考古抒情》（1973）、《故乡在水边》（1973）、《雨后在青年湖》（1974）等诗作。尽管从艺术成就和思想的复杂性上而言，这些诗作已经不可能与她新中国成立前的诗作相比，但是可贵的是陈敬容在新中国成立后为数不多的诗作中仍然保持了一些个性，比如个性化的沉思和知性色彩以及没有被"工农兵"式的大众化语言同化的语言方式。这在当代诗人中是很少见的。当然由于特殊的政治和社会语境的影响，陈敬容这个具有现代主义色彩和个性精神的诗人，同样也或多或少地存在着政治时代共有的问题。

新中国成立后，陈敬容在北京先后翻译了安徒生童话（包括《丑小鸭》《野天鹅》《冰雪女王》《沼泽王的女儿》等）、普里什文的《太阳的宝库》、伏契克的《绞刑架下的报告》、威廉斯的《黑色的鹰觉醒了》等。1956年秋天陈敬容调入《世界文学》编辑部，1965年到《人民文学》任诗歌散文组编辑，1973年因病被动员退休。20世纪70年代末期，陈敬容才搬到位于北京宣武门西大街附近一幢楼房的底层101室。尽管陈敬容和两个孩子以及几个外孙终于不用再每天在公共厕所排队、在公共厨房做饭，但是因为新居的房间都向北紧挨着街道，所以大街上汽车驶过时的颤动和轰鸣却使陈敬容患上了失眠症——"你日夜不停地震响和吼叫／摇撼着床铺和门窗／震得坚硬的地壳也颤抖／还把颤抖的波幅／扩展到患病的心脏。"（《给噪音》）环境对人的影响太大了！每当夜深人静的时候，陈敬容住所外的大街上却是各类机动车的轰天震响，"甚至门窗和床铺都被震动得颤悠！"住房是冬凉夏热，刮风天又是满窗尘沙。这时的陈敬容已经在病痛和失眠中煎熬了多年，而不容易的是，诗歌就是在隆隆的噪音和病痛中诞生的。在房间东北角堆满了书籍和稿件的书桌上，有一块玻璃板，下面压着一张纸条："敏捷诗千首，飘零酒一杯。"透过这一时期她为数不多的照片，我们可以看到她极其消瘦、憔悴。但是这一时期陈敬容也是比较快乐的，因为她终于可以

"关起门来写诗了"。1979年，陈敬容迎来了她人生中又一次的写作高峰。这一年，她不仅诗作数量多，而且从质量上来看也是惊人的。这些诗作后来收入诗集《老去的是时间》当中并于1986年获得中国作协第二届全国优秀诗集奖。这些诗作很多都是陈敬容在病中完成的，由于身体等诸多原因，此时的陈敬容已很少与朋友联系了。即使和同是"九叶"诗人的郑敏共居北京，也很少见面。陈敬容在城南，而郑敏在城北，这是否也是一种命运的安排？在陈敬容离开上海长达三十年之后，她才在1978年秋天与唐祈、唐湜和曹辛之在北京再次相遇。当他们在北京的秋天一起合影的时候，风中吹动的灰白的头发让他们感受到暮年已经不可避免地降临。他们深切地体会到"静夜四无邻，荒居旧业贫。雨中黄叶树，灯下白头人。以我独沉久，愧君相见频。平生自有分，况是蔡家亲"（司空曙：《喜外弟卢纶见宿》）的别离之愁和岁暮之痛。据郑敏回忆，她和陈敬容、唐祈、唐湜、曹辛之（杭约赫）等人的第一次见面是1979年。此后这八位诗人（另一位"九叶"诗人穆旦已经离世）开始在陈敬容的家里聚会忆旧，并终于在1981年出版了诗歌合集《九叶集》。自此，一个20世纪40年代后期的现代主义诗歌流派才终于有了历史性的命名。

1981年5月末的一天，成都诗人流沙河在北京开会期间偷偷从会场溜出来，乘坐地铁到长椿街站，然后找到陈敬容的地址。当看到狭窄的房间以及正围着围裙做饭的陈敬容时，两个四川老乡竟然无言以对。等到终于谈起往事谈起故乡，二人竟然又是泪眼婆娑。他多年之后才知道就在他转身别离的一刻，陈敬容的内心被同乡的到来搅得如此不宁。她在当天夜里就写下了一首诗《乡音》。

1984年的夏天极其炎热。但是在空前的暑热中陈敬容却接到了一个极其意外的惊喜。

作为中国作协退休干部，在相关部门的安排下陈敬容第一次踏上了返回故乡乐山的路。她离开家乡那年是1934年，那年她才十七岁。而转眼竟然是五十个年头无情地过去了！回到故乡时一切都变了，亲人几乎都已不在人世。只有妹妹陈霁容还活着，但极富戏剧性的是妹妹已经远在台湾海峡。回北京之后，心情难以平静的陈敬容写下了这样的呼喊——"乐山／我久别的故乡"（《凌云漫笔》）。此次故乡之行如此匆忙，陈敬容竟然未能抽出时间到自己出生的那条街巷去看看。她只能在宾馆的栏杆上像儿时一样眺望凌云山。

1984年中秋节前夕，陈敬容到杭州参加"中秋诗会"。临行前，陈敬容的女儿沙灵娜和女婿前往北京站送别。尽管陈敬容一生不断漂泊，但是却一直没有机会到她一直向往的江南。所以，此次江南之行对于疏于交往和露面的陈敬容而言，是相当难得的，她一生都想去看看梦中的江南。1983年4月末的时候，陈敬容本来有一次计划中的江南之行，但因故未能成行。陈敬容把对江南和南方的想象和憧憬只能放在她的诗歌里："向往中的四月南方／空气如同鼓鼓的帆篷／装满着栀子花的芳香／长河上年轻人们的笑语／该织就了多少只诗歌锦囊。"（《南方》）杭州之行使得陈敬容以及她的诗歌焕发出少有的亮色和欣喜，而此时的陈敬容更加清瘦。一个晚上，陈敬容和吴思敬、邹获帆等人去骆寒超的住处小坐。陈敬容在江南的夜色里显得兴奋，久违的激情和诗神又回到了她病痛缠身的晚年。从骆寒超家里出来的时候，吴思敬陪同陈敬容步行回住处。因为年事已高以及身体的原因，缓慢走到西湖附近的时候，陈敬容实在走不动了，不时停下来喘息。见此情状，吴思敬让几个年轻人回到住处找了一辆自行车将陈敬容推了回去。由于陈敬容没有去过绍兴，吴思敬又陪同陈敬容坐火车前往绍兴的鲁迅故居。众所周知，那时候火车车速极慢，逢站必停，车上人多空气又污浊不堪。当吴思敬和陈敬容终于挤上火车的时候，才发现不用说座位，甚至过道上，连站的地方都没有。看着虚弱的陈敬容，吴思敬一直努力给她寻找座位，但最后也没能找到——乘客实在太多了。吴思敬和陈敬容在车厢过道上站了足足两个多小时。吴思敬陪陈敬容去了鲁迅故居，还在孔乙己酒店喝了绍兴黄酒并品尝了茴香豆。饭后二人又决定去沈园，而当时，即使是绍兴当地人也很少有人知道沈园的。费了很多周折，他们才在一个好心的抱着孩子的中年妇女的带领下找到了近乎废弃的荒凉的沈园，当时的沈园远不是如今的规模与景象，而更多是一片荒芜萧瑟，只有风中的柳树和清风吹动的水面还依稀带有当年的气息。当1989年11月8日陈敬容因病辞世的时候，吴思敬内心充满了遗憾和歉疚，因为吴思敬还没有来得及给这位中国诗歌史上的"才女诗人"举办诗

歌研讨会……当多年之后我翻看吴思敬的老相册时，我看到了
1984年在西湖边在刻有"三潭印月"的巨石下吴思敬和陈敬容
以及邹荻帆的合影。照片上的吴思敬透着书卷气，陈敬容穿着
朴实、鬓角泛白、面带微笑，身后的西湖草木葱茏。但是生命
在时间的河流中是如此的脆弱，她身后的西湖水在日夜的不倦
流淌中带走了一个个生命的行迹……2013年4月的雨夜我在沈
园门外的黄藤酒店想到了那些令人心碎的诗句，还有一个现代
女诗人的远游。

生活的盐与最后的晚景

一个偶然的机会，江苏年轻的诗人小海读到了陈敬容的
诗歌。异常激动的他给陈敬容写去一封信。当带有蓝色钢笔水
特殊味道的回信摆放在小海的木桌上的时候，这位年轻诗人
激动的心情是难以形容的。此后陈敬容在回信中经常会附上
一片树叶或者一个花瓣，诗人的心永远是年轻的。1984年小海
坐上了前往北京的火车。当他见到仰慕的陈敬容的时候正是
下午。小海在陈敬容家里吃完晚饭（小米稀饭、自制的萝卜
腌菜）出来的时候，迎接他的是北京刺眼的路灯和车灯——
"路灯下的宣武门西大街和白天似乎完全两样了，走了一
段，想回头再看看敬容先生窗口的灯光，已经无法辨别。不知
道是因为刚刚离开温暖的房间，还是由于街上寒风的刺激，我
的眼前一片模糊，觉得路灯光、两侧楼道的灯光和车灯光连成

了一片闪烁的灯海。"

陈敬容一生最后一次诗歌创作的爆发期是在1987年。这一年她写下了大量的诗作，比如《连山风也是软绵绵的》《生活的盐》《我的七十》等。在这些诗歌里诗人更为冷静和客观，她在时间这里不断生发出关于人的本质和终极命运的深沉思考。而在陈敬容看来"老去的是时间，而不是我们"。也许生命之树必将凋零，但是曾经的生命轨迹以及那些泛黄的诗歌仍将被后人乃至历史铭记。然而很快，陈敬容因为身体的原因再也不能拿起那支诗歌的笔了。

1988年1月16日，阴天。陈敬容抱病给唐湜写了一封信。"我近数月的情况，却不是一般的小病了。只是精神困顿，白天晚上都是桎梏而且极需睡眠；这样，过了一段时间，却又变成了晚上失眠，有时通夜失眠，白天自然是困顿之极，但更加无法入睡。于是只好吃安眠药（我从来极少用安眠药），能睡一两个钟头，白天依然精神恍惚，检查了心肺，说原先的冠心病已转为肺心病：神经科说是肺心病所致，又说肺心病也影响睡眠……看来，相当时期内无法做什么事了。"

1989年10月20日，陈敬容写下了一生的最后一封信。此时的她举笔是如此艰难。在颤抖不已的笔下，她已经感受到另一个世界急切的呼唤——"经常失眠，浑身上下似乎无一处无病痛……更主要是丧失了生活能力。"

十八天之后，晚上10点40分。诗人的眼睛永远地闭合了，还有她曾经蓬勃而多舛的诗心。当陈敬容去世的消息在

《文汇报》等报纸上刊登的时候，远在苏州的小海不禁热泪盈眶。而陈敬容这次住院也只是由感冒引起的，寒冷的冬天陈敬容躺在协和医院走廊里由布帘遮蔽的特殊病床上。因为呼吸衰竭，她的喉管被切开，用呼吸机代替心肺功能。此时的陈敬容处于持续的昏迷当中，临走前也没有留下一句话。这使我想到的是陈敬容这样的诗句："时间如大海，我们却是／大海上空的一片云烟……//时间真会让我们灰飞烟灭／从古来有多少壮士珍惜宝贵的暮年／清晨和日午自然有阳光灿烂／瑰丽的晚霞却闪现在日暮的天边。"

是的，斯人已去，诗歌仍在存活着。

"湖畔"情诗与"水仙"命运

  说到20世纪20年代汉语新诗史上作为"诗坛解放的一种呼声"（周作人语）的较早诗歌社团湖畔诗社，我们很容易联想到19世纪英国早期浪漫主义诗歌的重要代表湖畔诗人（The Lake Poets）。

  居住在英格兰西北部昆布兰湖区（格拉斯米尔和文德美尔）的华兹华斯、柯勒律治、骚塞在优美恬静的湖边歌咏自然、感怀爱情、流连光景。如果说"回到大自然"代表了这三位异域诗人理想的话，那么在五四运动自由思潮激发下的中国湖畔诗人则要显得沉重得多，因为他们面对的不只是湖畔、自然，还有新旧时代转捩甚至交锋过程中文化和思想的剧烈碰撞和龃龉。

  以汪静之、冯雪峰、应修人和潘漠华为代表的这一"湖畔"诗歌流派，尽管曾最先抒写过清新纯真的爱的赞歌，但是他们迅速在中国诗坛上的隐没，则透露和折射出这一时期云谲波诡的文化和文学生态的复杂性。尽管朱自清等人对他们的爱情诗写作找出了很多合理性的证词以及进步性的时代意义和美学价值，朱自清也强调"人生要求血与泪，也要求美与爱，要求呼吁与诅咒，也要求赞叹与歌咏"，但是在20年代后期的文学革命和革命文学的浪潮中，这几个年轻歌者最终还是默不作声，诗歌写作也很快烟消云散了。他们不仅有的从此走上了革命道路并身陷囹圄、牺牲，而且诗歌的道路也发生了近乎翻天覆地的变化。

这既与时代际遇有关，也与诗歌命运有关。是否像有人所批评的那样"五四运动前后的青年真是幸运，呼吸了一点时代的新空气，一个筋斗翻转来，就很早得到一点小名声在社会上站稳了。但是非常不幸的是，太容易的成功，就像一个肥皂泡，飞在空中，看起来很美丽，一下子就会吹破了。"（曹聚仁语）

华兹华斯曾歌咏湖畔的水仙，而水仙作为诗人的原型（那喀索斯）则象征了非常态的命运。汪静之等人的爱情故事、生活经历和不同命运轨迹，也让人们在穿越历史烟云的时候唏嘘感叹，怅惘不已。

较之英国湖畔诗人的长寿（请注意他们生存的年代是18到19世纪），比如华兹华斯活了八十岁，骚塞是六十九岁，柯勒律治也活到了六十二岁，中国湖畔诗人的命运就更具戏剧性和悲剧性了。

潘漠华只活到了三十二岁。1934年12月24日，大雪。饱受折磨而不屈甚至绝食的潘漠华死于狱中。

应修人只活到三十三岁，曾参加"左联"。1933年5月14日应修人到上海虹口昆山花园路丁玲寓所时被特务发现，在搏斗中不幸坠亡。

冯雪峰则在革命战争年代经受考验，在文化和文学工作中做了很多工作，后来被打成"右派"，下乡劳动改造。1976年1月31日，在病恨交加中，冯雪峰辞世。

较之以上三个人的命运，汪静之（1902年7月20日～1996年10月10日）则算"善始善终"者。他不仅罕有地高寿，而且还因为"六美缘"而成就了一段爱情故事和诗人传奇。

湖畔诗社的前身是柔石、汪静之、冯雪峰和魏金枝等人组织的晨光社。

1922年4月4日，西子湖畔，草长莺飞。

汪静之、冯雪峰、应修人、潘漠华四个年轻人在西泠印社四照阁宣告湖畔诗社成立。不久之后四人的诗合集《湖畔》出版，被爱情和青春鼓动的年轻人宣告"我们歌笑在湖畔，我们歌哭在湖畔"。随后的8月份，经鲁迅修改的汪静之的个人诗集《蕙的风》（上海亚东图书馆出版，朱自清、胡适、刘延陵三人作序）面世。

正如汪静之所说"庸俗社会封建礼教禁止恋爱"，"心中的热爱抵抗压力，因而不可抑制地发出爱情诗来"。此后，又有冯雪峰、应修人和潘漠华三人的诗文合集《春的歌集》推波助澜。尤其是汪静之的《蕙的风》在短时间内即印刷六次，销量两万余册。尤其是年轻人争相抢购，其畅销程度能够与胡适的《尝试集》和郭沫若的《女神》比肩。当时年轻人耳熟能详的是汪静之等人自由、大胆、纯真的诗句："我冒犯了人们的指摘，／一步一回头地瞟我意中人，／我怎样欣慰而胆寒啊。"甚至有传闻某中学女生因为未能第一时间买到诗集而投河自杀，幸亏被路人救起。要不汪静之则只能为此而无辜自责了。

实际上，汪静之《蕙的风》的出版过程非常不易，反复经历波折。

一贯不爱求人的汪静之也不得不破例数次向胡适求助。

当时在浙江省立第一师范读书的汪静之，家里补贴他学费和生活费每年是一百三四十元，而他实际的花费则近二百元。除了聚会和应酬之外，很多钱自然是花在了买书上。汪静之在致胡适信中坦陈了自己的窘境，"我的絮被是家中的一条年纪很老的小而破的絮被，实在没有什么暖和，近来很严寒，夜间冻得发抖抽脚筋""我的棉袄还是十五岁时候做的，现在小而破都不在乎，只是寒冷的痛苦使我读书不安神"。胡适看信后也着实为这位同乡青年诗人唏嘘，于是借钱给他并且在《蕙的风》的出版过程中为汪静之争得最大的利益。最终出版社给汪静之一百五十元的稿费，这在当时已经算是非常高的了，况且当时汪静之也还只是个初出茅庐名不见经传的学生。

朱自清曾评价湖畔诗社的四个诗人是"真正专心致志做情诗"的，"他们那时候差不多可以说生活在诗里"。这对于

20世纪20年代初这几个人的诗歌写作及其意义而言是准确的。也正如废名所评价的"他们真是无所为而为的作诗了,他们又真是诗要怎么作便怎么作了""他们写诗的文字在他们以前是没有人写过的,他们写来是活泼自由的白话文字"。汪静之等人不仅被青春的自由和个性冲动所鼓动,更被爱神和力比多所召唤。正如汪静之给当时的女友符竹因(绿漪)的信中所宣告的"爱情是绝对自由的,谁要爱谁,谁就爱谁"(1922年7月27日)。

汪静之等湖畔诗人的爱情诗在五四追求自由、个性和反传统道德、礼教的土壤中获得了成长。也是胡适当时所评价的在"稚气"中有"新鲜风味"。尤其是他们对爱情的大胆、率真、自然、清新的抒写引发了众多青年诗人的追捧,也受到了文坛一些道学者的攻讦和批判、指责。这无异于向旧礼教投掷了一枚炸弹(朱自清语)。

1922年10月24日的《时事新报·学灯》发表汪静之同乡胡梦华的《读了〈蕙的风〉以后》,批评这些爱情诗"堕落轻薄"。在胡梦华看来这些诗是危险的,会"挑拨人们的肉欲"和"兽性的冲动",有"挑拨人们不道德行为之嫌疑""破坏人性的天真,引导人走上罪恶之路",因此"应当严格取缔"。非常富有戏剧性的是胡梦华大肆批判汪静之等人的诗,其目的竟然是他自己后来所承认的"戴着假道学的眼镜,以讨好新女性的喜悦"。胡梦华的这篇文章引发了进一步的激烈争论。尤其是鲁迅以"风声"为笔名撰写的《反对

"含泪"的批评家》（《晨报副刊》，11月17日）成为这一论争中最为有力的支持文章。其他的反对者由此大多噤声。

在这一场激烈的论战中，胡适、周氏兄弟、朱自清等人对汪静之等年轻诗人的支持、肯定和鼓励起到了非常大的促进作用。尤其是鲁迅对汪静之的支持使得他终生难忘，"沦肌浃骨""刻骨铭心"。1981年7月，为纪念鲁迅一百周年诞辰，鲁迅博物馆编选纪念集，年近八旬的汪静之在昏暗的台灯下眯着老花眼完成了一篇长文《鲁迅——蒔花的园丁》。可见鲁迅对他的影响以及青年时代所给予的扶持。

给诗坛吹来清新之气以汪静之为代表的湖畔诗人正处于"青春期"的写作，也正如胡适所说的是"五四运动后第二代的少年诗人"。自然，在胡适看来汪静之是这一代少年诗人中最有前途和希望的。这种"青春期"既指向了汉语新诗的起步阶段和五四的启蒙，又指涉了这些人自身写作的"青春期"。其优势在于敢于写作，勇于抒情，没有禁忌，自由、开放、纯真。当然这种"未成年"的诗歌状态是不可能持久的，而历史也已经做出了证明。个性、青春、爱情、诗歌，成为湖畔诗人的关键词。

汪静之等湖畔诗人的爱情诗写作带有显豁的"本事"特征。而岁月何曾静好？人生几度霜寒。其中陪伴汪静之的不只是青春期的诗歌，还有一个个美丽的女性于他寒冷、苦闷中给予慰藉，给予他诗歌和精神上的滋养。正如张爱玲所说的："在当时的中国，恋爱完全是一种全新的体验，仅这一点就很够味了。"

1923年，热恋中的汪静之竟然在一天之内写了十封信。当然，汪静之的多情也招致了诸多非议，"'诗人'，自古以来，有一种脾气，仿佛自己是九斗十斗的天才，诗和酒，再加上美人，就是他们自己的小乾坤"。

1932年汪静之曾给妻子符竹因（符竹因原名符竹英，汪静之改为"符竹因"，即"水竹姻缘"。汪静之又为符竹因取名菉漪，取《诗经》"绿竹漪漪"之意）写下保证书和忏悔书，可见其感情经历确实丰富。

尤其是汪静之与胡适和曹诚英（被汪静之称为"绩溪才女"）同乡之间的感情纠葛更是成为民国文人的噱头和纠缠不清的旧梦。曹诚英与汪静之同庚，两小无猜，青梅竹马，但二人确属姑侄辈分。曹诚英与胡冠英婚后仍与汪静之通信、交往，这引起了胡冠英的极大不满。他趁机偷出二人的信件和照片并当众撕碎。尽管汪静之一再追求曹诚英并写了大量的情书和情诗，曹诚英在离婚后也曾经在酒后对汪静之表露情愫，但是最终他们在理智和辈分伦理面前止步。

汪静之的那些诗句"哪怕礼教的圈怎样套得紧，／不羁的爱情／总不会规规矩矩被绑捆"也就是枉然了。正如汪静之在一首诗中无奈慨叹的那样，"童年对你早钟情，辈分尊卑不可婚"。

多年后汪静之只能在诗中慨叹二人的关系："两心纯洁洁如雪，两心清净净如冰。百夜同床守节操，童年原是两情人。"曹诚英也写有"方方正正真君子,诚诚实实多情人。千古伤心一恨事,一生相爱未相亲"。

倒是同为安徽绩溪人的胡适和曹诚英(胡适长曹诚英十一岁,曹诚英为胡适三嫂的妹妹)擦出了更多情感的火花。后来,徐志摩在给胡适的信中曾羡慕地写道:"蒋复璁回来说起你在烟霞洞深处过神仙似的生活……此次你竟然入山如此之深,听说你养息的成绩不但医痊了你的足迹,并且腴满了你的颜面,先前瘦损如黄瓜一瓢,如今润泽如光明的秋月,使你原来妩媚的谈笑,益发取得异样的风流。"

1923年春,胡适的侄子胡思永年仅二十岁就因肺痨病不幸早逝。悲痛中的胡适也因病(查胡适日记,这一时期他确实为病所困,比如伤寒、痔疮、脚病、经常腹泻等。胡适还一度怀疑自己得了糖尿病)从上海辗转到杭州烟霞洞静养,到杭州的这天是4月29日。

胡适与此时就读于杭州女子师范学校且刚刚与胡冠英离婚的曹诚英再次相逢,自是百感交集。胡适在日记本上写下一首诗《西湖》,表露对曹诚英强烈的倾慕之意:"十七年梦想的西湖/不能医我的病/反而使我病得更利害了/然而西湖毕竟可爱/轻烟笼着,月光照着/我的心也跟着湖光微荡了/前天,伊却未免太绚烂了/我们只好在船篷阴处偷觑着/不敢正眼看伊了。"最终,二人在杭州的"情事""艳闻"惹得江冬秀醋意大发甚至闹自杀。"后院起火",最后胡适也只得草草收场。

曹诚英在1925年7月8日写给胡适的信中仍缱绻表白："我爱你,刻骨地爱你。"据坊间传闻,曹诚英与胡适短暂同居期间还怀了胡适的骨肉。这段情感一直折磨了胡适多年。二十年后,即1943年6月19日曹诚英在孤苦的思念中给胡适写诗以作追念:"鱼沉雁断经时久,未悉平安否?万千心事寄无门,此去若能相见说他听。朱颜青鬓都消改,惟剩痴情在。廿年孤苦月华知,一似栖霞楼外数星时。"而曹诚英一生孤苦,终生未嫁。在晚景的凄苦悲凉中曹诚英"老病孤身难寄,南迁北驻迟疑,安排谁为决难题?哥哥长病废,质仰死无知。徒夸平生多友好,算来终日痴迷"(《临江仙》)。

这似乎又一次印证了红颜薄命。曹诚英在"文革"期间曾将大量珍贵的手稿、书信、日记等资料交给汪静之保管,并嘱托死后将这些材料一并烧毁。曹诚英最终因肺癌在上海病逝,红颜玉殒,后葬于故乡绩溪旺川。其墓碑上只有几个字:"曹诚英先生之墓 1973年3月8日。"在又一个凄风苦雨的日子,愁肠百结的汪静之在悲痛中追悼曹诚英,经过痛苦的挣扎最终点燃了那一堆早已泛黄的信件、日记……

1927年之后,文学走向了低潮。这一时期的汪静之也不得不为了生计四处奔波。他曾辗转于上海、南京、安庆、汕头、青岛等地做中学教员和大学教师。1932年11月28日汪静之在给妻子的信中缱绻地写道:"平生爱竹已成癖,不可一日无此君。"

这位轰动一时的"爱情诗人"在教学上却并不太称职,

还引起了很多同事的不满和质疑，甚至闹出了很多乱子。正如曹聚仁所说的"汪诗人唱起诗来是诗人，捣起蛋来并不是诗人"。曹聚仁对汪静之差强人意的教学水平曾这样记述："他教国文，实在糟得太不成话。一篇应该教一个星期的课文，他就在四十分钟教完了。无可奈何，他就说些文坛掌故来填补。""我就当面对他说：'假如我是校长的话，决不请像你这样的诗人来教国文。你这样的教法，真是误人子弟！'"到抗战最艰难的时期，汪静之还曾与朋友一起开过小店谋生。新中国成立后，经湖畔诗人好友冯雪峰的关系，汪静之进入人民文学出版社，但是因为与聂绀弩的性格龃龉，发生冲突，数度被停发工资。

汪静之是著名作家郁达夫的好友，二人从1922年初次见面后就结下深厚的友谊，从此过从甚密。而符竹因和王映霞又是杭州女子师范的同窗，这种感情自然不一般。汪静之晚年在病榻上曾经说过郁达夫的第二任妻子王映霞的一段罕为人知的"婚外情"。按照汪静之的说法王映霞在婚后的武昌时期（1938年前后）还与戴笠有染并且还怀上了孩子。汪静之在王映霞的反复央求下以丈夫身份陪着她到私立医院打了胎。民国文坛不安静，文人更是诸多是非。时过境迁，这些旧闻已然成了坊间茶余饭后的噱头和谈资。

而汪静之最早写作诗歌尤其是"情诗"，可以说胡适是他的老师。

早在1919年，汪静之就将诗稿寄给同乡胡适求教。那时胡适在汪静之等青年诗人心中俨然是海内皆闻的第一流的学者和名人。汪静之晚年向女儿汪晴说过这样一段话，说自己"第一个崇拜胡适之，第二个崇拜周作人，第三个才崇拜鲁迅"。

新诗史上诗人删改自己诗作的现象并非少见。鲁迅就深刻指出："中国的好作家大抵'悔其少作'的，他在自定集子的时候，就将少年时代的作品尽力删除，或者简直全部烧掉。我想，这大约和现在的老成的少年，看见他婴儿时代的出屁股、衔手指的照相一样，自愧其幼稚，因而觉得有损于他现在的尊严。"而由于频繁而激烈的政治运动和僵化的文艺政策的规训等诸多原因，很多诗人为适应政治形势和迫于时代压力，自觉不自觉地对不同时期的诗作和诗集进行了程度不同的修改。

以汪静之为例，这位善于写爱情诗的"湖畔诗人"也曾在1957年的《诗刊》《人民文学》发表过借鉴马雅可夫斯基楼梯体的政治表态和应时应景的政治抒情诗，并在1958年出版《诗二十一首》。汪静之在1957年编定新版的《蕙的风》时出于外部环境的影响以及自己在思想观念、审美取向上的转变，将原版的《蕙的风》删减了三分之二，将《寂寞的国》删掉三分之一。新版《蕙的风》将原本的《祷告》《过伊家门外》由原来的自由体改为格律和半格律体。

显然这种修改已经不只是仅仅字词修改那么简单了。汪静之的这一修改"从整个社会历史的发展进程来看，不能不说是对当年争论的一个莫大的讽刺，就诗人本人而言则是一种莫大的悲哀"。

1996年10月10日，汪静之去世。一棵湖畔的水仙最终枯萎了。

在静水流深的岁月中，那些湖畔吟诗的青年一个个远行，只留下一行行的诗句，还有那些或深或浅、或长或短的爱情故事和或悲或喜、或长或短的一生。

尚义街六号的黄房子

  无论是20世纪六七十年代北京的"地下"诗群，还是80年代火热的诗歌运动，都会有一群人（大体为一小撮志同道合的朋友）围绕着一个特殊的私人空间或公共空间形成一个诗歌场并以此为中心辐射开来，比如北岛和《今天》杂志的东四十四条76号、贵州的野鸭塘，后来的南充师范学院、成都的白夜酒吧，等等。

  说到20世纪80年代的于坚，我们直接想到的就是昆明的尚义街六号那所黄色的老建筑——"我们这些人在80年代，从一种非常压抑的社会环境走出来，当时的环境是，生命非常压抑，文化也非常封闭。鲍勃·迪伦这些东西一进来，对我们来讲是非常强烈的解放。当时《尚义街六号》我们这些人，听的谈的都是这些东西，深受这些东西的影响。我们《尚义街六号》这些朋友，可以说是中国最早的嬉皮士，我以前就说过这种话。20世纪80年代的时候，我们不只是听摇滚音乐、穿牛仔裤，我们还干了不少非常危险的事。那个时候，我们跳个舞都

有可能被捕，而且确实也有朋友被捕。"（于坚、张庆国：《诗人于坚：世界为什么需要文学》）

　　压抑的时代以及由压抑渐渐解冻的时期，文化的饥渴、残酷的青春都需要找到喷发的入口，"在一个类似京城的城市，午后的茶艺馆萧条而寂寥。我坐在窗前懒洋洋的阳光下，对座的阴影中坐着一个女人——她像是我的情人或者女友，抑或其他接近暧昧的关系。她的面庞隐居在日光背后，只有性感的声音翻越了那些窗棂构成的光柱，散漫地抚摩着我的耳朵"（野夫：《1980年代的爱情》）。甚至在"禁欲的时代"诗歌也有着力比多的味道，这是一种反向的刺激。当然包括于坚是将其置放于整体性的时代语境中来处理的："你翘起臀部／卸下了灵魂／出现在祖国洁白的床单上／微张的蚌黏液隐隐颤动／在时代的暗地里／你叫作妖精骚货小贱人／你是美丽的鸡／神情妖魅没有携带子宫／犹如被囚禁了多年的春天／花朵的含义已经严重歪曲／有毒的梅花生病的杨柳／年轻时我们一个团的人／都在地下寻找你／依据着暗藏下来的色情图样／我们翻过国家的围墙／在中世纪的短裤后面／用最疯狂的想象力虚构着。"具体到缓解的方式，则有烈酒、烟草、诗歌、摇滚和恋爱。

　　1968年，时年十六岁的知青王小波在云南兵团进行知识分子的劳动再教育，这段经历成为《黄金时代》中"王二"的精神背景。"王二"以极端的性的方式进行的反抗则是特殊时代形成的压抑在生活中的反弹、回应："我过二十一岁生日以前，是一个童男子。那天晚上我引诱陈清扬和我到山上去。那一夜开头有月光，后来月亮落下去，出来一天的星星，就像早上的露水一样多。那天晚上没有风，山上静得很。我已经和陈清扬做过爱，不再是童男子了。但是我一点也不高兴。因为我干那事时，她一声也不吭，头枕双臂，若有所思地看着我，所以从始至终就是我一个人在表演。其实我也没持续多久，马上就完了。事毕我既愤怒又沮丧。"（《黄金时代》）而禁忌年代里舞台上那些"南方"女战士的身体，尤其是那些罕见的大腿和裸露的半截雪白的胳膊是如此强烈地刺激着那些青年对身体、女性和欲望的观察与想象方式。这一点在冯小刚2017年的电影《芳华》中亦有所体现，比如文工团女兵换白色胸罩的场景。而钟鸣和欧阳江河都曾在文工团和"文革"时期的文艺巡演中有着扮演革命样板戏和现代芭蕾舞剧《白毛女》《红色娘子军》的经历。欧阳江河在现代革命芭蕾舞剧《白毛女》中扮演"大春"，钟鸣在《红色娘子军》中扮演"小庞"。在成长的性压抑的时代，布罗茨基同样有过这样的经历："在那书橱的玻璃后面，就立着一套革命前出版的、四大卷的《男人和女人》。这是一部插图丰富的百科全书，我至今仍然认为，我关于禁果之滋味的基础知识就来自这套书。一般而言，色情图画皆能成为导致勃起的无生命的客体，这没有什么奇怪之处，我这里所要指出的是，在斯大林俄国那种清教徒式的氛围中，人们会因为一幅百分之百社会主义现实主义风格的、题为《入团》的画而情欲勃发，这幅画的印数很大，几乎每间教室里都有张贴。画上的诸多人物中间，有一位年轻的金发女子坐在椅子上，她两腿交叉，露出了两三英寸宽的大腿。使我疯狂、让我魂牵梦绕的，倒不是她的这一小段大腿，而是她的大腿与她身上那件褐色的裙子所构成的对比。就在那个时候，我学会了不再相信所有那些关于潜意识的噪音。我认为，我从不用象征来幻想——我看到的永远是真实的东西：乳房、屁股、女人的内裤。在那时，女人的内裤对我们这些男孩具有一种附加的含义。"（《小于一》）特殊年代的童年以及青少年时期的经验，使得诗人和作家大多具有对身体的"窥视"欲望。这在王朔当年的小说《动物凶猛》中有生动的展示。而就诗歌而言，情感、欲望、身体、青春和力比多冲动更是代表了20世纪七八十年代诗人整体的精神氛围，也正如布罗茨基所说的压抑机制和排解机制一样都是人类社会心理所固有的。

　　于坚等人在昆明街头某个角落的沙龙里除了读诗，还喜欢摇滚乐。确实，西方的摇滚乐与先锋文化、社会运动密不可分——街头意识形态、青年亚文化、异见文化。个人精神和幽暗体制的复杂关系，"这些作品展现出启示录般的愿景、对工业社会和现代科技的强烈反感，对官方权威和传统道德的深厚敌意，以及与各种非西方的心灵与宗教传统的接近"（［美］理查德·弗莱克斯：《青年与社会变迁》，《声音的愤怒》，广西师范大学出版社2011年版，第43页）。先锋音乐代表了地下、先锋、前卫和颓废以及抗议，是时代的、革命的、政治的、身体的混杂的声音。1974年1月，鲍勃·迪伦在麦迪逊广场花园举行自己的音乐会，此时的他已经在乐坛沉寂了多年，而那些曾千呼百应的诸多同时代歌手已经彻底消隐。这个晚上，两万名观众赶来听迪伦的演唱，或者确切地说是为了共同怀念和重访一个渐渐逝去的时代，为"某种已经萎缩成神话的东西添上一些血肉"。"在麦迪逊广场花园的这种怀旧之情却像传染病一样四处流行。当迪伦不仅延长了人们喜爱的旧歌曲，而且延长了其最佳新作中的一首《永远年轻》时，时间好像停止了。音乐会接近尾声时，全场到处亮起了火柴和打火机——每个人都为自己的不朽点燃了一支蜡烛——随着迪伦演唱《像一块滚石》，彬彬有礼的人群怀着同代人团结一心的激情向前涌去。"（莫里斯·迪克斯坦：《伊甸园之门——六十年代美国文化》）

　　说到尚义街六号这栋黄房子，除了街道两边的梧桐、咖啡店，还有半隐匿状态的沙龙、舞会、牛仔裤、黑色风衣、长发青年、迪斯科、摇滚乐、四步舞、卡带录音机。这些都构成了20世纪80年代特有的青年人的节日和狂欢。正如1982年于坚在《节日的中国大街》中所描述的不可抑制的蓬勃的喷涌的场面——

　　　　十八岁的中国今天在千千万万条大街上挤动
　　　　十八岁的中国是一大群彩色的名字
　　　　一大群光泽的皮肤隆起的胸脯
　　　　一大群矫健的腿健美的线条和黑发

一大群咿里哇啦声音嘹亮没有被污染的声带

他们在大建筑的群山中挤动

就像一条彩色的泥石流把生活变得年轻了

他们生机勃勃像阔叶林一样摇撼着天空

他们在十八岁这个拥挤的年纪挤来挤去

好像一个浪头掀上来的活蹦乱跳的鱼群

他们挤进音乐厅挤进大商场挤进"晚场全满"

挤进冰淇淋挤进盒式磁带挤进图书馆

挤进"烫发请进"挤进"文化补习班"

挤进足球场挤进海明威挤进少林拳

挤进木门铁栅门铰链门挤进斑马线和绿灯

白色黑色大红咖啡大方格雪花呢牛仔裤风大衣

摩托车录像带电子计算机阿波罗登月火箭

与于坚后来是从内心和日常出发不同，这首诗更多还是向外辐射的，社会景观得以更为直接地呈现，类似于当年的街头朗诵诗。但是，全诗反复出现的动作"挤进"却是如此准确而生动地揭示了那个时代生活和精神内里，如此饥渴、如此迫切。此刻，我想到了凯鲁亚克的那句对青年人来说不亚于真理的话：永远年轻，永远热泪盈眶。

尚义街六号的黄房子，这个建筑时至今日已经成为20世纪80年代诗歌记忆的折光和精神地标，尽管在此后的城市化拆迁运动中这所老房子已经灰飞烟灭、踪迹全无，"这座'法国式的老房子'无疑是中国诗坛最为著名的建筑物，出入其间者表现出来的贫穷中的乐趣令人向往不已"。

尚义街的出名，完全是因为于坚参加"青春诗会"后发表在1986年《诗刊》11月号的那首诗《尚义街六号》。一个耐人寻味的细节是，于坚1989年3月出版的诗集《诗六十首》因为云南人民出版社的原因而未能将《尚义街六号》收入其中。于坚就此事非常不满，曾在给陈超的信中专门提及此事。该诗首发于民刊《他们》，韩东就认为于坚的《尚义街六号》是"我们这个时代的史诗的作品"。值得注意的是这首诗的写作时间，至少已经出现了1983年、1984年6月（例如诗集《于坚的诗》，该诗发表于《诗刊》的时候也注明写作时间是1984年6月）、1985年3月（例如诗集《我述说你所见》）等三个不同的说法。而一首诗的写作时间在特定的历史时期是极其重要的，正如20世纪六七十年代的"地下诗歌"一样，"为此，2009年6月9日，我专门去信向于坚求证，很快得到于坚的回复：'《尚义街六号》1985年3月是对的，我还有原稿，时间出入主要是一般发表不注明时间，所以编诗集时只是凭记忆。其他诗歌也有这种情况'"（刘春：《我们一辈子的奋斗，就是想装得像个人》）。但就当时《诗刊》在国内不可替代的影响力而言，更多人知道《尚义街六号》还是通过《诗刊》。正如于坚自己所说，这首写于1984年6月的诗在当时影响非常大，"被视为以非英雄化、反文化、日常口语写作为特征的大陆'第三代诗'的代表作品之一"（《尚义街六号——生活、纪录片、人》）。今天，有必要重读这首在诗歌美学的历史节点上具有重要性的文本。

值得注意的是，于坚曾在不同时期对这首诗有所改动。

尚义街六号

法国式的黄房子

老吴的裤子晾在二楼

喊一声胯下就钻出戴眼睛的脑袋

隔壁的大厕所

天天清早排着长队

我们往往在黄昏光临

打开烟盒打开嘴巴

打开灯

墙上钉着于坚的画

许多人不以为然

他们只认识凡·高

老卡的衬衣揉成一团抹布

我们用它拭手上的果汁

他在翻一本黄书

后来他恋爱了

常常双双来临

在这里吵架在这里调情

有一天他们宣告分手

朋友们一阵轻松很高兴

次日他又送来结婚的请柬

大家也衣冠楚楚前去赴宴

桌上总是摊开朱小羊的手稿

那些字乱七八糟

这个杂种警察样地盯牢我们

面对那双红丝丝的眼睛

我们只好说得朦胧

像一首时髦的诗

李勃的拖鞋压着费嘉的皮鞋

他已经成名了有一本蓝皮会员证

他常常躺在上边

告诉我们应当怎样穿鞋子

怎样小便怎样洗短裤

怎样炒白菜怎样睡觉等等

《尚义街六号》这首诗从本事上来说涉及的都是真实的人物，当然，进入到诗歌语言之后这些原型就具有了特殊的象征性：吴文光（老吴，云大中文系78级）、费嘉（云大中文系78级）、朱小羊（朱晓阳，云大经济系77级）、李勃（云大中文系78级）、张慈（云大中文系79级）、陈卡。于坚后来对这些当事人的身份、经历又进行了补充："前诗人，现独立制片人，导演，尚义街六号户主吴文光；前诗人，现小报编辑费嘉；前诗人，小说作者，现深圳富豪陈卡；前小说家，《清明》文学获奖者，现股票经纪人李勃；前诗人，小说和报告文学作者，现澳大利亚某大学人类学学者朱小羊；前散文写作者，崇拜三毛，现嫁了美国丈夫的女作家张兹等。"（于坚：《答〈他们〉问》）其中的费嘉，在2014年9月1日因病辞世。然而，对于诗歌中的人物和现实中人物的理解以及叙述因人而异，也就是真实与客观的表述并非只是一个途径，甚至不同的途径之间会发生龃龉。"至于诗中提到的真实人名，包括于坚自己，读者或许想要把这些看作该诗之'真实性'的证据，就像谢有顺和其他一些批评家，是把这些细节看作历史文献或生活经验的记录。也许这样的写法，会让读者想到在中国传统文学中的世界、作者和文本之间的关系，但《尚义街六号》与传统文学的不同之处在于，读者通过这里所展现的生活经验，无法洞察作者的行为以及他在现实中的位置。""叙事的真实性并不取决于我们核查诗歌'确有其事'的能力，而是取决于作者令人信服的、以冷嘲热讽的方式叙述出来的场景。"（柯雷：《客观化和长短句：于坚》）这种本事以及象征性显然，在七八十年代的文化语境中，又强化了某种"地下"精神、独立意识和叛逆姿态，"那时候位于昆明尚义街六号吴文光家的由云南大学一些文学青年组成的文学沙龙正在狂热时期，我们留着长发，跳迪斯科，酗酒……处于'主动疯狂'（金斯堡语）的边缘，在这个大多数人都穿灰色中山装的城市看起来就像疯子或逃犯。讨论诗歌在深夜步行穿过整个昆明，经常数十个小时，在黎明的硝烟中散去"（于坚：《从垮掉到疲脱》）。

《尚义街六号》这首看起来极其日常、琐屑、毫无诗性可言的生活却成为于坚诗歌写作的最重要的精神档案。日常生活在于坚这里是最大的诗性，日常也可以成为"史诗"。这是于坚一贯的追求，日常化的史诗、史诗的日常化。而这种写作方向最基本的前提就是个人和日常生活的真实，正如当年韩东评价《尚义街六号》等诗时所指认的于坚是一个具有"史诗"追求的写作者："我认为，史诗至少要符合以下两个条件：一定的历史实录性（物质的和精神的现象性存在）和明确的非个人化，至于规模的宏大和不朽的预期则在其次。当然，于坚和其他有志于史诗写作的人一样，从好大喜功入手，但他一旦进入则变得虔诚无比。史诗内部的要求包容了他、控制了他，于坚被深深地吸引了。""于坚从一名观察者变成了研究家。他记录并讨论了历史，不惜牺牲个人的好恶和趣味，甚至书写史诗的动机——野心和自大也被恰当地抑制了。""他是当代精神的研究家而非代言人。他展示的图景和得出的结论表明了一代人的自我确认，而不是纯粹个人化的奋不顾身的表达。"（《第二次背叛：第三代诗歌运动中的个人及倾向》）

从20世纪80年代初开始，年轻人在渐渐松动的时代土层下如幼苗拱出地面，渴望呼吸外面世界的空气。那时的人们都有着一种"远方"式的冲动。甚至东北的吕贵品大声喊出"远方有大事发生"。

1981年春天，于坚曾和朱晓阳坐绿皮火车去北京，长途漫漫就是为了看一个画展。而"理想主义者"朱晓阳则更有壮举，不仅在1981年偷渡澜沧江跑到缅甸转了一圈，而且在1982年放弃工作登上开往新疆的列车，后又辗转到北京，再到1990年移居海外。这在那个年代不只是冲动和勇气的代表，而是具有英雄式的行动主义，"大街拥挤的年代／你一个人去了新疆／到开阔地走走也好／在人群中你其貌不扬／牛仔裤到底牢不牢／如今可以试一试"（于坚：《作品39号》）。毋庸置疑，青年人在地理空间上的流动性开始增强，这是精神生活多年被压抑和郁积的结果。不只是朱晓阳和吴文光，当时尚义街六号沙龙的核心人员，很多都离开昆明去了新疆、北京、深圳等地甚至国外谋生路，一度雄心勃勃、躁动不已地准备开辟一番新生活，当然这也是需要付出代价的。于坚和费嘉成了昆明的留守者。于坚在《尚义街六号》等诗中就提到了蠢蠢欲动去远方的哥们儿。从新疆再次回到昆明没多久，辞去电视台工作的吴文光（1956年生）离开昆明成为北漂一员，按照于坚的说法是"盲流"。三年后的冬天，于坚在昆明一个单位的放映室和几个朋友观看了吴文光拍摄的私人纪录片《流浪北京——最后的梦想者》。该纪录片以张慈、高波、张大力、张夏平以及戏剧导演牟森为中心人物。吴文光后来被称为"中国独立纪录片之父"。时光的指针向回拨转，于坚是在1981年初结识了长发飘飘、身材瘦长的吴文光的。吴文光比于坚早两年（1978年）考入云南大学中文系。那时于坚印象最深的是吴文光有十几个抄满了诗歌的厚厚的笔记本。

"每一代人的生活都将成为历史。"（韩东语）

尚义街满是梧桐树，而六号这所建造于1947年的法国式的二层黄房子，临街而立。对于这幢房子的感情可能于坚仅次于房子的主人吴文光，因为这里是一个时代的生活记忆和诗歌见证，"那房子阴暗如洞，进门就是一架松木楼梯，漆成板栗色，看不清任何细节，只有脚踩在木板上的嘎吱响声，神秘、畏缩，类似巴尔扎克在《人间喜剧》中描写过的巴黎某幢公寓"。打开向西的窗户，就能看到建造于1966年的红太阳广场。历史、生活和诗歌就是如此日常而又戏剧化地搅拌在一起。这里成为一个青年人的文艺沙龙，实际上就是吴文光、于坚、费嘉、李勃、朱晓阳、陈卡等几个志同道合的文友和"现代派们"的窝点、聚集地，主要用来喝酒、喝茶、吸烟、聊天，也顺便谈谈恋爱。当然更多的时候是文学在这里开始发生彻夜的马拉松式的交汇、摩擦甚至碰撞与激战。而"天真、直率、渴望真理和健康的精神活动青年"（于坚的评价）朱晓阳为了能够认识这些朋友并参加沙龙，竟然给每个人买了一条烟。而吴文光的那些书籍和古典音乐的磁带给了于坚最初的滋养。当年这些文学青年、梦游者、游荡者和守夜人聚集的那所光线阴暗的小屋，在日后的相关回忆中，被渲染上了诗性的、自由的、地下的、先锋的、另类的、激进的梦幻氛围，类似于当年俄罗斯以及六七十年代中国"地下"文学的标志性沙龙："小屋子光线不好，永远处于阴暗与朦胧之中，看不清事物的细节，只能把握一种整体的氛围，犹如一处教堂中的忏悔室。这种光线恰与某种心态吻合，适于营造一种地下的、反抗的、被迫害的、激进的、前卫的、十二月党人式的气氛，适于自由的密谈、沉思、倾心相见。"那时的精神成果更多是聚集于一次次的长谈，当然也在1983年办过一份油印的诗歌刊物《高原诗辑》（维持了一年时间，前后五期，每期油印五十本）。按照于坚的说法，这份规模极小的同人刊物是针对和反驳"朦胧诗"的诗歌观念和趣味的，进而主张一种"健康、自然、鲜活、歌颂生命，歌颂故乡云南高原的大自然的诗风"。

吴文光和同学费嘉、李勃等曾创云南大学校园刊物《犁》，于坚早期的习作曾在上面发表："1980年初夏，我、李勃，以及云南大学中文系1978级的几个同学创办了油印的文学刊物《犁》。李勃（《尚义街六号》角色之一）转来一个地下手抄本，我选了一首发在创刊号上。标题忘了，诗句至今记得：'现在是绝对的黑暗／我划着孤独的小船／世界在我心中／滇池在我桨上。'作者：大卫。这个'大卫'，就是于坚。当时的于坚，正忙于高考。我问李勃：于坚是什么样子？李勃脱口就说：'长得像个魔鬼。'李勃少年得志，尖酸刻薄，一句话足以让人恨得想咬他几口。"（费嘉：《于坚其人》）《犁》只出了两期就被校方勒令停办，甚至这对吴文光等人的毕业分配都产生了影响，后来的韩东同样是因为阅读和传播民刊而使毕业工作受到了影响。

天下没有不散的宴席。吴文光1983年10月去新疆，那一个深秋的晚上他即将踏上一辆远行的绿皮列车。那栋黄色的老房子显得空荡荡的，只有于坚前来送别，"秋天的风凉丝丝，缅桂花的香味混杂其间，那幢法国式的旧楼朦胧昏暗，窗子里尚未上灯，像一个个深陷在黄种人脸上的黑眼眶"。此后，其他人也大多先后离开昆明去外地。自此，尚义街六号沙龙自动解散。此后，留守的于坚等人将沙龙转移到张庆国所在的金碧路的一条小巷的家里。据说此前张庆国去寻找尚义街六号这个沙龙，结果转了一个晚上都没有找到。

多年后，因为在《滇池》主持"诗手册"栏目，我结识了当时的主编张庆国，那时的他基本上已经戒烟戒酒了，而当年他们的往事却并未如烟散去……

第三辑

诗 人 初 遇

最近几年，诗人之间见面的机会越来越多，印象反倒是越来越淡，甚至对一些诗人从来没有任何印象。这倒是让我有些感慨，想起多年前，那时诗人之间见面不多，但是每次见到都有很多感受。

隔着岁月的烟尘，我想到了一些诗人朋友，约略算是粗线条的人物草图吧！

人称"多爷"的多多

想想，已经有几年没再见到多多（1951年生于北京，本名栗世征）了。

2006年6月的北京用暴晒和烟尘以及巨大的噪音在时时鼓噪着这个夏天。当我赶到安定门内大街的稻香村时，迎面扑来的巨大热浪多少叫人怀疑和多多以及李岱松见面的重要性。当多多走过来时，我几乎有些诧异，这和我在一年前见到的多多有着不小的差异。在那次和法国诗人的座谈会上，多多仍是那样的高傲和雄辩以及深刻的幽默。当他在那个夜晚不时地端起酒杯将红色的液体和语言一起舒展的时候，似乎印证了一些人的说法，类乎多多孤傲、难以接近云云。而今天的多多却相当的谦逊、平和，灰色的衣服正好印证了北京的盛夏确实令人生厌。

人终于都聚齐了，著名书法家、书法理论家邱振中先生驱车带我们到顺义的樱花园小聚谈诗。多多的话就是比别人多，而我们谈论的话题仍不出白洋淀诗人和诗歌。喧闹而灰黑的北京市区已经越来越远了，京顺路两边的树木却空前而少有地繁茂起来，远处的田野和时而斜掠过枝头的鸟雀已经显现出这个时代少有的农耕氛围。多多，这个土生土长的北京人，却在不断地纠正自己对北京的印象，他已经对北京越来越复杂的路况有些无所适从了。而当某个景物突然唤醒他的记忆时，我也感受到了他的一丝无奈和短暂的沉默。他的灰白色头发已无可辩白地见证了任何人都不可避免的宿命，沧海桑田、人世变迁。而京郊越来越稀疏的建筑和人群也使这次少有的小聚气氛越来越自在和浓烈。远处的菜农正在田间浇水，那缓缓流动的弯曲的白亮水域将翠绿的蔬菜打点得头头是道。而正如多多所感慨的，生活有时候竟然是那么身不由己的错乱不堪——竟然抵不上一块工整的菜田。

邱振中先生的寓所阔大敞亮、光线充足，正适于他作画、习字和写现代诗。像邱振中这样从事书法和绘画比较研究的教授、博导，出生于20世纪40年代却对现代诗写作相当用心和痴迷的确实是少数。而屋外的小花园多少点缀出少有的自然气息，墙外的几排高大杨树和悠闲的白云竟然有些像雷诺阿的风景画。刚从阿姆斯特丹回国一年的多多，不时地翻看邱振中的诗稿，下午的阳光给他镀上了一层金色。他将眼镜架在额顶正好别住那些白发，他不时地眯缝着眼睛又不时沉思。那种凝重而专注的神情不免使人心生敬畏。在这一点上，多多是一个相当合格甚至优异的诗歌倾听者和阅读者，如他在高兴之余随口说出的"还有谁能比我们更执着于生活和诗歌？"北岛对多多的评价基本上也能概括多多2004年回国来海南之后的写作："多多在诗艺上孤独而不倦的探索，一直激励着和影响着许多同时代的诗人。他通过对于痛苦的认知，对于个体生命的内省，展示了人类生存的困境；他以近乎疯狂的对文化和语言的挑战，丰富了中国当代诗歌的内涵和表现力。"多多的诗歌真正意义上代表了现代汉语的高度。他对母语的乡愁意识、文化感和创造个性在中国汉语诗人中是非常少见的。多多在1980年代末期离开北京远去阿姆斯特丹之后，"北京"和"北方"成了其眺望乡愁的一条远远的"海峡"。而多多到了海南之后，他深刻的存在性体验、超拔的个人化的历史想象力和汉语的魅力更是天然地融合在一起。多多的诗歌有罕见的直率和锐利，或者说具有直取诗歌核心的特殊能力。

多多终于按捺不住烟瘾来到屋外的小花园吸烟。多多在几次闲谈中都表示对一些诗人尤其是年轻诗人的不满，对那些一天写作几十首诗的诗人简直是有些气愤。多多说自己每写一首诗都要改七八十遍。多多兴致勃勃地对诗歌的翻译发表意见，不无尖刻地指出——中国新诗人中优秀的也找不出十个来！

一如既往的尖锐。这就是"多爷"。

在会场上一声长叹的梁小斌

2010年10月15日，我和梁小斌、黑大春等人来到了甘肃平凉。

到咸阳机场的时候快下午5点了，之后乘汽车走高速，据说得走三个多小时才能到平凉。车在中途出了点小问题，在一个小镇上停了下来。一行人憋了半天了，很多人下来吸烟透透气。路边有人家在办葬礼，哀伤的唢呐声给这个异乡的夜晚平添了难以言说的味道。之后继续赶路，走完高速还要走一段坑坑洼洼的公路，晚上9点多的时候才到平凉。第二天一早上崆峒山，车一直开到山上停车场。一群人在导游带领下分三队登山，梁小斌登到一半的时候就累得不行了。崆峒山确实特别，山壁陡峭、植被繁茂，而崆峒山不远处的其他的山却几乎寸草不生。下午一行人参加校园诗歌朗诵会。学生和老师的热情让梁小斌有些受宠若惊，我们的诗歌能受得起这么隆重的礼遇吗？当主持人宣布梁小斌上台讲座时，我和潘漠子都听到了小斌老师的一声长叹，梁小斌在讲座时我和漠子都憋着想笑。他太真实了，真实得每次见面我都想拥抱他。晚上和师生进行交流的时候，梁小斌在留言本上写下："让诗歌的钥匙打开校园的大门。"突然一个女生站起来发问——"梁小斌，你的钥匙找到了吗？"梁小斌的回答很绝："我如果找到钥匙，就不来平凉了！"

三年后，梁小斌病倒了。

2014年1月4日，我提前约好梁小斌上午去北京第二医院看他。9点多从家里出来，坐地铁到宣武门出来。一出地铁就看到了基督教堂，古旧的建筑和新时代的大街形成了对比。出了地铁口向北走不远，第一个路口右转就看到了北京第二医院。医院不大，比较安静。寻找水果店，附近竟然没有，只有一家卖墓地和殡仪用品的。继续向东走，在一个十字路口的东北侧有一个水果店。让老板整理好一个果篮，三百多块钱。我提着水果篮走出小店，然后到医院，坐电梯到718病房。刚到门口，正好中年男护工出来，然后带我进去。梁小斌躺在床上问，"谁来了？"我应答。他马上坐起来，我上前和他握手，小斌的手很热，可以说是滚烫。两个大男人在病房见面来了个拥抱。此后几乎一个小时，梁小斌紧紧拉着我的手。是的，似乎有说不完的话。他的眼睛已经有些恢复了，写字没问题，手机也能对付着看了。他是去年12月25日才转到第二医院来的。他问我，"俊明，你觉得我大脑有没有受伤害？是不是有问题了？"我笑着说，大师的脑袋能出问题吗？小斌也笑了起来。转眼就该吃中午饭了，护工把鸡蛋羹和蔬菜之类的给他拌好，放在勺子里，一口一口喂他。饭后，梁小斌像首长一样倒背着手在狭小的房间里来回踱步。一边走一边指点江山，说到顾城的死，说是语言杀死了顾城。一定程度上我认可，确实语言改变了命运，或者说命运改变了语言。病房窗口能够看到不远处的国家大剧院和天安门广场，可惜此时它们正在浓浓的雾霾中。

从医院门口出来的时候，感觉这是两个世界了。我记住了梁小斌床头病历卡的信息——

北京第二医院床头卡

科　室：眼科　　　床　号：39　　　住院号：749

姓　名：梁小斌　　年　龄：59岁　　性　别：男

入院诊断：缺血性眼神经病变

入院日期：2013-12-26

主管医生：翟江河　　　主管护师：何燕

护理级别：2　　　　　饮食类型：低盐低脂饮食

在大雨中去见郑敏

1920年出生的郑敏到今年马上一百岁了，我想到我和郑敏先生的第一次见面转眼已经是十五年前的事了。作为中国现代诗派"九叶"诗人中唯一健在的诗人，郑敏在长达半个多世纪的诗路跋涉中留下了一串让人沉思的脚印。从她的第一首诗

《晚会》到近年的《最后的诞生》，从第一本诗集《诗集：1942～1947》到《郑敏文集》，这棵历经风刀霜剑的诗坛常青树蓊郁丰茂。她一以贯之地坚持新诗现代化的有益探索，追求雕塑般沉思的诗歌品质。这是一个有着"成熟的寂寞"的女性，而随着时间到来的智慧使得她的诗歌独树一帜。

2019年夏天我和林莽、刘福春、李琦以及梁平在湖北相聚，林莽和刘福春谈起现在的郑敏，说她基本上认不出谁是谁了，往往张冠李戴，甚至干脆叫不出名字了。

2004年我第一次来郑先生家，那是寒冷的冬天，北京正下着雪。

2010年5月，我一直在忙着组稿"新世纪70后先锋诗丛"的事儿。提前约好去见郑敏先生。大街上的女孩子随着天气转暖穿得越来越少了，也感觉自己人到中年在突飞猛进地变老。先坐公交车到北沙滩桥西的畅扬宾馆，登上西侧的二层阁楼找李岱松。差不多我也有一年多没来这里了，李岱松云游四方为佛教事业忙碌。之后我们一起乘车到五道口和万圣书院接了罗诗斌和另外一位在北京人文大学学习书法的学生。到达华清苑，本来想到超市买点儿鲜花，没有，只好买了一箱牛奶。突然下起雨来了，越下越大……

郑敏仍然非常精神，状态很好。在阳台上有一只雪白的胖猫，趴在窗台上。知道郑敏先生的爱人童诗白在年前辞世了，想必晚年的她会更孤单。靠近沙发的墙上有童先生的遗像，遗像旁有一个兵马俑工艺品，前面是一张纸条，上面是一首打印的小诗《我们永远在一起》（写作时间是2007年除夕）："当黑暗将阳光／全部吞没／我们永远在一起／黑暗变得如此丰富／才诞生一个太阳／太阳从远山后升起／那是另一脉山青／另一片海蓝／／世界外的世界呵／请你张开双臂／拥抱一位地上的来客／因为／我们永远在一起。"

这次见面，郑敏谈到她在西南联合大学读书时的往事。那时的西南联合大学是非常开放、自由和独立的。每周一的时候穿着长衫的校长会做例行讲话，而每一位先生的课堂更是五花八门。郑先生说，那时的教室有窗户，但是都没有玻璃。如果上课迟到就只能在窗外听先生的课了，因为没有玻璃隔音，听课效果也挺好，她就有很多次跑步到学校而又迟到尝到了几次窗外听课的滋味。那时候郑敏住在校外，和冯至先生住得很近。她对沈从文的课评价一般，感觉不好，因为沈从文的湘西口音太重了，很多人仿佛在听天书，而沈从文又不善于讲课。印象最深的课是闻一多和冯至的，尽管郑敏选的是哲学专业，但是她经常去听中文系的课。闻一多的课很深刻，很生动，课堂活跃。冯至则主要讲德语诗歌，如歌德和里尔克等，她更喜欢里尔克而不太喜欢歌德。那时的郑敏二十多岁，对文学和哲学都充满了渴望。

她曾写完诗后拿给冯至看，冯至说这里面有诗，这显然是对郑敏的鼓励。郑敏回忆道，当时也不知道为什么，经常课后去冯至家里，也不说话，也不谈诗，就是默默地坐着。冯至更多的时候是看报，冯夫人织毛衣。后来，郑敏曾在袁可嘉的家里遇到过沈从文，在一起下楼的时候他们谁都没有说话。

大嗓门的"酒徒"曹五木

曹五木，1972年出生于河北文安，现居廊坊，曾在安徽《诗歌月刊》打过工。曹五木很胖，他说是当年治病的药里面有激素所致。

我第一次见到曹五木是在2007年1月下旬的内蒙古额尔古纳。那是我们一起参加谭克修组织的第二届"明天·额尔古纳"诗歌双年奖，这次的获奖者是沈奇、李亚伟、雷平阳、余怒。首先我坐火车到海拉尔。海拉尔被大雪笼罩，路边的小酒馆烟囱中冒着热气。这个偏远的地方在冬天靠烧炉子取暖，所以煤烟味儿非常重。接我们的专车在下午两点左右才能来。我拉着行李，在零下二十多度的海拉尔车站等待，斯琴格日勒、韩红、凤凰传奇的歌声穿过大雪。车终于来了，只见一个胖大的汉子说话如洪钟，震得车都嗡嗡作响。他就是曹五木。

曹五木爱喝酒，这是人所共知的。在欢迎晚宴上，五木碍于面子只是喝了几瓶啤酒，他要将酒留给沈浩波和小引。沈浩波和小引正在海拉尔的商店里淘东西，深夜的时候，才打车赶来。当时我和江非已经谈论诗歌很久，加之旅途劳累，即将入睡的时候，曹五木先生破门而入，将整个床都压了下去，他不断地大嗓门地打电话，接电话，来回在房间里折腾。后来，他不说话了，但是呼噜声惊天动地。我睡不着，江非靠在床上点上一支又一支烟，黑暗中淡红的烟头闪闪烁烁……

2008年初春，大约是2月底吧，晚上9点多钟曹五木突然发来短信要我找下孙文波的电话。当我找到孙文波的手机号和座机号想要传给曹五木的时候，这家伙已经火烧火燎地打来电话，又是大嗓门："找到了吗？赶快发过来！"当我再次发送短信的时候，这家伙又打来电话，我只好让他直接记下来。我在电话中听到那头的曹五木正在大声向服务员要笔。

此时的曹五木正在小汤山，我相信用不了多久，这家伙又会喝高的。

我想起了曹五木的这首诗《独自饮酒是喧哗的》——

> 不是吵闹的人声
> 即便在最嘈杂的酒馆
> 你也可以是独自一人
> 在寂静里饮下咆哮的声音
> 那是酒精在欺压无数念头此起彼伏的反抗
> 是孤独在警告你仅有的天真
> 是你积攒半生的积蓄在隆隆作响
> 你浅薄的积蓄，你的爱怜与哀愁
> 你最真实的无奈——哦，无能——
> 那是你的血在体内流淌、翻滚
> 是你生有的偏见在呐喊
> 你生有的懦弱在呐喊

是生有的、自有的、天赋的所有在厮杀和战斗

一只蚂蚁上路了：江非

2019年初夏在海南陵水我再次见到了江非，感觉他现在的身体状态比前两年好了一些。一个北方人跑到湿热的海南，身体肯定会出问题。

2009年盛夏的北京，江非在他送给我的诗集《独角戏》的扉页上写下："只有记忆和灵魂唤醒。"我在《在一个秋风漫漫退去的季节》中找到了这句诗——"被灵魂和记忆唤醒／我又回到了我的出发之地／像一片傲慢的灰尘／又落回了飘起的谷地。"

夏天是酷热的，而我再次想到的是2007年1月22日。此时内蒙古额尔古纳的茫茫草原为皑皑白雪所覆盖。当江非把刚刚打印装订好的诗歌小册子《纪念册》递给我的时候，我强烈感受到了诗歌在一代人手中的热度和分量。在无比寒冷而又洁净的背景下，我们对着白雪的屋顶、苍茫的森林、高飞的鹰隼、伟大的星空来谈论诗歌。黑暗中江非手中闪烁的香烟几乎驱散了我身处祖国边陲的所有寒冷。临近半夜，我和江非因为劳累几已进入梦乡，但是曹五木、沈浩波这两个家伙却喝得大醉，五木不停地打电话，在屋子里来回流窜、折腾。最后，五木在眩晕中打着海啸般的鼾声入睡，我和江非则在黑暗中接受这非人的考验。江非在抽烟，那明灭的火光成了一份记忆。第

二天早上吃饭的时候，李亚伟在饭桌上大发牢骚，痛骂昨天晚上两个不好好睡觉的家伙"像野驴"似的在房顶上折腾。

从额尔古纳回来，江非为我们的这次相逢写了一首诗《额尔古纳逢霍俊明》："你、真理，和我 / 我们三个——说些什么 // 大雪封住江山 / 大雪又封住史册 // 岁月 / 大于泪水 / 寂寞 / 如祖国。"

从"浮生胡言"到父爱泛滥的胡续冬

2010年，我准备主编一套70后新世纪先锋诗丛（十二卷），其中有胡续冬的《终身卧底》。联系他几次未果，后来从臧棣和冷霜处得知他去了台湾一所大学做客座教授。后来通过电邮联系到了老胡，他的夫人也在台湾。最终，通过他的研究生周星月来改订诗集。极其可惜的是，这套诗丛最终没有出版。

后来参加青海湖诗歌节的时候我和胡续冬登上了位于贵德县和湟中县交界处的海拔近四千米的拉鸡山（又称拉脊山）的山顶，他拿出手机，对着几只牦牛进行了类似于机关枪扫射式的拍照……

而最近这几年，在微信朋友圈中胡续冬晒得最多的就是他女儿刀刀（胡续冬称之为"刀同学""刀姐""刀""刀爷"）的照片、视频以及女儿的涂鸦之作。

女儿刀刀上了四年的幼儿园，每天胡续冬都要下午到北大西门对面的幼儿园接孩子，风雨无阻。刀刀在2019年暑假结束就要升入北大附属小学了："祝贺你成为北京大学附属小学一年级学生。欢迎你来这里学习、锻炼、成长，期待你灿烂的笑容和快乐的身影。请于8月29日上午8时，背上你的小书包，走进你的新学校报到。"录取通知书上还有1991年12月21日冰心给北大附小同学们的赠言："专心地学习，痛快地游玩。"女儿即将迈入新的人生阶段，作为父亲自是另一番滋味："领到了刀姐人生下一旅程的船票。骑车离开北大附小时，天降鸟粪砸中了我的裤子。这应该是个吉兆吧，愿刀姐的小学生涯充满鸟屎运。"

一个超级话痨终于被女儿给制服了，老胡已经变得非常温顺，几乎把所有的父爱都给了刀刀。如果不信，请看2019年7月11日23:33的微信。

睡觉前胡续冬给刀刀读了《风到哪里去了》，接下来是胡续冬和女儿的一段对话——

"爸爸，真的没有什么东西会永远消失吗？人死了也不会永远消失吗？妈妈说过，人死了都会去那个只有小娃娃的星球，然后地球上需要生一个小娃娃了，他们就变成地球上的小娃娃生出来。这是真的吗？"

"可能是真的呢！"

"可是，爸爸，如果你死了，去了那个只有小娃娃的星球，然后地球上有个新的奶奶要生宝宝了，把你生了出来，那时候你才一点点大呀，我都好老了，你能跑来找我吗？"

"呃……我觉得去了那个只有小娃娃的星球以后，以前的事情可能都会忘记，再生下来的爸爸可能认不得你了呢……"

"你认不得我没关系，我能认出你！我只要一看见那个小宝宝的睫毛，其他不用看，我就知道：这就是我爸爸！我爸爸！"

最后胡续冬说了句——"泪目了"，后面是三个流泪的表情。

转眼间，记忆中的胡续冬已经是十年前的形象了。那时，甚至更早以前，来自重庆合川的胡续冬不仅诗歌充满"辣"味，而且他的饮酒生活更为令人叫绝，令人喷饭。

胡续冬的幽默、激情、机灵、反讽、调侃都在饮酒和写作的时候得以淋漓尽致地"原形毕露"："有一次我过生日，招呼了一大堆人过来喝酒，号称由我来买单，所以穷哥们儿谁都没准备银子来。结果没多久我就喝高了，高兴得把饭桌给掀翻了，在倒地不醒被送进医院之前，据说我还及时地调戏了女老板。我的那帮穷哥们儿正愁不知如何结账，却发现当时的朋友中唯一有买单能力的一个已风尘仆仆地从天津赶过来为我祝寿。原来我在喝高之前还做了一件明智的事情，就是给那哥们儿打了个电话。十个月后，据说被我酒后调戏过的女老板生下了一个女儿，那个连夜赶来买单贺寿的哥们儿为了平息心中的郁闷，坚持认为那个女儿长得和我极为相似并将之四处宣扬……"（《浮生胡言》）

扛着煎饼进北京的邰筐

转眼间，我和邰筐相识已经十年有余了。最近一次在世界雕塑公园附近小聚后，我们出来时已经是深夜了……

2008年10月9日，我到首都师范大学看望前来驻校的临沂青年诗人邰筐。在"十一"期间，刚从四川回来的邰筐把妻儿和老妈接到了北京。到首师大的时候已经是中午12点了，在楼下等他们一家人下来。高大的梧桐落下秋日斑驳的树影，北京的秋天此时是美丽的。邰筐的小女儿活泼可爱，叫邰子慧。这个小家伙起初有些怕生，等到熟悉了就上蹿下跳的。她长得非常白，她也因此自夸是个小美女。

师大东门口的金百万餐厅还是老样子，每次去都得用大喇叭般的嗓子喊叫服务员。这些人一点儿职业道德都没有，一个个像患了忧郁症，无精打采、爱搭不理。

当时的邰筐和江非一样，只抽烟不喝酒。吃完饭出来的时候，下午的北京有些热。路边的一种不知名的灌木结满了红彤彤的小小的果实。我为邰子慧摘了两串，看起来她非常喜欢。首都师范大学17号楼1单元14房间，这就是驻校诗人的住所。一居室，阳台和卧室都向南，采光较好，但略显狭窄。窗外是高大的白杨。屋内客厅有沙发、冰箱，有一小厨房。卧室和阳台被打通，卧室有一床，电视、桌椅、茶几，仅此而已。按照邰筐的说法，床已经摇晃了，就买了五块钱的钉子暂时把床稳住了。到寓所的时候，我发现邰筐已经用他的书法把屋里屋外都挂满了。看着邰筐和他的妻子为我准备的一大捆煎饼，我知道了我为什么和山东诗人有着一种天然的接近了。这种纯朴、自然、厚实正是我选择朋友的一个标准，这与我的长年的乡村生活和乡村式的朋友观念相关。邰筐坚持将我们送到学校北门。看着他高大的挥手的身影，有些复杂不清的感觉。

一路上，行人不时地看我提着的那个特大号的塑料袋和里面黄色的像纸板式的山东煎饼。

光 头 蒋 浩

阅读蒋浩的诗歌已经很久了，但是第一次见到蒋浩却是在2007年的12月初。

当时，我是到海口参加毕光明老师主持，海南师范大学中文系主办、中国当代文学研究会协办的汉诗研讨会。晚上，段从学邀请一行人出来聚会，位置在海甸岛。那是一个海鲜广场，好像在海南大学的西门附近。酒酣耳热之际，突然想到了蒋浩，想到了蒋浩在海甸岛写的诗。后来就打电话，联系，而让我意外的是蒋浩居然此时在海口，而我印象中他有一段时间是在新疆。后来，我和段从学去接蒋浩，蒋浩居然几分钟就出现在了路口。原来，他刚回到海口不久，刚刚租下了我们吃饭附近的一处房子，房租很便宜，但是不知道蒋浩要在这里住多久。后来，王珂、张德明也赶到了海口，我们又转换地点接着喝。印象中，蒋浩不爱说话，我和他更多的时候是举起酒杯交流，但是当他谈到诗歌的时候，蒋浩的话就滚滚而来源源不断了。在温暖的海口的夜晚，蒋浩的光头在黯淡的灯光下闪闪发亮……

第二次见到蒋浩的时候是2008年12月14日，这次去海南的澄迈参加海南诗歌研讨会以及澄迈诗歌创作基地的授牌仪式。下飞机的时候，海口阴天，比想象中的要冷些。晚上吃饭的时候，蒋浩的光头在人群中闪亮。蒋浩还是老样子，白白的皮肤，手里随时夹着一支烟，甚至有时候耳朵上也夹着一只等待燃烧的烟。由于在海南澄迈的这两天天有些冷，很多人都穿着厚衣服，而蒋浩则是夏天的黑色短袖T恤衫。在澄迈中学的演唱会上，蒋浩的四川方言朗诵别具一格。

南京、杭州、北京：如流水的吴情水

多年前的南京，古老而又现代的城市，沉缓而又急躁的生活节奏，成为吴情水写作的一个背景——直接的或间接的，显隐的或沉潜的。这使得吴情水的诗更多具有一种舒缓当中的紧张感，诗人倾诉的欲望和独语的无奈紧紧充满他的诗歌写作，这种不协调的诗意呈现增加了一种阅读的疼痛感，这是种现代人在自身与他者之间的挣脱与偏移，而不是妥协或后退。

2007年5月27日，南京。雨在不停地下着，在南京这个城市，我想到了韩东、胡弦、黄梵、代薇、马铃薯兄弟、吴情水、张桃洲、育邦、梁雪波等诗人。如今，吴情水已经离开了这座城市，但是阔大的梧桐树的阴影，潮湿、油腻的夫子庙，肥大的扬子江，雨水中的栀子花，苍茫的中山以及城市拐角处低矮的民居都让我感怀历史的无常和诗歌巨大而"虚无"的力量。在南京以及北京这样的城市，诗人的生活不断与之发生摩擦和龃龉，这种真实而疼痛的摩擦与茫然在日常化散步般的场景中呈现出关于生活和时间的疼痛与隐忧。

后来，吴情水由于工作原因在杭州和北京两地辗转。

2007年5月20日，晚上6点多抵达杭州。杭州，西湖，同样是人声鼎沸，尽管五一黄金周已经过去。当夜晚来临的时候，江南的水汽开始弥漫。我和同学李倩喝完一瓶多白酒的时候，吴情水赶来，继续喝酒、喝茶，不久我就趴倒在了酒桌上。在第二天赶往江苏锦溪水乡的时候，昨夜的酒精仍在体内发挥余热，几次差点儿晕倒在水乡。我在《杭州上塘路》中记述了当时的情形：

　　从北京来到这里，千里之遥
　　接纳我的是这陌生的城市
　　杭州，上塘路

　　疲惫的人在梦中翻着身体

也有人正在穿越闹市向酒桌赶来

晚餐甜淡，酒精加剧

刚洗过的白色外裤

坐在满是灰尘的杭州上塘路

日常生活开始在今夜眩晕

头顶有温存的问候也有汽车的泥泞

那醉酒中拨打的电话

单纯而沉重

身旁是洒水车

巨大而潮湿的阴影

雷平阳的十六个肉身或替身

不可译的诗歌

在2018年来西双版纳之前我又重读了1990年美国著名汉学家宇文所安（Stephen Owen）的那篇影响甚深的《什么是世界诗歌？》［发表于1990年11月19号的《新共和国》（The New Republic），洪越译，田晓菲校］。

在宇文所安看来，包括北岛在内的中国当代诗人都在一种想象中的"读者"（比如"世界读者""未来读者""瑞典读者"）和"世界诗歌"的途中使得诗歌的语言（向世界性的"主流语言"靠拢、字词的可替换性）、意象（"可译的事物"）、修辞、写法以及想象方式都不断向"可译"的诗歌靠拢，从而使得诗歌的地方性、民族性受到很大的遮蔽。确实，这种写作是危险的，而中国当代汉语诗歌（包括一部分东亚诗歌）变得"单薄""空落""甜腻""滥情"。而由此来看，雷平阳肯定不属于宇文所安所批评的那种汉语写作，他的诗歌在经验和修辞方面确实存在着强烈的个人性和地方意识，尤其是他诗歌的寓言化方式使得其诗歌更多的时候是不可译的。我也曾读过雷平阳诗歌《天上的日子》的英译本，感觉翻译之后更多成了散文化的东西。雷平阳是一个极其清醒的写作者，这使得他与同代人之间产生了差异。正如他所说——"想要写出一首好诗，是一个/世界性难题。"（《难题》）

昌耀当年把自己的写作比之为"穷途之哭"。当《云南记》在2018年再版的时候雷平阳在总结自己写作的时候强调了开放和深度结构的"地方性知识"和写作观念。我想，这是需要勇气的，所以雷平阳就是认准了一个地方就凭借一生之力挖掘到底的写作者。这是"自戕的挖掘"，也是一次次噤声的过程。甚至我们可以说，雷平阳不是一个云南诗人，甚至不是中国诗人，而是一位"汉语诗人"。以此来看，雷平阳正是一个不合时宜的写作者。

出生时间与精神出处

雷平阳出生于1966年。在我看来任何一个人的诗歌写作的"出处"或者"来路"是相当重要的，雷平阳的诗歌"生发地"似乎从一开始就具有了某种极其强烈的"饥饿"、命运感乃至宿命性。从1966年轰鸣的闷热的夏天开始他就在故乡昭通土城乡土城村的偏远地理与精神迷津中不断前进又不断身不由己地折返寻溯。

当雷平阳出生于暗不见光的农舍，当这个村庄由"欧家营"改为"爱国村"，他多年之后是否想到这一切与诗歌相遇的时候意味着什么？这沉暗的针尖也只有在多年之后才得以擦亮和现身。多年后，对于自然、故乡的命运性关联，雷平阳将自己定位为一个"旁观者"。这个离群寡欢的欢乐和"饥饿"同在的"梦游者"从少年时代开始就宿命性地以诗人的"非正常"性格冷静而无望地面对着身边和心灵中所有的遭际。

身后的鬼魂或者文字里的骨灰

2016年秋天，我随雷平阳来到了他位于昭通土城乡欧家营的土坯房。颓败的房前有几个大得有些夸张的蜘蛛网，上面布满了蚊蚋。那近乎静止不动的蜘蛛是否是雷平阳的化身——像卡夫卡一样被世界死死困住？敬畏、抵触，深情与无望是否构成了雷平阳写作的困窘——现实的困境抑或修辞的困境。

就雷平阳的写作来说，我目睹的是文字的骨灰在天空里纷纷扬扬。这是一个黑衣的招魂师："当我有一天把文字付之一炬时，它就会变成一束火焰。接下来，是黑蝴蝶一样的灰烬。"

在福柯看来，20世纪必然是一个空间的时代。在雷平阳的虚无与浩叹中我想到1925年写作《墓碣文》的鲁迅——"于浩歌狂热之际中寒；于天上看见深渊。于一切眼上看见无所有；于无所希望中得救""有一游魂，化为长蛇，口在毒牙。不以啮人，自啮其身，终以殒颠"。我希望在时代的墓碑上鎏刻下这些名字：哀牢山、金沙江、奠边府、佤山、司岗里、基诺山、乌蒙山、他郎江、小黑江……

坛　城

雷平阳长诗中冷僻、寒冷、荒芜、朽烂的"白衣寨"让我想到的是藏传佛教里的"坛城"（梵文音译"曼荼罗""满达""曼达"）。

2015年夏天在布达拉宫我第一次与那小小的却惊异无比的坛城相遇。那并不阔大甚至窄促的空间却足以支撑起一个强大的无限延展的本质性的精神空间与语言世界，这是精神和心髓模型与灵魂证悟的微观缩影。

而无论是用金、石、木、土、沙子或是用语言、精神建立起来的坛城，最终也只有一个结局——

> 我想，这个小镇很快就会泯灭
> 幻化为空，重新成为荒地
> 但谁也不知道，这脆弱的生命
> 到底还能供我们挥霍多久

袈裟与旧纸，或远游人的蓑衣

由雷平阳的诗歌书写行为（行动），我想到了遥远岁月的一句话："动天地，感鬼神，莫近于诗。"我第一次与雷平阳这些诗歌手稿碰面的时候，是在北京胡同的一个老旧的院子里——小众书坊。雷平阳在纸页上写下了这段话送我：

> 丁酉暮秋，于北京遇河间书生霍俊明，饮茶与酒，饭毕，一同签书，余以此书为赠。
>
> 平　阳
> 二〇一七年十月廿日

手稿时代早已结束——人们已经习惯了提笔忘字，取而代之的是发达复制主义时代，是可生产的景观时代，是日新月异的技术手段对写作行为和书写习惯的改写或控制。多年来，雷平阳一直保持着手写的习惯——多么"老旧"的写作者，这又多少与处女座的某种"精神洁癖"有关。正如雷平阳自己所说，坚持手写并不是有意为之或故意作秀，也不是提前为进入博物馆、档案馆和图书馆做准备，而是与他一贯的写作方式和思考方式有关。

任何人都有自己的生活习惯，比如挤牙膏的方式，比如左撇子和正常人，比如进门是先迈左腿还是右腿，接听电话是用左手还是右手，等等。雷平阳也曾试图与电脑建立一种亲密关系，有一段时间还苦练五笔字的指法，把键盘砸得啪啪作响。但是，他失败了。在我看来这不只是他个人的写作行为，而是带着这个时代的一次性行动——不可复制的一次性。人在成长，技术在进步，现实在拆迁，一个又一个崭新的时代在到来。但是人与语言的关系，人与世界的关系——发现与命名的惊奇，以及写作的行动性，却几乎都已经或正在结束。

这种手稿式写作呈现的正是本真的关联——类似于在废墟上重建。这是一个一切都可以被迅速搬运的时代，速度决定了一切，包括这个时代匆促的焦躁的急功近利的写作者们。这是纸上的枯山水，是残垣断壁，是庙宇和村庄的砖瓦，是经幡残破的一角，是旧衣上的几粒尘土。这是一个人用切身劳动完成的，甚至有着汗味和烟草味，还有着他常年猛灌的普洱茶的味道，甚至有他云南昭通的口音。那些钢丝一样坚硬的笔画，正出于一个曾经握着铁锨、锄头、瓦刀、草镰的云南"老汉"温热之手。甚至，我们还看到了那纸张的折痕和破损（然而这一切正是被复制和印刷要整体取消的），看到了修改、涂抹，看到了墨水滴在纸上的斑痕。这是他的手肘和手掌曾经摩擦过的纸和字，上面有着身体与纸面交互的过往。这是纸上建筑，似乎可以战胜一切，又似乎片刻即成时代的齑粉。当这一切被我说出来的时候，我感觉更像是在和另一个时代握手告别。

我想到了远游人的蓑衣。远游人，老了。他正在暴雨来临的时候收拾屋外晾晒的衣物，或在正午的太阳下缩在墙角发呆。那件伴随着他远游的蓑衣也老旧了，静静挂在墙上。这是一个物证——是另一种形式的日记、手札、照片、残稿和档案，正如写作者的笔和纸一样。它见证了、伴随了一个人风雨中的远游，那些雨点、雪片、霜露、树叶、草茎以及一丝丝一阵阵的冷峭都在蓑衣上凝结、停滞、显影。

"讲故事的人"或托钵僧

"讲一个刚刚从乌蒙山听来的老故事。"这是雷平阳作为故事讲述人的声音和语调——低沉的昭通普通话。

雷平阳曾经有一首流传很广的诗作《存文学讲的故事》。那里面有一个饶舌而又令人惊悚的八哥。如今，雷平阳有些像那个转世的八哥在日常生活中和朋友圈讲故事，在诗歌和散文中他仍是一个痴迷于讲故事的人。有一段时间我一直反复读本雅明的《讲故事的人》，"一个人越是处于忘我的境界，他所听来的东西就越能深深地印在他的记忆中。"而后来，莫言登上诺贝尔文学奖舞台的发言词也名为《讲故事的人》。雷平阳不厌其烦地讲故事，他也是善于讲故事的人。这是一个坐在水泥丛林里讲述过去时和进行时相碰撞的牧羊人，是一个没有了时代背景可以考证的"托钵僧"在故事中布道。

由这个"说话人"我不自觉地想到了那个写作《西湖梦寻》《陶庵梦忆》《夜航船》的张岱，体味到的是那种追怀故国的况味与浸透在骨子里的悲凉——就如张岱那年在绍兴城里目睹的几十年不遇的寒冷无比的大雪。由这种对故地的追怀出发，雷平阳将他所目睹和感怀的地方空间当作旷野来写作。旷野无人，孤独、独立、四顾茫然，前行无路……他不能在旷野中避难或偷生，他只能发出与旷野相应的低吼或狂啸。

一个诗人正在代替小说家。在雷平阳的诗歌中有一个讲故事的人。我们不仅会被讲述者的语气吸引，被那些古怪难解的故事吸引，也会被文字自身的精神气息所吸引。这一切都大体可归入一个写作者的语言能力和思考功力。

另一种引文：替身、本事、传记与原型

雷平阳在文本中找到（创造）了"现实""地方"的"替身"。这最终是"黑熊的戏剧"和白日梦的寓言——有力而灵活，现实而又超拔。"替身"自然与"原型"相似但又有本质不同，这都需要象征来支撑。生死、道义、怀乡病、朴素的原神都需要在文字的"替身"中寻得对应和安顿。对于雷平阳来说"替身"与"原型"之间不是等价交换，而是彼此救赎。"替身""象征体系"最终形成的正是幻象。这种幻象弥散在雷平阳的整个文字世界。诗学阅读还是社会学阅读从来都不是无关的，而更多的时候往往是彼此交叉的。

经验世界与象征和隐喻体系在雷平阳的叙述和转述中带有了"自传"色彩和"原型"意识。这也是写作并不能用流行

的社会学意义上的关键词能涵盖的原因。写作对于他而言成了一场场的"精神事件"。注意，是"事件"而非单纯的偶然"发生"。由此，写作就是自我和对旁人的"唤醒"，能够唤醒个体之间"各不相同的经验"（布尔迪厄）。

雷平阳讲述的这些故事既与日常事故和精神事件有关，又与日常拉开了距离。它们恍兮惚兮，光怪陆离，真假参半。我喜欢这些天马行空又有精神根基的故事。你不必去较真和考证这些故事的真伪，更重要的恰恰是这种修辞化和伪托性——就像历史上的那些"伪经"和自我杜撰的"引文"一样。它们能够复现、还原、拆解、重构甚至超越现实层面的故事与其真实。衰败、冷硬、干枯，最终是水落石出、纤毫毕现。

作为特殊文体的"诗人散文"

雷平阳诗歌的某种程度上漫漶的散文化、小说的故事化以及自我戏剧化既是其个性和风格，也因为这些"不像诗的诗"而招致了一些内行和外行们的不满与批评。诗歌与散文的文体边界在哪里？这种疑问在昌耀、西川、于坚、欧阳江河等人混合杂糅的诗歌写作中也存在着。然而在雷平阳的散文和随笔中，这种写作方式恰好获得了可信赖的合法性，也使得雷平阳"跨文体"的综合才能得以进一步施展。在雷平阳这里，散文是作为一种独立的文体，即并不是在诗歌无话可说的时候进而在散文或小说中寻求一种日常式的废话。值得注意的是雷平阳的散文具有对一般层面"散文"的拓展、更新、改观甚至颠覆的意义。很大程度上以雷平阳为代表的"诗人散文"具有"反散文"的特征，而"反散文"无疑是另一种"返回散文"的有效途径。

诗人散文，是一种处于隐蔽状态的散文写作可能性——一直被忽视的散文写作传统之一。我们在阅读雷平阳的散文时可以留意这些特殊的"反散文"的能力，比如"不可被散文消解的诗性""一个词在上下文中的特殊重力"，比如"专注的思考"，对"不言而喻的东西的省略"以及对"兴奋心情下潜存的危险"的警惕和自省。

寓言或反寓言的笔记体

2017年湿热的夏天，在湖北黄梅东山的五祖寺的客房中雷平阳有些失眠，精神不振，他随身的包里带着一个诗歌笔记本——手写体的灵魂。

在目睹了五祖弘忍的真身后，雷平阳写下如此的诗句——

> "恩典赐降我等有罪之身
>
> 不是唯一的。应该多赐降一些给寺庙外
>
> 无缘到此的那些热锅上的蚂蚁
>
> 那些放生后又被捕获的鱼类……"
>
> 我匍匐伏在那儿，没有祈求醍醐灌顶

这位佛的使者，我只是恭请他

把上面几句话，转告给佛

　　　　　　　——《在弘忍真身下》

　　经验贬值的时代到来了，这既涉及现实经验又关乎写作经验。雷平阳早早就对此做出了选择，他似乎一直在写作艰厉的"现实"，但似乎又与我们熟知的现实不同。雷平阳是这个时代最擅长写作笔记体的人，"一直作为枕边书的只有《聊斋志异》和《阅微草堂笔记》"。这是诗人的"现实"，一种语言化的、精神化的、想象性的"真实空间"，"我在自己虚构的王国中生活和写作，大量的现实事件于我而言近似于虚构，是文字的骨灰在天空里纷纷扬扬。采用真实的地名，乃是基于我对'真实'持有无限想象的嗜好。"（《乌蒙山记·自序》）

　　雷平阳为这个时代制造了一个又一个并不轻松的寓言。迷离惝恍又真切刻骨都统一在呛人鼻息搅拌血液的寓言化的诗歌氛围之中。这一场景介于现实与寓言之间，更是像一场白日梦式的景观。这种"拟场景""寓言化"的文本效果显然要比那些过于胶着于"现实生活"的写作更具有超拔性和疏离感，而这种疏离恰恰又是建立于主体对现实和生活的精神介入基础之上的。寓言是既介入现实又疏离于现场的双重声调的文本。雷平阳找到的是寓言，一切都要经过伪托和变形，因为这一切对应的正是分裂的自然观、背离的社会观和吊诡的世界观。在这一"象征—寓言"的话语声调中，雷平阳散文中的"化身""替身"都细节化为"诗人""僧侣""巫师""亡灵""鬼魂""守夜人""守灵人""庞然大物""神秘主义者""行者"。这些具体而微的形象在变形、转义、臆想和揣度中打开了冷森森的日常镜像背后的深层动因。

假托的故事以及讽喻和劝诫功能需要讲述寓言的人要时时注意分寸、拿捏，既投入又要适度地疏离。这是一种有些冒险式的精神修辞，也只有这种特殊的故事形态能够揭示历史和现实夹缝深层的本相，进而体现讲述者的自由意志。在此，寓言可能突破了经验和现实表层的限度，表层故事和内在指向形成了"夹层"般的异质性空间和意外的阅读感受。雷平阳越是在叙述和描摹中克制、冷静、不动声色，他就比同时代的其他作家承担了更深层的分裂、焦灼、悖论、无望和心悸。这在其近作《乌蒙山记》中表现得尤为突出。日常的、怪诞的、已逝的事物就获得了现象学意义上的支撑。但是雷平阳也必须意识到散文文体光有寓言的支撑是不够的，在一定程度上他还要进行"反寓言"的工作，因为散文必然是要叙说和呈现同时进行的。

正是在此意义上雷平阳讲述的并不是一般意义上的"寓言"，他的"寓言"当然也有假托的故事，但是更多则是现实的对应与精神的投射，从而带有个人精神传记的"本事"。这种真实和委托、现实和象征相夹杂的"寓言"完成的就是返回的工作——如一个人返回故乡，如一个人悬崖上做体操练习。

客观之诗人，主观之诗人

目击道存，惝恍幻象。

雷平阳是一个始终及物、在场的目击者，也是语言秘密的效忠者。这种写作方式完全是一个人与语言、生存和时代不断搏杀的结果。他有着为世界立法的执念、为历史写挽歌的求真意志，以及为灵魂作传的精神词源。在这个涣散莫名的时代，他一直在重建一个纸上荒野。能够旷日持久地坚持精神难度和写作难度的诗人实属罕见，而雷平阳则是这一极少数中的代表。当年王士禛评价《聊斋志异》："姑妄言之姑听之，豆棚瓜架雨如丝。料应厌作人间语，爱听秋坟鬼唱诗。"实际上王士禛对蒲松龄的评价只说对了大半，而没有注意到蒲松龄那些直接关注人间和现实的入木三分的揭批。雷平阳是阅世的客观诗人，"阅世愈深，则材料愈丰富，愈变化"（王国维：《人间词话》）。正如雷平阳自己所说："从阅历中来，这是我私底下恪守的不多的写作规矩之一。"

老僧有云"聚石为徒"，雷平阳则是聚字为魂。他躬身于针尖上的蜂蜜，也供奉着笔尖上继续存活的魂灵。雷平阳又不只是一个客观诗人，还是一个主观诗人，即他的语言能力、修辞能力尤其是个人化的历史想象力使得其文本更为繁复和深彻。

时代悬崖上的"偷渡客"

　　那是一个云南的秋日午后。云南省文联的院子与翠湖只有一墙之隔。湖边游人如织，院内有巨树两棵。阳光抖落在城市的院子里，我已久不闻内心的咆哮之声。在那个渐渐到来的黄昏，在雷平阳那件堆满了普洱茶、报纸、杂志和废弃的纸稿的办公室，我想到的是孔子的一句话："出入无时，莫知其乡。"多年后汪曾祺回忆20世纪40年代自己在昆明的学生时代时写了一首诗："莲花池外少行人，野店苔痕一寸深。浊酒一杯天过午，木香花湿雨沉沉。"而今天的昆明作家，像雷平阳能有这种情致和淡然吗？21世纪以来，在过去时的上游和现在时的下游之间我们该何去何从，最终的命运是什么呢——"两个人在严冬的深夜诀别／一个向冰河的上游走去／另一个反向而行。冰河上嘎吱嘎吱的声音了。"（《冰河》）

　　似乎每个人都处于两个时代和迥异经验的悬崖地带，你不能不做出选择——主动迎接或被迫接受。一切都在改变，荒诞主义的结局似乎早已注定，连乡土的后裔们也已改变了基因。房屋已被点燃，屋顶上蹲着一个失声的乡野歌手："人们正在把'野草和荆棘'这些大地的主人连根拔起，一个时代正兴致勃勃地消灭着旷野和山河。我能做的，无非就是在纸上留一片旷野，把那些野草和荆棘引种于纸上。"这是否像雷平阳说的自己是这时代的一个偷渡客？因为从生存的普遍性上而言，"当代"写作者最显豁的就是现实经验——新旧的共置和体验的对峙，而这更大程度上与现代性这一庞然大物有关。

先行到失败中去的写作

雷平阳有着警觉的耳朵和超常的视力，而这一切都是为了反复预演一个语言的悲剧和"惨烈的现代性戏剧"，因为这是一个"先行到失败中去的写作者"。由此我想到了鲁迅笔下那个黑夜荒野上的黑衣人，无比孤独的前行者注定是一个失败者。由那个被儿子追杀骑在梨树枝上的"父亲"我听到的是一个时代的杀伐之声。那些可见和不可见的"新时代"庞然大物对"旧时代""旧物"满怀杀戮之心——

> 父亲在梨树上诅咒着，老泪纵横，儿子用铁剑砍伐着梨树，嘴巴里也在不停地诅咒。老人和孩子都知道，再粗的梨树总会在天亮之前被砍倒，但谁也没有力量去阻止，也阻止不了。后来，大家就散了，没人在意月光里响着的伐树的声音。
>
> ——《弑父》

现实自身就是魔幻的、变形的、异味的——如露如电，梦幻泡影。更为残酷的还在于写作者除了承担讲述和修辞的道义，还要承受来自文字之外的现实压力或者种种真实的不幸。

谁被置放于这个时代的肉案之上？人人身上都有一个时代的印记。正因如此，雷平阳的散文中那些人物很多都是残缺的、不健全的，比如瘸子、鳏夫、寡妇、盲人、智障。既然现实中有人迫不得已接受了死亡，那么文学家也得在文字中预支失败。

"治疗自己的失忆症"

诗人在为那些消失和正在消失之物以及空间祈祷，也不能不对那些现代性和城市化时代的现实之物抱以以卵击石般的不解和警惕。面对着那些沉暗的异乡人、出走的人、再也回不到故乡和旧地的人，雷平阳只能用"经书"一样的祷告发声。这是失魂落魄般的重建工作，最终仍然是徒劳、无望、无告。在这里，诗人遇到宿疾和难解的悖论。

祷告有用吗？由此诗人承受的是一次次的虚无，因为"念咒的母语灭绝"。由此，我想到了强调"见证诗学"的切斯瓦夫·米沃什的诗句："专注，仿佛事物刹那间就被记忆改变。／坐在大车上，他回望，以便尽可能地保存。／这意味着他知道在某个最后时刻需要干什么，／他终于可以用碎片谱写一个完美的时刻。"

"诗人在野"

雷平阳曾自忖："我很乐意成为一个茧人，缩身于乡愁。"

云南，就是世界的肉身，语言的乡愁。"喊魂吗？"诗人在野！这是一个"丧家犬的乡愁"（《黄昏记·序》）。

雷平阳是有精神出处的诗人，这也是他的写作宏旨或底线，"多年来，我希望自己永远都是一个有精神出处的写作者，天空、云朵、溶洞、草丛、异乡、寺庙、悬崖，凡是入了我的心，动了我肺腑的，与我的思想和想象契合的，谁都可能成为我文学的诞生地。"（《乌蒙山记·自序》）但是这一精神出处的发生和境遇让人感受到的是鲜血淋漓的"惨败性的现实体验"。

"父性"叙事

雷平阳的故事是"父性"的，这方面代表性的文本是《弑父》《嚎叫》《泥丸》——你同样会在长诗《祭父帖》寻得内在性的呼应。里面那个一生没有出过远门而在临死前买了一匹马、铸了一把铁剑打算去蜀国的"父亲"很容易让我们想到堂吉诃德。而这个"父亲"注定是一个失败者，不被这个时代新生的"儿子"们所待见。"父性"代表的是一种原始的、朴素的、粗粝的、滞重的、沉默的、隐痛的、深广的精神法则。父亲必然是历史化的，父亲就是历史的气象站——

父亲不是从手中的镰刀片上看见云朵变黑的，

他是觉得背心突然一凉。这一凉，像骨髓结了冰似的。天象之于骨肉，敏感的人，能从月色中嗅出杀气，从细小的星光里看出大面积的饥荒。父亲气象小，心思都在自己和家人的身上，察觉不到云朵变黑的天机，他只是奇怪，天象与其内心的恐惧纠缠在了一起，撕扯着他，令他的悲伤多出了很多。

——《嚎叫》

这甚至成了雷平阳多年来写作的原动力——内心里是父性的低低吼叫，也许这声音只有他一个人能听到。这也是一种精神的自我确认、追挽与招魂。雷平阳在很多场合都复述过当年刘文典的说法"观世音菩萨"。实际上，雷平阳自己在写作中已经做到了。观——世——音——菩萨。这是一种入世哲学，也是一种拯救的法度。雷平阳围绕着"父性"展开了一系列的"父性"形象，最直接的对应就是经过了综合处理的"父亲"形象在文本中的反复现身。这一"父亲"显然不是雷平阳一个人的父亲，而是融合了不同个体的差异性经验之后的"我们"的"父亲"。由此，这一形象也带有明显的符号性，尽管附着其上的细节、场景和故事如此鲜血淋漓如在目前。

凝视与变形记

作为一个云南的"土著"，一个前现代性的游荡者，他的"凝视""走神"状态变得愈益显豁。如何在一个常年打交道的生活的现实空间重新发现、观照那些隐匿的足迹和遗物更为重要。这类似于博物学家戴维·乔治·哈斯凯尔用一年的时间凝视田纳西州森林里一平方米大小的空间（坛城）所做出的微观的考察。也类似于当年的诗人史蒂文斯在田纳西州放置的那个修辞的坛子。

细节，不是刻板的镜像，而在写作的观照中发生了变形。由此，我们必须正视雷平阳散文的"变形"法则。"变形"不是吸引眼球的噱头，更不是装神弄鬼不会说"人话"，而是为了加深和抵达"语言真实"的想象力的极限。里尔克说："我们应当以最热情的理解来抓住这些事物和表象，并使它们变形。使它们变形？不错，这是我们的任务：以如此痛苦、如此热情的方式把这个脆弱而短暂的大地铭刻在我们心中，使得它的本质再次不可见地在我们身上升起。我们是那不可见的蜜蜂，我们任性地收集不可见的蜂蜜，把它们储藏在不可见物的金色的大蜂巢里。"正是得力于这种"变形"能力，雷平阳才能够重新让那些不可见之物得以在词语中现身——就如在梦中见到那逝去的一切。

光头老沈：“我们前世可能是兄弟”

我和沈浩波被公认为是诗歌界的“好基友”，至于我们为什么能够从陌生人成为惺惺相惜的朋友并进而成为诗歌意义上的“兄弟”，反正我自己说不清楚。

记得有一年的秋夜，我和沈浩波吃饭出来走在安定门内的大街上，两边是黑黢黢的胡同和黑森森的国槐，路上已经没什么行人了。我问了沈浩波这个问题，你为什么能够和我关系比较铁？沈浩波也摇着光头说，不清楚。

2018年我在云南要做《转世的桃花——陈超评传》的分享会，当时是在大理我喝得晕乎乎的，就给沈浩波打了个电话，至于电话的内容自己都忘了。第二天王单单提醒我，说我在电话里命令沈浩波来云南。此事就这么搁置了，那么忙的沈总哪能说来云南就来云南呢。

结果，出乎所有人的意料的是沈浩波及时出现在了云南——是从上海飞过来的。当我们无所事事地半躺在云南高原上的路边咖啡厅里，看着巨大无比的白云一朵朵慢慢飘过去的时候，这一切显得极其恍惚而不真实。

　　记不清和沈浩波喝过几次酒了，无论是饭前还是酒后，沈浩波不谈别的，只谈诗歌。当然谈诗歌兴致不太高的时候就充当了最称职的我的"损友"。有一次西娃在场，目睹了酒后我和沈浩波"十指相扣"（当然这是西娃的说法），目睹了我用手抚摩沈浩波肥嘟嘟的后脖颈，她都惊呆了。

　　我也几次想为什么能够如此，沈浩波有一次认真地想了想，然后极其认真地说："我们前世可能是兄弟。"

　　第一次见到沈浩波是在2007年1月24日零下30多摄氏度的内蒙古额尔古纳雪原。

　　在去额尔古纳的冰天雪地的路上，雪原、白桦、牛群和蓝得让人生疑的天空以及美丽的蒙古族姑娘让我感受到诗歌带给我的快乐。

　　深夜才赶来的沈浩波被层层的衣服包裹着，还蹬着一双高帮皮鞋。他的光头在寒夜里闪亮，当时留给我的印象几乎和大多数人一模一样——"不容乐观"。正如沈浩波在《自画像》中所自我描述的那样：

　　　　又圆又秃

　　　　是我大好的头颅

　　　　泛着青光

　　　　中间是锥状的隆起

　　　　仿佛不毛的荒原上

拱起一块穷山恶岭

外界所传闻的

我那狰狞的面目

多半是缘于此处

绕过大片的额头

（我老婆说我

额头占地太多

用排版的专业术语

这叫留白太大）

你将会看到

伊沙所说的

斗鸡似的两道眉毛

它使我的脸部

呈现斗鸡的形状

是不是也使我

拥有了一只斗鸡般的命运

十年之前

人们说我"尖嘴猴腮"

而现在

却已经是"肥头大耳"了

一只肥硕而多油的鼻头

彻底摧毁了我少年时

拥有一副俊朗容颜的梦想

记得在大兴安岭，沈浩波全副武装里三层外三层的装束印证了雪原的寒冷，而他的大皮靴和泛着青光的脑袋格外扎眼。在厚厚的积雪中我和一行人穿越山林下山。沈浩波一时兴起对着一棵白桦树就是一脚，嘴里还嘟囔骂着什么，树上的雪正簌簌落下来……

额尔古纳给我留下了难以磨灭的印象，不只是这块干净、纯粹、阔大得叫人下跪的美妙神圣之地给我的震撼，更在于一些诗人朋友的出现让我热度满怀。沈浩波，他大大咧咧、微笑（也可能是冷笑、哂笑）而又不屑。回到北京之后，沈浩波很快就写出了一组关于额尔古纳之行的诗歌……

2015年6月，台北的夏天阳光炙烤，溽热难耐。

临近黄昏的时候，我和沈浩波横躺在台湾海峡北海岸一块巨大的焦黑色岩石上。在临来的中途，我和沈浩波下车，在阳明山的草丛里拍了几张照片，我们几乎被那些茂盛的植物瞬间覆盖……

岩石是温热的，海风吹拂，深蓝色的海水在身边拍打、冲涌。这一时刻刚好适合来安睡。

不远处，一只白色的水鸟静立在大海的一根漂木上漂来荡去，这恍惚是神祇安排在这个下午的一个小小的神性启示。是的，这只白色的水鸟站在上面几乎静止不动，海风也没能把它的羽毛吹拂起来。

眯缝着眼望着湛蓝如洗天空，沈浩波对我说他以前有一句诗写的就是这片海岸——"连大海的怒浪都是温柔的回眸"。而差不多是在五年前,"话痨"胡续冬来到台湾,在淡金公路上他也写下了这片北海岸:

转眼间的盘桓
转眼间的风和雾
转眼间,旧事如礁石
在浪头下变脸

一场急雨终于把东海
送进了车窗,我搂着它
汹涌的腰身,下车远去的
是一尊尊海边的福德正神

老沈被大海迷住了,不想走了。我打趣地说那你留下来看夕阳吧,我自己回台北去了。

在来台湾之前,我曾经在一张废旧的报纸上写下几个字:"海岸聆风雨,江涛正起时。"

一见面就能谈诗的朋友基本快绝迹了,而沈浩波是例外。

2019年3月22日,沈浩波正在为《中国先锋诗歌年鉴2018年卷》选稿,他还是第一次一板一眼地谈论我的诗:"这已经是第五次选诗会了。磨铁月选里的早已选完,现在是从特约来稿里选。今晚选读了二十来位诗人,完全出乎我意料的是,入选首数最多的是霍俊明，哈哈，我的朋友霍俊明，真没想到，写得非常细腻动人，自然主义与个人心灵融为一体的写法渐渐清晰坚定，自成一路，与去年的相比，整体进步太大了，刮目相看。满额是七首，他有八首能够撞线。我一直知道他心里住了一个好诗人，但当这个好诗人真的显现出形状，还是特别为他高兴。"

已经记不清我和沈浩波到底见过几次面了，反正在北京我们是见得比较多的，在外地的时候我们见面大体有内蒙古的额尔古纳、云南的蒙自和大理、福建的武夷山、台北和花莲……我们甚至计划着要一起重走当年杜甫走过的路。

2009年春夏之交，我乘汽车经过江苏一个地方，街上一个店铺写着"黄桥烧饼"，原来这里是光头老沈的故乡啊——他的"沈家巷"应该就在不远处。甚至我能够想象他家院子里的那棵桂花树已经长到两层小楼那么高了——在我看来这是近乎宿命性的抚慰。后来的一次，我和沈浩波在太仓的大街上吃大碗的羊腿面，之后又去了一个形状像莲花的岛上去吃螃蟹大餐……

2010年2月21日深夜，我和沈浩波以及欧亚在鼓楼大街附近的酒吧谈论沈浩波的长诗《蝴蝶》以及他刚刚编选出来的《2008—2009中国诗歌双年巡礼》。

凌晨从酒吧出来，一只乌鸦惊叫着从屋檐向不远处的槐树飞去。几年后沈浩波在诗歌中写道："有人在北京看雪／鼓楼东大街的槐树／每年都会压断一些枝条／落在泥泞的街道。"

2012年是我和沈浩波见面最多的一年，大约十来次。

这一年深秋，我和沈浩波在云南蒙自召开的《诗刊》社"青春诗会"上再次相遇。

9月27日一大早，离开碧色寨火车站，我和沈浩波等人结伴徒步二十四公里的蒙自铁路，走着走着就成了我和沈浩波结伴了。最初太阳酷晒，随后暴雨呼啸着席卷而至。按我的说法这帮诗人肯定上辈子欠了什么债。中途走在黑漆漆的隧道里，沈浩波拿着几乎没有什么光亮的手电筒（会务组配发的）不停模仿着舞台剧演员的声音——"你们从哪里来？""你们要到哪里去？"

一年多之后，沈浩波将这句话用在了一篇寒冷入骨的文章标题——《我从哪里来，要到哪里去？——从沈家巷到北京》。开篇即是死亡的诗句：

一遍一遍重温死亡因为我爱

你活着时的生命

但新的死亡鲜嫩得像春天的韭菜

以至于我常常忘记

我到底是在重温死亡，还是在

迎接新的死亡？

2015年6月6日，台北，正午。我看到一个瘦削的老女人穿着红上衣拉着那种买菜用的便利车缓缓地向巷子深处走去。这情形有些恍惚。当我们正在新生南路闲逛的时候突然大雨如泼而至。

沈浩波发现附近一个绿荫掩映的两层日式建筑，他说"我来过这，很有名的"。

于是两个人匆促进来，一看吓一跳，原来是大名鼎鼎的紫藤庐。

我们在东侧挨着窗户的位置坐下来，木质桌椅和地板都是老旧的颜色。座椅可以随意转动角度，屋内屋外的空间就很舒服地纳入眼底了——窗外大雨如注。

隔着玻璃窗看着三棵盘绕的紫藤还有稀疏的竹子在雨水中闪亮，那个小小的水池中几尾肥大的锦鲤游来游去。水溅在石板上有巨大的水线。院子里有石桌石凳，如今都袒露在雨水中。进来喝茶的人主要是为了避雨的。这里也卖普洱茶，当然很贵，我和老沈点了两种台湾高山茶。

我负责沏茶，玻璃水壶不断有丝丝热气冒出，提起来壶口处还是有些熏手的。

我发现来紫藤庐的茶客以中年女性居多。

当年的紫藤庐曾经成为台湾文化史上重要的公共空间，比如小剧场运动以及各种文化人、政治异议者都日日聚集于此。1980年此地才由周渝先生改为茶艺馆。

过了一会儿，进来两个外国人，还有一个穿碎花旗袍的中国女孩负责翻译。老沈立刻双眼放光，不断对着那个女孩拍照——机关枪一样连拍。我们和那个女孩的桌子隔着一排桌子，桌子上是一个花瓶，里面插有数枝百合。老沈正好以花瓶为背景拍照。

我说"你把闪光灯关掉"。他忙着在微信上发这个女孩的照片——按照老沈的说法这个女孩身材好、有气质，表情丰富，还有点儿像当年的沈傲君。

老沈环顾四周，突然看到墙上镶在镜框里的一幅字，他说——老霍，这个字不错。我一看，那是于右任写给行灼先生的，"言行君子之所以动天地也"。另一面墙上有陈运通写的"无何有之乡"。陈运通是台湾著名学者，曾经主编过《客家菁英》。

喝茶到了下午5点多，雨渐渐小了。

临走时，我在留言簿上写下："霍俊明沈浩波紫藤庐雨中。"

布拉格的查理大桥曾经被洪水淹没，而今天我们看到的只是那个墙上模糊的数字标记。是的，时间的洪水必然冲刷一切，而诗人就是在坚硬的墙体和桥墩上能够标记出时间和历史刻度的见证者。

2015年夏夜，我和沈浩波在台北的雨后看到了有生以来见过的最大的蜗牛。两只蜗牛正在积水中交配，这是生命繁衍的自然法则。而在花莲东华大学校园里，深夜仍然轰鸣的机车却将那些体形硕大的蜗牛瞬间碾压得粉身碎骨——难道这就是历史和社会法则吗？总得有人或事物付出代价。

在那个深夜阔大无比的东华大学的校园里，我和沈浩波同时目睹了经过马路的一个个蜗牛被驶过的摩托车碾压成一堆堆肉泥的场景。而此前，我和诗人杨炼在青海的茫茫戈壁上，在黄昏降临的时候汽车上的挡风玻璃上是迎面撞来的蚊虫——模糊一片的尸体。

此时，沈浩波将那一声声近乎雪山崩裂的"嘎嘣"声写进了诗里。一个中年人在一个未为可知的生活面前仍然会咬紧牙关惊出一身冷汗：

寂静的

海风吹拂的夜晚

宽阔

无人的马路

一只蜗牛

缓慢地爬行

一辆摩托车开来

在它的呼啸中

仍能听到

嘎嘣

一声

（《花莲之夜》）

2019年的春末夏初，沈浩波将最新的诗集命名为《花莲之夜》（由中国青年出版社出版）。该书推介语用了我的一段话："沈浩波的诗歌写作以口语先锋诗为主体，但也不乏在抒情、语言、意象、修辞方面的突破和尝试，风格多样，视域宽广，题材丰富，在同辈诗人甚至更广泛的诗歌界都殊为罕见。"

当他6月份要在北京开这本诗集分享会的时候我因公外出不在北京。沈浩波在微信中回了一句："你怎么每次都不在，我还正要跟你说8号留出来给我做嘉宾呢！请我吃饭做补偿！"

太宰治的脸或孔雀肺

所有人都可以说说处女座。

——严彬《处女座》

严彬是处女座。

2017年2月25日凌晨，他以一首诗《处女座》来纪念诗人摄影家任航（1987~2017），当然这在一定程度上也是写给自己的——严彬也是处女座。

吃中饭的时候她们说
处女座是不会走极端的
这就是我一直活着的原因吧
我想

处女座是不会走极端的
就算所有人都在马路中间走

火车朝我冲过来

我想

不到最后一刻我都会逃脱的

长大后没有打过架

我也不会打架

我想

安慰一下自己吧

有什么大不了的

处女座的人都能活下去

所有人都可以说说处女座

　　严彬的眼睛很大，因为个子不算高，所以眼睛就显得格外大。如果是黄昏，那简直就像是两盏灯——深情而又不屑、迷离而又肯定。实际上，我喜欢严彬的眼睛——忧郁而有亮光。我一直在严彬的诗歌里与一个孤独、自傲、偏执、深情的处女座男孩相遇，有时细腻如针似丝（比如这样的句子"知道你修的房子上苔藓生长的方向"就是典型意义上处女座的）有时又严苛、挑剔甚至玩世不恭，有时受到点儿刺激还会来上戏剧化的情绪。

　　严彬的诗有时候会让我直接想到一个"地下室青年"。

　　他的诗歌几乎没有太多的阳光（光线）和暖色，探向内在的自白性则非常突出，所以严彬的诗更近乎"手记"。即使是偶尔走出"地下室"来到城市的街区，他仍像是在翻涌的河流之上动荡，上面闪着午夜的鳞片和时间的碎片以及人性的光斑。因为缺少阳光，这个青年诗人的面孔有些苍白、身形有些消瘦，这对应了当年陀思妥耶夫斯基《地下室手记》开篇的第一句话——"我是一个有病的人"。实际上这是一个人的精神自审——这甚至违背了神的示谕"不可使他认识自己"。正如湖水照亮了那喀索斯（Narcissus）俊美无比的白弱脸庞，同时湖水中的影子也成了吸附诗人的至暗、至冷的无底深渊。

严彬的诗歌以及"诗人形象"让我有些不明所以地想到了两个奇怪的但印象极其深刻的事物——"太宰治的脸"和"孔雀肺"。

太宰治（1909～1948）的脸，相信中国作家和读者没几个人直接目睹过，只是见过照片而已，"有的脸莫名其妙地难以忘记。有一种脸不知为什么深深铭刻心里，不断地迫你思索……有这种悲戚而高贵的脸的人一世纪顶多一个或两个罢"（桥川文三：《太宰治的脸》）。而太宰治作为日本"私小说"和"无赖派文学"的代表，其带给我们的是他所说的"我过的是一种充满耻辱的生活"，而其精神肖像更是颇具戏剧性甚至悲剧色彩——曾数次自杀，最后与情人投水殉情。由照片和肖像我们得以窥探更为深处的隐秘的性格乃至灵魂的荫翳或光斑，甚至在苏珊·桑塔格看来摄影必然是挽歌的艺术，照片不仅揭示了一个人密而不察的深层精神纹理而且生前的每张照片都在争抢遗照的位置。而包括太宰治这样的作家，写作必然是通向和打量、凝视甚至盘诘"另一个我"的秘密精神通道，"第三张照片是最为古怪的，简直无法判定他的年龄。他头上已早生华发。那是在某个肮脏无比的房间一隅（照片上清晰可见，那房间的墙壁上有三处已经剥落），他把双手伸到小小的火盆上烤火，只是这一次他没有笑，脸上没有任何表情。他就那么坐着，把双手伸向火盆，俨然保持着这个姿势，仿佛已经自然地死去了一般。这分明是一张弥漫着不祥气氛的照片。但奇怪的还不止这一点，照片把他的脸拍得比较大，使我得以端详那张脸的结构。不光额头，还有额头上的皱纹，以及眉毛、眼睛、鼻子、嘴巴和下巴，全都平庸无奇"（太宰治：《人间失格》，杨伟译）。

太宰治，和我

我曾经四次想到过死
今天新年
有人送我一件和服
质地是亚麻的
大概是夏天穿的吧
那我还是活到夏天好了

娜拉也在思考：

我没有做出荒唐事

回家时看到妻子笑脸相迎

（严彬：《太宰治，和我》）

至于"孔雀肺"是什么样的异常结构就更让人难解，当年的张枣如是说：

我叫卡夫卡，如果您记得

我们是在M.B.家相遇的。

当您正在灯下浏览相册，

一股异香袭进了我心底。

我奇怪的肺朝向您的手，

像孔雀开屏，乞求着赞美。

您的影在钢琴架上颤抖，

朝向您的夜，我奇怪的肺。

像圣人一刻都离不开神，

我时刻惦着我的孔雀肺。

我替它打开血腥的笼子。

去呀，我说，去贴紧那颗心：

"我可否将你比作红玫瑰？"

屋里浮满枝叶，屏息注视。

（张枣：《卡夫卡致菲丽丝》，十四行组诗）

而今天另一个年轻诗人则直陈"我是一个病人，一个凶狠的人／我不招人喜欢。我认为／我的肝脏有病，但不要紧／我瞒着女朋友，去看过医生和／殡仪馆工"（严彬：《陀思妥耶夫斯基笔记》）。

"太宰治的脸"和"孔雀肺"二者，一表一里恰恰构成了"双生"结构，即由诗人的语言、修辞以及呼吸方式所搭建起来的迷宫一样奇妙的气息。这种新奇、陌生、难解、分裂甚至吊诡的病疾气息与戏剧性结构，一定程度上正是一个诗人精神原型的隐喻（当然并不是全部）——"请相信牙疼病也有它的基本趣味。"一个诗人的日常生活和精神方式以及词语系统如何发生化学反应般的相互渗透甚至伤口一样的愈合？这是捉摸不定的精神现实。由此，我想到了萨拉马戈的小说《双生》，身份认同或身份焦虑。

"双生人"（互补、交叠、分裂、龃龉）正是诗人摄影家任航擅长的手段，一个倚靠固守，另一个拼命挣脱。

任航曾经有一张海报，近景是一只孔雀，孔雀的后面是一个被遮住了半张脸的女性，极其富有戏剧性的是孔雀的眼睛挡住了女性的眼睛。孔雀的眼睛和女性的眼睛刚好构成了"双生"结构。然而更不可思议的还在于我拟订这篇文章的标题以及写作正文的时候我事先对任航一无所知，是读到严彬的那首诗《处女座》才搜索了任航这个人。这同样具有不可解释性。而就诗歌写作而言，现实和语言之间最易于形成双重生活和多重人格，而诗人从原型意义上更接近精神上的无根者与漫游的囚徒。这既是自我发现，也是影响的焦虑，"所谓的真实生活是不存在的，他必须创造一个真实以及它的必然后果"（纳博科夫语）。

2016年夏天，严彬和我坐在扬州的夜色里。

那时，我和他面对面坐在一个叫"探"的咖啡馆里。很多年不喝啤酒了。此时已是深夜，空荡荡的啤酒瓶越来越多，内心越来越空旷。这一喝就到了凌晨3点钟。我和严彬几次走出来，江南夜风习习，舒服得让我忘乎所以。这是夏天难得的馈赠，台风来了但是距离扬州还远。这是楼房和停车场之间的一个空地——暂时性的，不久后高楼将拔地而起。不远处的水泊在夜色里闪亮。各种野草丛生，我只认识狗尾草。虫鸣蛙叫，风吹来，我和严彬在夜色里撒尿。头顶没有星空。严彬不想回去了，想躺在这个湿地边睡去。孤独是每个人与生俱来的——完全不是孤单。那么，严彬能杀死内心的孤独吗？就像我们每一个人一样，孤独都在内心里举着手抓挠，"我是个孤独的人／常常被自己惊醒"。

1994年夏天，大学女生从我后面递给我她的单放机，里面播放的是张楚的歌《孤独的人是可耻的》。那一年，我耿耿于怀的一句话就是——孤独的人是可耻的。

2015年9月12日，夜。来到邯郸的严彬在舞台上唱着周云蓬的那首大家熟知的歌《九月》。一个盲人歌手，70后一代的绿皮火车。

我喜欢会唱歌的诗人，因为我也喜欢唱歌。有一次走在北京的大街上，自己走着走着突然哼唱起歌来。这声音简直把我吓了一跳，这个声音太陌生了。但他是我体内的另一个自己，不知不觉他已经沉默无声多时了。那一刻，我比泪水更孤独。

在严彬可塑性很强的嗓音中，海子在那一刻与他重合。甚至在灯光黯淡的那一刻，当他走下台来，我恍惚觉得他是另一个人。有一年我在云南的时候，那也是一个夜晚。我和一行云南朋友在酒吧里喝茶，一个年龄较大的在云南某报社工作的诗人朋友田应时——当时完全陌生，他盯着我看了半晌说出一句闪电般的话——"你很像当年的骆一禾。"而9月13日上午，我已经在赶往青海德令哈的路上了。

严彬是一个敢于不避谶语的百无禁忌的写作者，他的文本中有各种各样的"死亡"，而张枣最后时日写的"灯笼镇"则是命运和语言的本质化对应——词语和命运互相揭开了盖子。

以前看严彬网上的照片，他身形落寞，而眼神明亮。直觉，他是一个诗歌中的孩子，所以他可以无所顾忌地说——自己就是自己的王、自己就是自己的一切。

严彬的"诗人形象"极其突出，走在大街上甚至是标识性的。他很容易让我们想到一些终其一生孤独的诗人。实际上严彬并不是另外一个诗人或作家（太宰治？布考斯基？海子？），不是另一个人的影子。他就是自己。

在中国最北方漠河的夜色里，头顶上悬挂的星星有些不真实，而"午夜的秘密所剩无几"。严彬对我提起他当年带着母亲来北京看病，神色黯然，而他母亲已经病逝——他是否在诗歌中"捡回母亲的胫骨／父亲的灰色心脏"？我想到了严彬诗集中有一首极其怪异特别的诗。这首短诗的跨度居然是十二年，初稿于2004年，改订于2016年。这首诗是《年轻时给母亲的十四行诗》。在那一刻，这个生活在北京，在新媒体上天天与形形色色的人和文本打交道的人在此时带我回到了1981年的湖南某个山村，再次遇到了那个呆坐在池塘边时常犯头痛病的母亲。那时棵棵根系膨胀的树正在成长，而后来几乎是一夜之间一个故乡的陌生人形成——其方式是在新旧转捩和较量中那些旧的、乡土的、过去时的东西一败涂地，那些乡村之树转瞬间被连根拔起、烟消云散。由这一地方性的时代景观出发我看到的严彬是一个唏嘘的不时喟叹的徘徊者，他提前经历了布满了灭顶之灾的洪水和死亡景象的"乡土末日梦"，"我们开始和死者交谈／我们是所有生存和死去的人／第一次醒来时还是预言／／第二次醒来时我明白了一切／看见一个极为聪明的人描述对岸的生活／我想到古埃及最后的日子，浏阳河边上一个村庄的一天"。一个光怪陆离的门就在面前，身后却是无路可返的黑夜。我这样说并不是强化一个诗人的精神和伦理的正确，其前提还必须是诗歌层面的。这时我看到严彬手里有一盏多年不用的灯。他只能本能性地提在手里，这一老旧的光源已经无用武之地。它无奈地成了废墟的一部分，而严彬正在废墟上呆坐，他有时候会爬到残垣断壁的某个柱子上歌唱，眺望一个时代秋天的黄昏正在结束。那是平淡却惊心动魄的时刻！焦虑的诗人已经诞生！

严彬是一个真实的人，诗歌里也具有精神自剖的一面，甚至来得非常彻底。

就诗人的抒情主体位置而言严彬是极其突出的，那些诗中的"我"有着绝对的中心位置。是的，严彬的诗歌最为专注于精神自我，甚至更多的时候是通过自我戏剧化、小说化的方式完成非我、反我、超我。而严彬的诗又是"面目怪异"而极其驳杂甚至"泥沙俱下"的，严彬是一个"敢写""大胆写"的诗人和反常规的选手。甚至有时候很多文本逸出了惯常意义上我们所理解的诗歌的"边界"，从而出现了一些看起来接近"非诗""反诗"的特异的文本，"存在主义小说，地下室手记／幻想讽刺症患者，鳄鱼／写实的狂欢曲，赌徒／心理变态自言自语的人，永远的丈夫……／全部是幻想，荒唐的梦"（《陀思妥耶夫斯基笔记》）。

严彬的诗歌，我尤其喜欢他的正是这些看起来不太像诗的诗。这种变动和不确定性大体可以看作是诗人写作的活力，当然另一方面也可以视为对属于自我诗歌话语腔调的寻找和权衡之中。不太像诗的诗，包含了某些不确定的因素以及某种异质性和不合时宜，这恰恰是维护了诗人作为同时代人的权利——同时代就是不合时宜。

沈浩波在一篇关于严彬诗歌短论的结尾有这样一句话——"他本质上是很有精神活力的诗人，不必在诗歌中耽于病痛。祝他长命百岁吧！"这是一个掏空了内脏还被鹰鸷啄食的躯体，一个名副其实的"病人"。他在隐喻化的疾病中走得如此之深。那么诗歌是否能够成为自我疗治的利器？即使诗歌是一把手术刀治愈了病疾，但是也必然要在身上留下不能抹去的伤疤和隐痛。

严彬已经在他的诗歌中游荡了无数次，病倒了无数次，也为自己和别人乃至故乡和整个时代死了无数次。从统计学的角度，严彬是同时代人中最为频繁对病人、游荡者和死人反复倾心描画的诗人。因此在修辞学那里这具有了时而梦中、时而死亡、时而复生的"变形""穿越"能力——比如他的《精神病变日记》系列诗——"我开始成为一个真正的病人／像个完整的病人，轻轻走路。"他用比叹息还轻的脚步游荡于无地，他反复用诗句涉入死亡之水和梦幻里的水银面具——"我又回来了／推开门／跳进自己的身体／参观他的地下室／带走几件旧衣服"（《死后》）。这是对肉体的冒犯，还是对自我以及存在的重新认识？

有时候是一个梦游人突然从窗口伸出一只瘦削颤抖的手，有时一个病人穿着条纹衣正摸索着走出医院昏暗的走廊，有时是在半梦半醒之间真假参半地说话，有时候一个信使不断向废弃的绿色邮筒扔进白色的信件，有时候是醉酒后一个人抚摩心口的自我劝慰，有时候一个人拿着指挥棒站在大街上企图拦住这个时代行色匆匆的人们，有时候从梦中的高楼大叫着跳下来，有时候是濒临死亡前的谁也无法猜测和确认的声音。一个孤独、悲痛而又具有自我嘲讽精神的人牵着他的矮脚马出走在路上或者原地打转。湖水中是孤独的树枝堆积，远方的路消失在荆棘的后面，背后的故地插满死亡的手杖，爱情的紫葡萄正在化为深秋的露水——"我是个孤独的人／常常被自己惊醒""我回绝了所有的人／整天和自己在一起"。

严彬会平地上走着走着突然就跳到湖里去了——"在湖底说话和吹口哨"，甚至一跳又跳到山顶或者更高的月亮上去了。这种有违日常的白日梦和机器猫无疑使得严彬诗歌的陌生感、剥离感、介入感、现场感、梦幻感一起催生，光怪陆离而又直抵核心和本相。虚拟的比现实更现实，现实比虚拟的更虚拟。正因如此，才会有这样的诗句发生——"如今我们生活在头镇，这里没有一个大人物／几条狗在傍晚叫着，几只鸡在早上打鸣／我在这里育有一子一女，在门前挖了一口新池塘。"（《写给头镇的诗》）

这一年，在北去的火车上，严彬的女儿小番茄睡醒之后在静静地看童话书。

严彬也有童话，成人的童话在内心的盐水里浸泡、划桨。在闪现的光斑中严彬的脸时而明亮时而晦暗。我知道，严彬的心里还在暴雨般地唱着属于他的"孔雀肺"的摇滚，那张久违的"太宰治的脸"还在这个时代迷蒙的黄昏中。

再往后，严彬的诗集《大师的葬礼》作为"中国好诗"

其中的一本面世。严彬对我说了这样一段话（《关于〈大师的葬礼〉》）——

　　霍俊明老师就坐在我对面，和我说话。关于我的诗，他创造了一个新词，叫作"轻颓诗"。我理解为，霍老师认为我的诗，或者我的某些诗里，有种乐观的、可以治愈的颓废，就像阴天微风里轻轻晃动的白色野菊花，样子也很好看的。除了我的诗，霍老师，以及熟悉我的朋友和读者，大概都认为我是人群里那个最像诗人的人。所以，在中俄边界漠河的一座小山上，我曾被作为诗人在诗人堆里认出来过。

苟且的诗与远方的诗之间隔着多少个海子

　　海子在很大程度上仍然是一个被误解的诗人，就像大众和读者仍津津乐道于海子的爱情和死亡一样。却很少有读者在看似透明、干净、温暖和明快的诗行中发现真正的秘密——孤独、死亡、分裂和痛苦，发现即使海子也不是一个时时心怀远方的诗人，而是拒绝了"远方"的孤独的诗人。

　　加速度的时代每个人都骑着一个木马，自以为时时向前却是原地打转。人们一次次呼唤着"远方"和"诗意"，却更多的时候在室内戴着VR头盔在虚拟世界跋涉和探险。每当在地铁、车站以及广场上看到那么多人（包括我自己）像热恋似的捧着手机，两眼深情、目不转睛地盯着屏幕忙着刷屏、点赞而乐此不疲的时候，我想到的是几年前的一个手机广告。该广告引用了诗人惠特曼的诗句——"人类历史的伟大戏剧仍在继续／而你可以奉献一段诗篇。"而我更为关注的是这款手机广告中删掉的惠特曼同一首诗中更重要和关键的诗句——"毫无信仰的人群川流不息／繁华的城市却充斥着愚昧。"我想到的是茫茫人海和城市滚沸的车流中，人们真的那么需要诗歌吗？诗歌仍然是小众和边缘的，可为什么有人仍杞人忧天？楼盘广告已经使"面朝大海，春暖花开"变得如此烂俗，利益驱动和物欲渴求则一次次给人们打满了鸡血。

有时候我们会在某一个特殊的公共空间被诗歌感染，尤其当电视屏幕以及形形色色的新媒体空间里观众的掌声为诗人响起的时候，我们恍惚和真切地觉得诗歌还是"有用"的。近期都在热议央视的《朗读者》节目，我也是其中的拥趸。九十六岁高龄的杰出翻译家许渊冲在节目现场回忆起1939年在西南联大读书时为一个暗恋的女生翻译林徽因的《别丢掉》。他朗诵诗句"一样是明月，／一样是隔山灯火，／满天的星，只有人不见，／梦似的挂起"而老泪纵横，台下的观众以及电视机前的人们情不自禁地落泪，是什么在感动着我们？是诗歌吗？也不纯然是。突然想起几年前，我在中国青年政治学院中文系讲完诗歌课从教室出来的时候，一个女生跑出来追上我。她因为我讲到的诗歌历史和诗人的命运以及死亡而在不停地流泪。我感到手足无措，不知道怎么去安慰她。在她低声的嗫嚅中我终于听清楚了她所说的话——作为90后太麻木、太虚弱、太缺少诗歌又太想拥有这个光芒不再的北京和大都市生活了！

无论是苟且的当下还是大海的远方，无论是面向物欲生活还是叩访精神生活，从写作自身来说二者都有可能写出优秀的文本，也都有可能导致某种片面和危险。

这是一个戴着VR头盔自嗨的时代，而乏见的则是真正意义上的精神生活。

很多人却集体奔向了"艳遇之城"的"远方"，在手鼓、劣质丝巾、炸臭豆腐的仿古小镇过上三两日的"诗意生活"。尤其是当人们戴着口罩上下班的路上，愤愤然于眼前的雾霾和"苟且"生活的时候，人们在何种程度上需要"诗歌"和"远方"，需要"面朝大海、春暖花开"？人们在远方和诗歌这里得到片刻的舒缓和慰藉了吗？现在人们嘴上时常冒出来的"远方"难道没有被低级消费和媚俗化吗？

是的，在一段时间内，人们的口头禅正是"现实""苟且"和"远方"，甚至有了几分烂俗。就如人们纷纷奔向丽江、大理、拉萨一样——似乎这里的雪山、民谣音乐、街头的手鼓和地方小吃代表了"精神的私奔"，代表了"远方""诗意"和"天堂"一样。

> 生活不止眼前的苟且
> 还有诗和远方的田野
> 你赤手空拳来到人世间
> 为找到那片海不顾一切

这是高晓松作曲、许巍演唱的《生活不止眼前的苟且》。这几句既无奈又煽情的歌词一直在人们耳畔回荡。这是许巍的音乐生涯中破天荒地唱别人的歌。而许巍曾经很多年被抑郁症所困扰，在他的内心里不停地有死亡的声音出现。而他终于在音乐和诗歌那里战胜了另一个负面的"自我"。从这个层面来说，许巍是一个即使在生活最难熬的时候也从未放弃音乐、诗歌、自我和远方的民谣诗人。他租住的北京郊区某个果园里的音乐工作室代表了这个时代少有的安静与独立。这也是为什么很多朋友称许巍为"少年"的原因，而许巍今年已经五十多岁了。

是啊，生活、苟且似乎已经构成了我们生活的全部，而远方、大海、春暖花开似乎已经被紧张或困顿的生活给消解了。但是，反过来"远方"就是那些已经成为商业噱头的别处的景点吗？更多的人们只能生活在"当下"，那么在"苟且"中还能寻找日常诗意的诗人要更具有难度。

每当那些日常并不读诗的人突然神秘兮兮地问我关于海子的死、关于某某著名诗人私生活的时候，我在沉默的时候甚至感到了无名的愤怒——尽管也许他们此刻并无恶意而只是无知和好奇。

诗歌，更多的时候只能是一种精神生活，而不是一种生活方式。

当然，也有个例。有的诗人的诗歌生活与生活方式是大体一致的。这形成了两个结果。

一是这些诗人因此形成了迥于其他诗人的极其特殊的个性，因而成为诗人中的另类或"诗人中的诗人"。他们的名声和关注度一定程度上来自于公众对他们迥于常人的生活方式和私人传奇的猎奇。由此，我想到了两个场景。一个是长发披肩、全裸着微胖身体的金斯堡，另一个是晚年的查尔斯·布考斯基在酒吧里仰头干掉一杯啤酒的那一潇洒时刻——名副其实的"酒鬼"生涯。二是这些诗人因为诗歌世界和现实生活的高度一致而形成了精神洁癖，这使得他们的命运带有极其吊诡的戏剧性以及更多的是因为非正常死亡的"弃世冲动"所带来的公众唏嘘与饭后谈资——最具代表性的中国诗人自然是顾城和海子。

与此同时，大众和读者的视角转向了另外一个被认为是"远方诗人"的代表——海子。

当下诗歌越来越流行的是"小确幸"的诗歌——日常之诗、经验之诗、物象之诗，局限于个人的一时一地的所见所感，开放时代的局促性写作格局已然形成。在日常和"苟且"中抒发个我的体验已经成为普遍的写作心态。但是，很多人普遍忽视了于日常"苟且"中还发现真正的诗性并转化为诗歌其难度是巨大的，其难度要远远大于那些盲目的浪漫主义和理想主义者们的"远方的冲动"。

　　　　目击众神死亡的草原上野花一片

　　　　远在远方的风比远方更远

　　　　我的琴声呜咽泪水全无

　　　　我把这远方的远归还草原

　　　　一个叫木头一个叫马尾

我的琴声呜咽泪水全无

远方只有在死亡中凝聚野花一片
明月如镜高悬草原映照千年岁月
我的琴声呜咽泪水全无
只身打马过草原

（海子：《九月》）

1986年海子写作《九月》这首诗的时候正渴望着如火如荼爱情的到来。

每年3月26日，诗歌界都像迎接盛大节日一般谈论一个诗人的死亡，必然会有各路诗人和爱好者以及媒体赶赴高河查湾的一个墓地朗诵拜祭。对于海子这样一个经典化和神化的诗人，似乎海子的一切已经"盖棺定论"。在"面朝大海，春暖花开"的齐声朗诵中海子似乎就是"远方""诗意""梦想"的代名词。

当诗歌和诗人成为公众心目中的偶像，这个时代是不可思议的！

当诗歌和诗人已经完全不被时代和时人提及甚至被否弃，这个时代同样是不可思议的！

吊诡的是这两个不可思议的时代都已经实实在在地发生在中国诗人身上。

人们茶余饭后津津乐道的是海子的死亡和他的情感生

活，海子一生的悲剧性和传奇性成了这个时代最为流行的噱头。在公众和好事之徒那里海子的诗歌写作成就倒退居其次。

海子的自杀在诗歌圈内尤其是"第三代"诗歌内部成了反复谈论的热点，也如韩东所说，海子的面孔因此而变得"深奥"。而对于一般读者而言海子的死可能更显得重要，因为这能够满足他们廉价的新奇感、刺激心理和窥视欲。甚至当我们不厌其烦一次次在坊间的酒桌上和学院的会议上大谈特谈海子死亡的时候，我们已经忽视了哪一个才是真正的海子。海子死亡之后，海子诗歌迅速经典化的过程是令人瞠目的，甚至这种过程的迅捷和影响还没有其他任何诗人能够与之比肩。

海子定格在1989年，定格在二十五岁。这是一个永远年轻的诗人。

当我在2012年7月底从北京赶往德令哈，海子强大的召唤性是不可抗拒的。在赶往德令哈路途中，戈壁上大雨滂沱，满目迷蒙。那些羊群在土窝里瑟瑟避雨。当巴音河畔海子诗歌纪念馆的油漆尚未干尽的时候，一个生前落寞的诗人死后却有如此多的荣光和追捧者。应诗人卧夫（1964～2014）的要求，我写下这样的一段话（准备镌刻在一块巨大的青海石上）："海子以高贵的头颅撞响了世纪末的竖琴，他以彗星般灼灼燃烧的生命行迹和伟大的诗歌升阶之书凝塑了磅礴的精神高原。他以赤子的情怀、天才的语言、唯一的抒情方式以及浪漫而忧伤的情感履历完成了中国最后一位农耕时代理想主义者天鹅般的绝唱。他的青春、他的远游、他的受难、他诗神的朝圣之旅一起点亮了璀璨的星群和人性的灯盏。海子属于人类，钟情远方，但海子只属于唯一的德令哈。自此的夜夜，德令哈是诗神眷顾的栖居之所，是安放诗人灵魂的再生之地！"

在浩如烟海的关于海子的研究和回忆性的文章中，中国诗人尤其是诗歌批评界已经丧失了和真正的海子诗歌世界对话的能力。翻开各种刊物和网站上关于海子的文章，它们大多是雷同的复制品和拙劣的衍生物。海子研究真正进入了瓶颈期，海子的"刻板印象"已经形成常识。我们面对海子已经形成了一种阅读和评价的惯性机制，几乎当今所有的诗人、批评者和大众读者在面对海子任何一首诗歌的时候都会有意或无意地将之视为完美的诗歌经典范本。这种强大的诗歌光环的眩晕给中国诗歌界制造了一次次的幻觉，海子的"伟大"成了不言自明的事。所以我们可以得出这样一个结论：海子这个生前诗名无几的青年诗人在死后成了中国诗坛绕不开的一面旗帜和一座经典化的纪念碑。而我们也看到这位诗人生前的好友寥寥无几甚至多已作古，然而我们在各种媒体尤其是网络上却看到了那么多自称是海子生前好友的人。我们只能说海子是一个被完型和定型化的诗人，是一个"盖棺定论"的诗人。但是我们忽视了一个极其重要的问题，即我们目前所形成的关于海子的刻板印象实际上仍然需要不断的修正和补充，因为时至今日海子的诗歌全貌仍然未能显现。我同意西川所说的尽管海子死亡之后中国社会和文坛发生了太多变化，但海子已经不再需要变化了，"他在那里，他在这里，无论他完成与否他都完成了"。

海子作为一个诗人的完整性仍然处于缺失之中。

从1989年到现在三十年的时间里，中国的诗人、批评家和读者捧着几本海子的诗集沉浸于悲伤或幸福之中。悲伤的是这个天才诗人彗星般短暂而悲剧性的一生，幸福的是中国诗坛出现了这样一个早慧而伟大的"先知"诗人。除了极少数的诗人和批评家委婉地批评海子长诗不足之外，更多的已经形成了一种共识，即海子的抒情短诗是中国诗坛的重要的甚至是永远都不可能重复也不可能替代的收获。在相当大的程度上海子诗集在死后极短时间内面世对于推动海子在中国诗坛的影响和经典化是相当重要的。然而我发现海子的诗歌文本存在着大量的改动情况，甚至有的诗作的变动是相当惊人的（这无异于"重写"）。

海子像一团高速燃烧的烈焰，最后也以暴烈的方式结束了自己的生命。海子曾说，"从荷尔德林我懂得，诗歌是一场烈火，而不是修辞练习。"海子启示录般的生命照耀，以其一生对诗歌的献身和追附，使他的诗在诗歌世界幽暗的地平线上，为后来者亮起一盏照耀存在、穿越心性的灯光，使得诗呈现出前所未有的辽远与壮阔，"春天，十个海子全部复活／在光明的景色中"。

我想，海子需要的不只是今天的赞美。

1986年，海子在草原的夜晚写下《九月》。这首诗后来经由民谣歌手周云蓬的传唱而广为人知。可是对于这首背景阔大、内心的苍古悲凉却有多少人能真正理解呢？草原上众神死亡而野花盛开，生与死之间，沉寂与生长之间，神性与自然之间形成了如此无以陈说的矛盾。接下来那无限被推迟和延宕的"远方"更是强化了整首诗的黑暗基调。而在此后的二十多年时间，中国诗人不仅再也没有什么神性可言，而且连自然的秘密都很少有能力说出了。这算不算是汉语和人性的双重渊薮呢？

我曾经在1994年第一次坐上绿皮火车的时候幻想远方，并一次次想起一个诗人关于远方的诗。而曾经悲痛于"远在远方的风比远方更远"的海子可能并没有预料到，二十多年后一个"没有远方"的时代已经降临。现实炸裂的新闻化的今天，在一个全面城市化的时代，我们的诗人是否还拥有精神和理想的"远方"？谁能为我们重新架起一个眺望远方的梯子？我们如何才能真正地站在生活的面前？

当1987年《诗刊》社第七届青春诗会在北戴河召开的时候，住在面朝大海的一个普通宾馆里参会的诗人西川可能不会想到两年之后自己的好友会在这里不远的一段铁轨上完成一个时代的诗歌悲剧。这一届青春诗会的阵容较为强大，其中有西川、欧阳江河、陈东东、简宁、杨克、郭力家、程宝林、张子选、力虹等。雄伟、壮阔却又无比沧桑、荒凉的山海关开启了这些青年诗人诗歌的闸门。面对着北戴河海边不远处的玉米地和苹果树，有诗人高喊"把玉米地一直种向大海边"。在一场突如其来的暴雨中，王家新、西川等这些被诗歌的火焰烧烤的青年却冲向大海。欧阳江河还站在雨中高举双手大喊："满天都是墨水啊！"正是在山海关，欧阳江河写下了他的代表作《玻璃工厂》。此时年轻的诗人海子却孤独地在昌平写作！当他得知好友西川参加此次青春诗会时，他既为好友高兴又感到难以排遣的失落。

王家新从北戴河回来后不久收到了骆一禾的诗学文章《美神》。而对于那时骆一禾和海子以及南方一些诗人的长诗甚至"大诗"写作王家新是抱保留态度的，但是更为敏锐的王家新也注意到正是20世纪80年代特有的诗歌氛围和理想情怀使得写作"大诗"成为那个时代的标志和精神趋向："在今天看来，这种对'大诗'的狂热，这种要创建一个终极世界的抱负会多少显得有些虚妄，但这就是那个年代。那是一个燃烧的向着诗歌所有的尺度敞开的年代。"（《我的八十年代》）而更具有戏剧性意味的则是，当1988年夏天海子准备和骆一禾一同远游西藏的时候，骆一禾却接到了《诗刊》社第八届青春诗会的邀请（其他的参会诗人还有萧开愚、海男、林雪、程小蓓、南野、童蔚等）。海子不得不只身远游，那种孤独和落寞比1987年西川参会时更甚。设想，如果海子和骆一禾同时参加青春诗会，或者二人一同远游西藏，也许就不会有1989年春天的那场悲剧。而也是那个重要的历史节点上的疼痛与悲剧"成就"了这位诗人。

当2001年"人民文学奖"的诗歌奖颁给食指和已故的海子的时候，诗坛再次轰动。为什么是北京的一个"疯子"和一个"死人"获此殊荣？

海子曾经在20世纪80年代有一个理想，那就是到远方去，到南方去，到海南去。

在那样一个理想主义和青春激情无比喷发的时代，诗人对"别处"和"远方"怀有空前的出走冲动是可以理解的。而"别处"无疑在诗人的想象中产生了无比美妙和神奇的诗意吸引力。这就像当年的列维·斯特劳斯对巴西和南美洲的想象一样："巴西、南美洲在当时对我并无多大意义。不过，我现在仍记得非常清晰，当我听到这个意想不到的提议时，脑海中升浮起来的景象。我想象一个和我们的社会完全相反的异国景象，'对跖点'（位于地球直径两端的点）这个词对我而言，有比其字面更丰富也更天真的意义。如果有人告诉我在地球相对的两面所发现到的同类的动物或植物，外表相同的话，我一定觉得非常奇怪。我想象中的每一只动物、每一棵树或每一株草都非常不同，热带地方一眼就可看得出其热带的特色。在我的想象中，巴西的意思就是一大堆七扭八歪的棕榈树里面藏着设计古怪的亭子和寺庙，我认为那里的空气充满焚烧的香料所散发出来的气味。"（《忧郁的热带》）而20世纪80年代被激情和理想鼓动的先锋诗人正迫切需要这样的地理"知识"和文学想象。

昌平位于东经115°50′30″至116°29′51″，北纬40°01′45″至40°23′25″之间，地处北京西北郊。昌平位于北京市区正北30公里，为温榆河冲击平原与军都山结合地带，西临太行山脉，北依燕山山脉。昌平2／3为山区、半山区，大部分地区海拔在250米至700米之间，地形地貌多样。地势西北高，东南低。主要山脉为燕山支脉军都山，主要河流属温榆河水系。

1988年底，海子的好友骆一禾和西川先后结婚，但海子仍单身一人。当他最好的朋友有了家庭也多了份责任的时候，海子感受到的是一种失落，因为海子是不赞成婚姻这种方式的。

1988年11月，冬日的昌平已经下过了几场小雪。

骆一禾同妻子一同去看望海子，而海子之前已经是接连四天吃便宜的毫无营养的方便面了。在骆一禾和妻子在昌平海子处住下来的四天时间里，做饭时海子居然连味精都不让放。为了节省每一分钱，海子居然只看过一两次电影。而他却对县城里哪个文印社比较便宜了如指掌。在几千里之外的钟鸣看来，海子处于昌平和北京的"中间"地带，而北京和昌平都不是来自安徽的诗人海子的最后栖居之所："海子在两个地区都不作长时间的停留。因为这两个地区都赋予了他一种居住权，一种责任和看法——它们彼此是出发地，又互为终点。因此，当海子作为这两个地区的代言人，在判断的法庭上互相审查、挑剔、对质，寻找机会，抓住对方的每一个弱点和纰漏时是可以想象的。在两地他都是陌生人，一个乡村邮差，不断用身历其境的地貌，风土人情和人们以不同方式打发日子，听凭堕落、涣散的细节使双方受到刺激。他用两种方言进行周期性的拜访和嘲讽。他这样做，很容易使双方都陷入了尴尬和难言之苦而随时存心抛弃他，出卖他，以保地区和平。"（《中间地带》）

海子在昌平的生活是尴尬而寂寞的。缺少应有的交流使海子处于失落和孤寂之中，所以海子也曾设想离开昌平小城到北京市内找一份工作。孤独的海子将自己的理想几乎是全部放在诗歌写作上，当他将这种诗歌理想放置在日常的俗世生活甚至时代当中时，就不可避免地受到了更大的伤害。海子有一次走进昌平的一家小饭馆，他对老板说希望允许当众朗诵自己的诗作，条件是换得一杯啤酒。显然海子首先看重的是自己的诗人身份和诗歌价值，但是酒馆老板却恰恰与之相反——老板说："可以给你酒喝但是你不能在这儿朗诵诗歌。"俗世的力量再次证明了诗歌在日常生活中的乏力和不被认可的边缘状态。而当海子的诗歌理想就此一次次受挫的时候，加之一些诗人对他长诗写作的批评和不置可否，这对于海子而言意味着什么就可想而知了。

海子短暂的一生中只留下来三篇日记，分别写于1986年8月，1986年11月18日和1987年11月14日。

昌平的海子如此孤独，尽管这种孤独"不可言说"，但是海子还是莫名悲伤地把它写进了那首《在昌平的孤独》诗中：

孤独是一只鱼筐

是鱼筐中的泉水

放在泉水中

孤独是泉水中睡着的鹿王

梦见的猎鹿人

就是那用鱼筐提水的人

以及其他的孤独

是柏木之舟中的两个儿子

和所有女儿，围着诗经桑麻沅湘木叶

在爱情中失败

他们是鱼筐中的火苗

沉到水底

拉到岸上还是一只鱼筐

孤独不可言说

在海子昌平住处的后面是一片树林，风声和不知名的虫鸟的叫声陪伴了海子的黄昏和夜晚。

当黄昏来临光线渐渐暗淡，这个喧闹的县城已经渐渐平静的时候，海子就会独自在这片树林中徘徊良久。北方的落日、飞鸟、旷野、远山，还有无止息的风，这一切是给海子带来了安慰和乐趣还是增添了更多的苦恼和落寞？可能也只有海子自己知道："我常常在黄昏时分，盘桓其中，得到无数昏暗的乐趣，寂寞的乐趣。有一队鸟，在那县城的屋顶上面，被阳光逼近，久久不忍离去。"（海子1986年8月的日记）

是的，海子在这里梦想着村庄、麦地、草原、河流、少女和属于他自己的诗歌世界和"远方"的梦想。从海子短暂一生的地理版图上我们可以看到，除了他的故乡安庆和寄居地昌平之外，他游走最多的地方是四川、青海和西藏。海子这位南方诗人在北方最终在生活上一无所有，而北方和他的南方故乡一起构成了他诗歌人生的两个起点。

海子死后，安庆怀宁高河镇查湾就成了中国诗歌地理版图上的一个越来越耀眼的坐标。

位于安徽西南部、长江下游北岸的安庆是文化名人辈出之地。安庆曾经是清代和民国时期安徽的省府，而它下属的桐城（现在是县级市）更是让人侧目。张廷玉、刘若宰、徐锡麟、吴越、桐城学派、陈独秀、朱光潜、张恨水以及海子都让安徽南部安庆这个长江边的一个三级城市获得了少有的荣光。由安庆沿江而下可抵达南京和上海，这似乎也印证了这个城市在地理和文化上的某种过渡性和重要性。如果网上搜索安庆，会出现两条与文学相关的信息："孔雀东南飞"的故事发生地，"面朝大海，春暖花开"作者海子的故乡。

燎原在修订再版的《海子评传》中是这样描述海子墓地的：

查湾村北这座山岗墓地，这座以柔和的弧线与村庄大地连接的平岗，当是海子诗歌中一个隐秘的核心，他观察世界、倾听天籁、感应生死的一个观象台。正是在这个松林台地上，他感应了落日夕阳镀上坟冢那抚慰灵魂的大安宁，看见了头顶宇宙河汉那些大星的熠熠烁烁，并谛听到了发自其间的密语。当然，他更是在那些个五谷丰登新粮入仓的空荡荡的秋夜，以对于大地特殊的敏感，注意到了黑夜不是渐渐地自天空向着大地覆盖笼罩，而是相反地——"黑夜从大地上升起"。

燎原先生在这段文字中频繁使用"大词"（"大安宁""大星""大地"）对海子的墓地进行了不无诗意的描述。我理解燎原对海子和海子墓地的敬畏与尊重，所以这些墓地四周的自然景色就具有了不无重要的文化色调和浓厚的象征意味。但是海子作为个体的死亡（排除其他的文化因素和一些人的想象成分）与其他的个体本质上并没有什么太大区别，而年轻生命的消殒给其父母及其他家人留下的是难以弥合的悲痛甚至不解和抱怨。查湾的乡人对海子的死更多是不解，他们认为海子年纪轻轻就横死他乡是对父母最大的不孝。

海子于1983年毕业后到中国政法大学校报工作，此时的海子开始与外省诗歌联系。海子将自印的诗集和一封信寄给时在重庆西南农业大学任教的柏桦家里。柏桦随即给海子回信。然而极其遗憾的是海子生前与诗人、朋友及女友、家人的大量通信大体散佚。1989年1月初，柏桦出差到北京联系上老木并通过老木结识了骆一禾和西川，唯独因为种种原因错过了与海子的见面。1989年冬天，柏桦写下纪念海子的诗《麦子：纪念海子》。这一时期海子、骆一禾和西川等人都与南方诗人有着广泛而深入的交往。诗人万夏曾翻山越岭来昌平看望海子。而海子的四川之行不仅是与万夏、钟鸣、柏桦、欧阳江河、宋渠、宋玮、杨黎、尚仲敏等人的诗歌交流，还有深层的原因就是海子在四川有一位女友A。而据当时海子向宋渠问卦的情况，海子与A的情感肯定是没有结果的。而这次四川之行隐藏了不祥的征兆。当时的青年诗人尚仲敏发表在民刊《非非年鉴》（1988理论卷）上的文章《向自己学习》因为二元对立的意识（比如长诗与短诗、旧事物与新事物、朋友和敌人）而深深刺痛了海子：

　　有一位寻根的诗友从外省来，带来了很多这方面的消息：假如你要写诗，你就必须对这个民族负责，要紧紧抓住它的过去。你不能把诗写得太短，因为现在是呼唤史诗的时候了。诗歌一定要有玄学上的意义，否则就会愧对祖先的伟大回声……他从书包里掏出了一部一万多行的诗，我禁不住想起了《神曲》的作者但丁，尽管我知道在这种朋友面前是应当谦虚的，但我还是怀着一种惋惜的情感劝告他说：有一个但丁就足够了！在空泛、漫长的言辞后面，隐藏了一颗乏味和自囚的心灵。对旧事物的迷恋和复辟，对过往岁月的感伤，必然伴随着对新事物和今天的反动。我们现在还能够默默相对、各怀心思，但用不了多久，他就会成为我的敌人。

　　但是，此前的情形却是作为"非非"成员的尚仲敏曾邀海子吃饭并乘着酒兴大夸特夸海子的长诗并称赞其为独一无二的诗人。这对海子而言自然是相当高兴的事情，所以他把尚仲敏视为知音。回到北京后海子还兴致勃勃地对骆一禾等人谈起尚仲敏并说我们在北京应该帮助这个年轻诗人。但是谁料几个月之后，尚仲敏却"改弦更张"在《非非年鉴》上发表了奚落和批判海子的这篇文章。这种落差给海子带来的伤害无疑是相当大的。海子1987年的四川之行可以说是喜忧参半。而通过宋渠、宋炜以及杨黎的零碎回忆我们可以看到当时海子对气功的痴迷。他在这里既遇到了谈得来的诗友也遇到了一些不小的刺痛。欧阳江河、钟鸣等都对海子的抒情短诗予以了高度评价，海子也在钟鸣写于1987年的《红剑儿》中找到了知音：

　　　　当剑在它们的口语中比速度时
　　　　她的韧性在谁眼里，她炭火的
　　　　红衣，在她一跃时，就成了剑的
　　　　精粹和封喉之血，但谁眼里

有那暗地凝结的锋芒——

是恐惧，牺牲，还是正义的投身
在未损于她时已铸在了剑尖上
多恐怖的殉难者的膏腴和胸脯啊
我们舞到头也不及她狠心的一掷

她白得更刺眼
领略血的殷红更深
从以往的距离

我看到怯懦的攻击者
但她的骨殖在剑中另有一番空响
无法避免被引向人群中激烈的比画

我们的身段成了流星和光环
她秘密的五层网布下烈火的
巢穴和极度的寒冷
嬗变的身法像灰烬中的乌有

当我们轮番杀死只老虎
哪怕在很久很久以后
我们仍会听到锋刃里的啸声

它透过剑匣嗅着，甚至要吃我们

直到那秋风愁煞的女人骑马而来

才像斩落大气人头似的斩落它

她就像那投身于斧薪的古稀剑客

突然从血和燧石里站起来

递给我们风快的刀和剑

她抽出身段发出凄厉的叫声

　　但是欧阳江河和钟鸣以及其他的四川诗人却对海子《太阳·七部书》里的"土地篇"等长诗抱有不置可否的态度。显然，海子对长诗所投注的热情和努力在南方的潮湿天气中被冷却、降温。海子在这种不无尴尬的氛围中一杯又一杯地喝着闷酒："说了些什么，已记不得了。他一个劲喝闷酒。终于吐了一地。主人尽量消除他的尴尬。约好第二天再聊。等第二天，我和江河去找他时，他已不辞而别。海子太纯粹了。难以应付诗歌以外的世俗生活。听说，在'非非'和'整体主义'那里，他的长诗也遭到了批评。"（《旁观者》）

　　海子长诗理想的碰壁使他再一次"铩羽而归"，而在海子为数不多的出游中他很多次都是和朋友们不辞而别。这多少说明了海子的个性，也更说明海子在日常生活中的不适感以及他过高的诗歌理想和预期。海子的好友骆一禾同样感受到了长诗写作在那个时代的不合时宜和难度："农牧文明，在海王村落我最后的歌声是——当代的恐龙／你们正经历着绝代的史诗／在每一首旷古的史诗里／都有着一次消失或一次新生。"

不仅如此，在北京诗人圈子中海子的长诗同样遭受冷落和批判，比如当时包括多多在内的"幸存者俱乐部"对其长诗的不认可态度。1987年，唐晓渡、芒克、杨炼、多多、林莽、王家新、海子、西川、黑大春、雪迪、大仙等人在喝酒时成立"幸存者俱乐部"，当时参加者有三四十人之众。1989年下半年"幸存者俱乐部"结束。多多的性格一直未变，在白洋淀时期曾为了女友与根子产生误会，而80年代多多仍然为了女人与杨炼大打出手。而北京作协在西山召开诗歌创作会议上也对没有参会的海子搞"新浪漫主义"和"长诗"进行了批评。

1988年春，海子只身再赴四川。

再次回到昌平的海子感觉此次的四川之行还是无比落寞，尽管他在宋渠、宋炜那里再次感受到了兄弟般的温暖。海子曾经希望自己在1988年完成海南之行，而海子之所以最初选定去海南就是要完成自己诗歌的"太阳"之旅。因为在海子看来海南就是自己长诗所向往境界的一个文化象征，海子希望用自己的鲜血和灵魂投身其中："在热带的景色里，我想继续完成我那包孕黑暗和光明的太阳。真的以全部的生命之火和青春之火投身于太阳的创造。以全身的血、土与灵魂来创造永恒而又常新的太阳，这就是我现在的日子。"（1987年11月14日日记）然而，海南并没有给海子以及他的诗歌理想以机会。

海子在非正常死亡之后，山海关作为他的死亡之地也获得了罕见的文化象征意义。

骆一禾在1989年4月15日写给万夏的信中反复强调了海子的死在时间（海子生日、复活节）、方位（山海关）以及文学（海子携带的那四本书）上的重大象征性。而在朱大可看来海子的死亡时间以及选择在山海关自杀无疑有着重大的文化地理学意义。这是一种"先知"和"抗争"的死亡，"令人惊讶的是，这消息首先蕴含在海子设定的死亡坐标上，也即蕴含于海子所选择的死亡地点和时间之中。他进入一座叫作秦皇岛的城市，或者说，进入一个最著名的极权主义者的领土，以面对他下令修造的羁押人民的墙垣——长城。山海关不仅是该城垣的地理起点，而且是它的逻辑起点：巨大的种族之门，正是从这里和由这个统治者加以闭合的。与空间坐标对应的是它的时间坐标。3月26日，乃是两个著名的浪漫主义先知辞世的时刻。1827年的贝多芬和1893年的惠特曼"（《先知之门》）。

在多年之后，一列由北京出发经过山海关的火车上，四川诗人杨黎对另外一位青年诗人表达了对海子自杀的猜谜游戏式的解读："火车正在穿过山海关。我懂了海子他为什么要在山海关自杀？而不是其他地方。比如不是山海关的前面，也不是山海关的后面。那么就前面一点，或者就后面一点点。都不行啊。海子只能在山海关自杀。"（《灿烂》）实际上，这等于杨黎什么都没有说。

在我看来，海子选择在山海关结束一生就是宿命——情感性的宿命。当年他和初恋女友在夏日北戴河度过了一段美妙的恋爱时光。在哪里开始，就在哪里结束。这就是海子。

从昌平到山海关标志着一个没有"远方"的诗歌时代已经降临。

我的故乡在冀东平原上，那里有一条河流叫还乡河。从北京到东北三省的铁路距离我所在的村庄只有两里。对于20世纪缓慢的70年代来说，那些绿皮火车代表了最为新奇和激动人心的憧憬。火车肯定能带乡村的孩子去最远、最远的地方。

我那时经常和玩伴一起穿过田野、爬上高坡，在清晨或黄昏来到那个车站。这些少年看着过往的火车欢呼雀跃、蹦跳不止。但是，那些飞驰而过的火车带给我的童年和少年时代并非总是美好。正如我多年之后在一首诗里写到的那样："在深色的围栏上，绿色或红色的列车／正渐渐远去／多年前的我，下学后步行到两里外的车站／在草丛中认识了那些白色的餐盒，／还有迎风飞舞的浊黄尿液。"那个叫田付庄的车站在年幼的我看来非常的高大壮观，而多年后它竟然显得那么矮小落寞、无人光顾。当多年之后高铁开通的时候，每次车过故乡我都会本能地去寻找那个曾经无比熟悉的车站和村庄，但几乎每次都是在飞速前进中它们奇迹般地被忽略、消失。

而我憧憬着坐火车的愿望直到1991年的初夏才得以实现，那一年我十六岁。第一次出门远行竟然是从那个车站和缓慢的绿皮火车开始的。那时我正学习绘画，准备考师范类的艺术特长生。接到考试通知的当天中午我骑着自行车回家，因为着急，浑身汗透。当时父亲正在浇麦地，白杨的叶片也才拇指大。父亲换了衣服，借了钱和我上路。一路上除了着急就是着急，因为考试就在明天。到了车站，候车室人很少。拿到手里的车票是两个窄窄的硬纸板，无座。终于第一次踏上绿皮火车，那种新鲜感难以形容。那被我紧紧攥在手心的车票已经被汗水浸湿。火车上，给我印象最深的是一个女人。当时我和父亲站在过道上，一个中年肥胖的女人将脚踏在对面唯一的一个空位上。那一刻，我第一次出门的新奇、激动和幸福被那只恶心的脚丫子瞬间击垮了。我第一次有了乡下人的自卑感和愤怒。

20世纪90年代的火车速度非常慢，车上更是人满为患，车厢里的各种气味混合在一起。第一次从唐山坐火车去石家庄，我和大学的另一个哥们儿是站了一夜熬到石家庄的。那种腰酸背痛、无地容身的感觉终生难忘。此后很多年，我几乎一直是在路上，与一辆辆火车相遇，又看着它们一次次离我而去。在火车上不免发生了很多的故事。看到过有人醉酒中打架，一啤酒瓶子下去对方的脑袋立刻鲜血四溅。看到过有人垫张报纸躺在座椅下面还悠然自得地听着收音机。看到过那些背着蛇皮袋狠狠吸着劣质烟的农民工。看到过那些聚在一起打扑克的人，也看到过那些把瓜子皮扔得满地都是肥肉横生的中年妇女。印象最深的是春节回家，眼看着车快开了，还有很多人挤在车门口。一个姑娘情急之下从车窗爬了进来，因为太过着急的缘故她的手腕被划坏了。那年冬天我一直记得那些细密的血珠的气息。

此后很多年，我写过很多关于火车的诗歌，《第一次知道平原如此平坦》《绿色的普通快车》《绿色的护栏》《带着大葱上北京》《与老母乘动车返乡》《回乡途中读保罗·策兰》，等等。在火车不断提速的时候，故乡却离我越来越远了。城市正在将我的乡土远远地抛在后面并迅速掩埋。故乡从来没有如此安静、落寞和低矮，"第一次知道平原如此平坦／刚生长的玉米也并未增加他的高度／'动车加速向前，平原加速向后'／远处的燕山并不高大／白色的墓碑在车窗外闪现"。

　　记得很多年前，晚上我都是伴随着不远处的火车声入睡的。可最近几年我却听不到了。是回故乡的时候越来越少了，还是火车的声音越来越轻了？

　　我仍然在追问自己的是——火车的前方是什么呢？除了远方，还是远方？